In der Reihe „Karl Mays Magischer Orient“ sind bisher erschienen:

Band 1 – Alexander Röder *Im Banne des Mächtigen*
Band 2 – Alexander Röder *Der Fluch des Skipetaren*
Band 3 – Alexander Röder *Der Sturz des Verschwörers* (2017)
Band 4 – Alexander Röder *Die Berge der Rache* (2017)

Thomas Le Blanc (Hrsg.) *Auf phantastischen Pfaden*
Eine Anthologie mit den Figuren Karl Mays

Karl Mays Magischer Orient

Thomas Le Blanc (Hrsg.)

Auf phantastischen Pfaden

Eine Anthologie mit den Figuren Karl Mays

KARL-MAY-VERLAG
BAMBERG·RADEBEUL

Herausgeber der Reihe
„Karl Mays Magischer Orient“:
Thomas Le Blanc und Bernhard Schmid

Weitere Informationen
finden Sie im Internet auf
www.magischer-orient.karl-may.de

Illustration: Elif Siebenpfeiffer
Umschlaggestaltung: Petry & Schwamb, Freiburg
Druck: GGP Media GmbH, Pößneck
ISBN 978-3-7802-2599-3
www.karl-may.de

Inhalt

Vorwort

Als Karl May in den 1880ern und 1890ern seine beliebten und erfolgreichen Reiseerzählungen verfasste, da konnte er seine Helden in exotischen Kulissen wie der Prärie, den Kaktuswüsten und den Felsengebirgen des amerikanischen Westens, den argentinischen Pampas, den nordafrikanischen und arabischen Sandwüsten sowie dem wilden Kurdistan und einigen hinterindischen Inseln frei agieren lassen, da alle diese Schauplätze dem damaligen Leser wie Traumwelten erschienen, weil es seine finanziellen wie logistischen Möglichkeiten überstieg, diese Weltgegenden selbst zu besuchen. Heute bieten ungezählte Reiseveranstalter an, für erschwingliche Preise uns in jeden Winkel dieses Planeten zu transportieren, außerdem können wir mittels Google Earth jeden beliebigen Ort der Erde am heimischen PC aus der Vogelperspektive betrachten.

Wenn Karl May heute noch leben würde und seine Leser heute zu literarischen Abenteuern in unbekannte Regionen entführen wollte, dann müsste er Fantasy schreiben und seine Geschichten in magisch verfremdeten irdischen Gegenden oder gar in parallelen Welten mit fiktiver Geografie ansiedeln. Wie solch phantastische Geschichten mit den uns vertrauten Helden aussehen könnten, das zeigen wir in dieser Anthologie, mit der wir quasi *auf phantastischen Pfaden* wandeln wollen. Wir haben deshalb einige moderne deutsche Autoren gebeten, Karl Mays literarisches Universum nicht bloß um neue Abenteuer, sondern um neue *phantastische* Abenteuer zu bereichern.

Die Autoren haben sich auf Karl Mays bevorzugte Weltgegenden beschränkt – auf den Orient des Osmanischen Reichs und auf den Wilden Westen – und haben einerseits die Fabelwesen aus 1001-Nacht-Geschichten und andererseits das schamanische Denken der nordamerikanischen Indianer in ihre Abenteuer eingebracht. Aber sie sind auch noch einen Schritt weitergegangen und haben das Vermischen von Welten, das Karl May so virtuos beherrschte, aufgegriffen und Karl May selbst in sein imaginiertes Universum hineingetragen und somit seine literarischen Träume neu geträumt.

So sind 23 abenteuerliche Erzählungen von 20 Autoren entstanden, humorvolle wie auch dramatische Geschichten, Geschichten, die nahe am Karl-May-Feeling geblieben sind, sowie einige sehr bemerkenswerte Phantasien, die die Barriere zwischen Erzähler und Held durchbrochen haben – auf diesem literarischen Pfad bewegte sich Karl May sein Leben lang. Durchweg sind es Geschichten geworden, bei denen man von der ersten bis zur letzten Zeile spürt, mit welchem Vergnügen sie geschrieben wurden.

Ich wünsche deshalb allen Lesern, dass sie mit eben solcher Freude die hier präsentierten Abenteuer lesen werden.

Thomas Le Blanc

Maike Braun

Die Weisheit des Hadschi Halef Omar

Ich riss mich wahrlich nicht darum, den Schott noch einmal zu durchqueren. Aber wenn wir unsere Verabredung einhalten wollten, blieb uns nichts anderes übrig. Der Weg von der kleinen Oasenstadt im Süden des Landes, von woher wir kamen, um den See herum bis nach Tozeur war wesentlich länger als die direkte Durchquerung. Unser Freund Omar begleitete uns auch dieses Mal, doch ich merkte gleich, dass er sich nicht wohl dabei fühlte. Vielleicht lag es an dem weiteren Reisenden, einem Korbhändler, der sich uns mit seinen mit sperrigen Palmwedeln und Körben aller Art bepackten Lastkamelen angeschlossen hatte. Jedenfalls schien unsere Reise unter keinem guten Stern zu stehen.

Kaum hatten wir die Oasenstadt hinter uns gelassen, als eines der Lastkamele des Händlers zu lahmen begann. Wir debattierten, ob wir zurückkehren sollten, doch der Korbhändler hatte es genauso eilig wie wir, und Omar war auf das Geld angewiesen.

Gerade passierten wir eine Felsengruppe, die den Beginn des Sees markierte. Irgendwer spielte auf einer Flöte ein einsames Lied. Es klang, als wehte es vom Jenseits herüber. Mein kleiner Berberhengst warf aufgeregt den Kopf in den Nacken. Selbst Halef, der sonst kaum in seinem Redefluss zu bremsen war, starrte finster vor sich hin.

„Was hast du?“, fragte ich ihn.

„Ich glaube, wir fordern das Schicksal heraus“, antwortete er und sprach aus, was mir schon die gesamte Zeit schwer auf der Seele lag. Er sei die Schluchten des Dschebel Aures hinunter- und wieder hinaufgeklettert, habe den Dschebel Chelia erklommen – was nicht stimmte, da uns der Führer zum höchsten Gipfel des Gebirges kurzfristig abgesprungen war – Allah sei Dank immer wohlbehalten, und noch immer habe er seiner Pflicht als Rechtgläubiger nicht Genüge getan, schlimmer noch, er befinde sich bald weiter denn je von Mekka entfernt.

„Ich verspreche dir, mein lieber Halef, du wirst deine Pilgerreise bald antreten können. Ich werde dich nach Kräften dabei unterstützen."

„Das würdest du, ein Ungläubiger, für mich tun?"

„Wenn ich es dir doch sage."

Sofort trat ein munteres Glitzern in die Augen meines Dieners und er schlenkerte mit den kurzen Beinen auf seinem klapprigen Gaul.

Dann ließen wir den letzten sicheren Grund hinter uns und vor uns breitete sich eine weiße Ödnis aus, die sich über den gesamten Horizont erstreckte. Tiefe Risse durchzogen die Salzkruste, als ob sich die Erde selbst schuppte, darüber spannte sich ein ausgebleichter Himmel. Niemand sprach.

Vorsichtig betrat Omar den Schott, gefolgt von dem Korbhändler, der nervös um sich blickte. Ich bildete den Abschluss.

Plötzlich veränderte sich der Untergrund rechts und links unseres schmalen Pfades. Eine in giftigem Rosa gefärbte Salzlake leckte an dem schmalen Streifen begehbaren Untergrunds. Omar erzählte, wie einmal ein Verzweifelter davon Wasser geschöpft hätte und wenige Stunden später an den Krämpfen in seinem Leib verendet sei.

„Allmächtiger Gott, bewahre uns vor solchem Schicksal", hörte ich Halef vor mir.

Schweigend ritten wir voran. Mein kleiner Diener drehte sich immer wieder um, um sich anhand der schwindenden Felsbrocken am Eingang des Salzsees zu überzeugen, dass wir uns vorwärtsbewegten. Der Horizont gab uns keinerlei

Anhaltspunkte. Wir hätten genauso gut auf der Stelle treten können.

Die Farbe der Salzkruste veränderte sich. Auf der Oberfläche hatte sich Wasser angesammelt. Omar hielt an, um den Untergrund zu prüfen.

Der Korbhändler drängte ihn weiterzugehen. „Ich sehe keinen Unterschied zwischen hier", er deutete auf die Stelle, vor der Omar stehengeblieben war, „und dort", er deutete auf den Pfad, den wir gekommen waren.

„Du kannst geradeaus weitergehen, wenn es dir beliebt", sagte Omar. „Ich aber werde einen Bogen um diese Pfütze einschlagen."

Mürrisch folgte ihm der Händler.

„Der Mann gefällt mir nicht, Sihdi. Ich glaube, ihm folgt ein böser Geist, ein Dschinn."

„Wir können ihn aber nicht zurücklassen."

Darauf wusste Halef keine Antwort. Aber es erging mir genauso wie ihm. Entweder der Mann war wirklich in großer Eile, oder er führte etwas im Schilde. Wie dem auch sei, jetzt war es zu spät, darüber nachzudenken. Auf dem Schott galt es zusammenzuhalten, sonst war man verloren.

Ich weiß nicht, wie lange wir so weitergingen. Ich hing meinen Gedanken nach, sah mich im Schatten von Palmen Datteln verzehren, mich in meinem Lieblingskaffeehaus in Tozeur an der köstlichen Flüssigkeit laben, malte mir aus, auf einer Dehabïe den mächtigen Nil entlangzusegeln ...

... und fiel fast vom Pferd. Die Hitze musste mir mehr zugesetzt haben als gedacht, und ich war kurz weggetreten. Mein kleiner Diener stand neben mir und richtete mich wieder auf. Ich lächelte ihm dankbar zu, als mir das grünlich schimmernde Wasser um die Fesseln seines Pferdes auffiel. „Halef!", rief ich und klopfte seinem Gaul auf den knochigen Hintern, als er nicht sogleich reagierte und weiterritt. Seiner Mähre hatte die Hitze wohl auch zugesetzt, denn sie bäumte sich auf, und Halef, völlig von dieser unerwarteten Kraftanwandlung seines

Pferdes überrascht, stürzte zu Boden. Ich sprang sogleich von meinem Berberhengst, um ihm zu Hilfe zu eilen.

Ich weiß nicht, was in diesem Moment in Halefs Kopf vorging, doch er trat einen Schritt zur Seite von mir weg, statt auf mich zu.

Sofort brach er ein. Grünes Salzwasser schnappte nach seinen Knöcheln, seinen Waden – ein Ruck, und nur noch sein Oberkörper ragte heraus. Ich warf mich flach auf die Salzkruste, der Riss vergrößerte sich, öffnete sich wie das Maul eines hungrigen Ungeheuers, Halefs Hand verschwand und dann sah ich nur noch die angstgeweiteten Augen meines Dieners.

Das alles geschah schneller als ein Wimpernschlag.

Allah ïa Sahtir, o du Bewahrer, so hilf mir!, rief Halef und ruderte mit den Armen. Für einen Moment schöpfte er Hoffnung, als sich sein Turban in der Salzkruste über ihm verhakte und sein Fall sich verlangsamte – allah kerim, Gott ist gnädig –, bis das Tuch riss und er mit halb entblößtem Haupt tiefer hinabsank. Der letzte Lichtfleck schrumpfte auf einen Punkt, dann war auch dieser erloschen.

Ich griff nach dem Seil, das mir Omar reichte, und warf es Halef hinterher. „Halt dich fest, Halef!“, rief ich, obwohl ich wusste, dass er mich nicht hören konnte. Es verschwand in dem grün schillernden Loch. Nur die Spitze von Halefs Turban war noch zu sehen. Doch dann – dem Herrn sei Dank! – blieb Halef stecken, hatte vermutlich festen Grund unter den Füßen gefunden, jedenfalls sank er nicht tiefer.

Ich robbte ein paar Zentimeter weiter, um ihn am Arm zu greifen, als das Loch weiter aufbrach und mich ebenfalls in den Abgrund zu ziehen drohte. Ein Stück von Halefs Turban löste sich, ich griff danach, versuchte die Stoffbahn und damit meinen treuen Diener einzuholen wie ein Fischernetz, doch das Tuch riss.

Von Halef keine Spur. Nicht einmal Luftblasen.

Er sank weiter, das Salz brannte auf seinen Lippen und in seinen Augen, sein Herz hämmerte gegen den Brustkorb, verlangte hinaus, drohte die Lunge zu sprengen, als er Boden unter den Füßen spürte. Allah akbar, Gott ist groß, presste er in Gedanken hervor und versuchte sich abzustoßen. Doch es gelang ihm nicht. Stattdessen fiel er auf die Knie und der letzte Rest Luft entwich ihm. Da wusste er, das Ende war gekommen, und er bereitete sich auf das Sterben vor. La illah illa e llahu, es gibt keinen Gott außer Gott.

Hinter dem kalten Schleier des Salzwassers sah er ein grünliches Licht aufleuchten.

O Allah, Allmächtiger, ist das der Eingang zur Hölle, sollte es tatsächlich so weit sein?

Er schmeckte das bittere Salz seiner Tränen, als sich eine Gestalt aus der phosphoreszierenden Finsternis schälte. Es war ein Mann nach Art der Türken gekleidet. Er trug eine Pumphose und einen Spitzbart. Der Schnurrbart war dünn und schmal wie auch sein Träger. Seine Augen funkelten wie Smaragde im Kerzenschein. Er beugte sich zu Halef hinunter und reichte ihm die Hand.

„Ich brauche ein paar Palmwedel, schnell", sagte ich zu Omar, „wir müssen mein Gewicht auf eine größere Fläche verteilen." Im Hintergrund hörte ich den Händler erst Stoßgebete aussenden und dann Omar beschimpfen. Der ließ sich davon nicht von seinem Vorhaben abbringen und löste rasch ein Bündel Palmwedel von einem der Kamele.

„Gott erbarme dich, genauso habe ich es in meinem Traum gesehen", rief der Händler. „Wir können nichts mehr für ihn tun, lasst uns weitergehen, damit uns nicht dasselbe Schicksal ereilt", fuhr er fort und zerrte an meinem Arm.

„Mach dich nützlich", herrschte ich ihn an, „und führe die Tiere ein Stück vor und wieder ein Stück zurück." Die Gefahr, dass er sich auf eigene Faust durchkämpfen würde, schätzte ich als gering ein. Mut war nicht seine Stärke. Aber es war wichtig, dass die Tiere nicht zu lange auf der Stelle verharrten, weil sonst die Gefahr bestand, dass ihr Gewicht die tragende Salzschicht durchbrach. Außerdem konnte ich das Gejammer des Mannes nicht länger ertragen.

„Versuch es damit“, sagte Omar, der in der Zwischenzeit ein paar der Palmwedel notdürftig miteinander verflochten hatte.

Ich ging ein Stück um die Einbruchstelle herum und robbte mich Zentimeter für Zentimeter auf der behelfsmäßigen Unterlage dichter an die Stelle heran, an der ich Halef vermutete. Zwar sank ich auch hier einen Daumen breit ein, doch die provisorische Matte trug mein Gewicht. Omar wies ich an, in der Zwischenzeit das Seil an einem der Wedel zu befestigen. Als ich mich so weit auf das Salz hinausgewagt hatte, wie mir möglich schien, stocherte ich mit diesem Wedel in dem grün schillernden Spalt.

Dankbar ergriff Halef die ausgestreckte Hand, und im selben Moment konnte er nicht länger an sich halten und riss den Mund auf. Doch maschallah, Wunder Gottes, statt brackigem Salzwasser strömte herrliche, klare Luft in seine Lunge hinein. Fast meinte er den Duft von Jasmin einzuatmen. Er blähte die Nasenflügel auf und sog das köstliche Nass in sich hinein.

Hamdulillah, Preis sei Allah, rief er und ließ die Hand des Fremden los, um auf die Knie zu sinken und Allah, dem Barmherzigen, dafür zu danken, seine Sünderseele gerettet zu haben. In dem Moment schnürte sich seine Kehle zusammen, ein Hustenanfall rüttelte seinen Leib und er versuchte mit der letzten ihm verbleibenden Kraft, das Wasser, das plötzlich wieder in ihn hineinströmte, hinauszupressen.

Oh, du Hund, Verfluchter, welch übles Spiel spielst du mit mir?, wollte er dem Fremden zurufen, doch er stieß nur Wolken braunen Wassers aus.

Der Fremde griff nach ihm, und im selben Moment vermochte Halef wieder zu atmen. Willig folgte er seinem Retter durch das grüne Dämmerlicht.

Ich spürte eine Hand auf meiner Schulter. Es war Omar. Er sah mich schweigend an. Er hatte seinen Vater an den Schott verloren, und wir hatten ihn überzeugen müssen, ihn dem Salz zu überlassen. Jetzt war es an ihm, mich im Leben zu halten.

Aber ich wollte nicht aufgeben, noch nicht.

„Ich will es nur noch einmal etwas weiter hier drüben versuchen“, sagte ich, erhob mich vorsichtig und ging ein paar Schritte weiter.

„Sihdi, es ist genug“, sagte Omar und fasste mich sanft am Arm. „Wir können nichts mehr für ihn tun.“

Halef konnte nicht sehen, wohin er trat, doch spürte er Steine unter seinen Sandalen, dann wieder weichen Untergrund, als ob unter dem Salzsee ein weiterer verborgen sei. Vielleicht befand er sich doch in der Dschehenna, der Hölle, und sein Führer brachte ihn lediglich zu dem ihm vorherbestimmten Platz. Die Angst legte sich um Halefs Brust wie Lederriemen, und mit jedem Schritt schnitten sie stärker ein. Er wurde langsamer und langsamer.

Der Fremde blieb stehen und musterte ihn.

So schnell gibst du auf?, schien sein Blick zu sagen.

Irgendetwas an seinem Retter erinnerte ihn an den Effendi, vielleicht der spöttische Blick. Halef gedachte all der Abenteuer, die sie zusammen ausgestanden hatten, und ihm wurde warm dabei ums Herz. Ich werde dich nicht enttäuschen, Sihdi, sagte er und spürte, wie sich das Lederkorsett um seine Brust lockerte und sein Atem wieder leichter ging. Mit der Luft strömte Hoffnung ein, und er nahm sich fest vor, den Weg tapfer und aufrecht bis zum Ende zu gehen, ganz gleich, was da noch kommen mochte.

Ich richtete mich auf, als plötzlich der Boden zu schwanken schien. Wie auf einer Eisscholle trieb ich ein Stück nach links. Auch die Tiere bemerkten die Veränderung und begannen unruhig zu werden. Etwas bewegte sich im Untergrund, als ob ein riesiger Lindwurm seine Kreise unter uns zog, bereit, jederzeit zuzuschnappen.

„Allah ïa Sahtir, o du Bewahrer, hilf uns!“, rief der Händler und warf sich auf die Knie. „Es geschieht genau wie in meinem Traum. Nur ein Baum kann uns jetzt noch retten.“

„Ein Baum, bist du verrückt geworden?“ Omar deutete auf das gleißende Weiß um uns. Er hatte Mühe, die Tiere beieinanderzuhalten. Wenn wir nicht bald festeren Untergrund finden würden, wären auch wir verloren.

Sie kamen an eine düstere Burg. In dem schummrigen Licht konnte Halef nur die Umrisse ausmachen. Zwischen zwei Toren stand ein Wächter mit gekreuzten Armen und einem Krummsäbel an der Seite. Er nickte Halefs Retter finster zu.

Der verneigte sich und schickte sich an zu gehen. Halef lief ihm hinterher. Noch einmal würde er nicht die Hand seines Retters loslassen und erneut eisiges und zugleich in der Kehle brennendes Wasser einatmen.

Doch der Wächter hielt ihn am Arm fest. Er deutete auf einen Teppich vor ihm.

Solange du dich darauf befindest, passiert dir nichts, hörte Halef eine tiefe Stimme in seinem Kopf. Und jetzt erkläre mir, warum ich dich nicht zu den anderen schicken soll.

Er stieß mit der Hand eines der Tore auf. Dahinter befand sich eine Höhle, in der eine dreiköpfige Bestie, eine Mischung aus Atlasbär und Schakal, an seinen Ketten rüttelte. Vor ihm lagen die zerrissenen Leiber anderer Opfer des Schott. Manche waren bereits bis auf die Knochen abgenagt, andere schienen erst vor Kurzem diesem Ungetüm zum Fraß vorgeworfen worden zu sein.

Halef wusste keine Antwort auf die Frage des Wächters.

Sollte das die Hölle sein? Aber wo befand sich dann Ssirath, die Brücke, die so schmal war wie die Klinge eines Schwertes, und das Kitab, das Buch der guten und der bösen Taten?

Der Wächter schien seine Gedanken zu hören, denn er sagte: Das hier ist der Seiteneingang, und drückte mit seiner Pranke das zweite Tor einen Spaltbreit auf.

Halef erblickte einen lieblichen Garten. Jasmin rankte sich an einem Holzgatter, in einem Brunnen plätscherte das Wasser, Palmen spendeten Schatten.

Ist das Dschennet, das Paradies?, fragte Halef.

So ist es, aber in deinem Fall ist wohl eher die Dschehennah, die Hölle hier links, angemessen, sagte der Wächter, und sein Lachen schepperte in Halefs Kopf.

Halef fiel auf die Knie. Allah akbar, Gott ist groß, ja, ich habe gesündigt, gewiss habe ich dem einen oder anderen Dummkopf mehr Piaster abgeschwatzt als angemessen, aber das ist doch keine Sünde.

Schweig!, donnerte es in seinem Schädel, und Halef presste die Hände gegen die Ohren.

Als die Stimme des Wächters verhallt war, fragte er kleinlaut: Was also wirfst du mir vor?

Du nennst dich Hadschi Halef Omar, sagte der Hüne. Ist es nicht so?

Halef nickte.

Wie der Vater und der Vater deines Vaters?

Wiederum nickte Halef. Er wusste, was jetzt kam, doch er wagte nicht zu sprechen.

Das ist auch gut so, sagte der Hüne in seinem Kopf, der offensichtlich Halefs Gedanken hören konnte.

Was geschieht mit Lügnern und Heuchlern?, fragte der Wächter und Halef schwieg.

Nicht einmal das weißt du?

Der siebente Höllenkreis ist für die Lügner vorgesehen, flüsterte Halef.

Wie bitte? Sag es laut, ich will es hören, tönte es in Halefs Kopf.

Lügner und Heuchler brennen im siebenten und tiefsten Höllenkreis, sagte Halef.

So ist es. Bist du also bereit, durch das linke Tor in den Vorhof der Hölle zu treten?

Die Frage des Wächters erklang nun so laut in Halefs Kopf, dass er Angst hatte, sein Kopf werde bersten.

Ich bitte dich, o Herr, mir noch so lange Atemluft zu schenken, bis ich dir meine Erklärung unterbreitet habe, sagte Halef. Dann werde ich mich willig durch das linke Tor begeben und mich dieser dreiköpfigen Bestie zum Fraß vorwerfen, und die abscheulichsten Kreaturen, die hier unten hausen, Würmer und Krebse und wer weiß noch welches Teufelsgetier, sollen sich an mir weiden, und ich werde es klaglos hinnehmen. Den schlimmsten Tod will ich willig ertragen und Allah dafür preisen, denn gerecht ist er, wenn du denn so entscheidest, nachdem du meine Rede empfangen hast.

Der Hüne verschränkte die Arme vor der Brust und musterte Halef misstrauisch.

Nun gut, sagte er schließlich, du hast einen Versuch, mich davon zu überzeugen, dich nicht in die Hölle zu schicken. So lautet das Gesetz.

Du Herrlicher, allah, allah maschallah – Gott tut Wunder, ihm sei Dank, ich danke dir für diese Gelegenheit.

Der Hüne winkte ab. Komm zur Sache, ich habe nicht alle Ewigkeit.

Es stimmt, o Herr, du sollst mein Richter sein, sagte Halef und warf sich auf die Knie. Ich habe die Hadsch nicht vollendet ...

Du gibst es also zu, eine Lüge. Der Wächter stieß das linke Tor weit auf, ein fauler Geruch nach Gerbstoffen und Gülle drang heraus. Er bedeutete Halef hindurchzutreten. Halef winkte mit beiden Händen ab.

Keine Lüge, Effendi, keine Lüge, wenngleich mir bewusst ist, dass es an der Oberfläche wie eine aussehen könnte.

An der Oberfläche, sagst du? Da bin ich ja gespannt. Aber fasse dich kurz. Meine Ohren sind langes Zuhören nicht mehr gewohnt.

Suchend sah sich Halef nach etwas um, das ihm in dem dämmrigen Grün eine Hilfe sein könnte. Dann hatte er einen Einfall.

Es ist wie der Schott el Dscherid, o Effendi, fuhr er fort. Von Weitem betrachtet sieht er aus wie ein großer, flacher und ausgetrockneter See. Eine Kruste aus Salz glitzert in der Sonne, der Wanderer macht sich dafür bereit, Schrunden an den nackten Füßen zu bekommen, sich vielleicht die Zehen aufzuschürfen ...

Du sollst dich kurz fassen, habe ich gesagt. Ich bin nicht von gestern. Er rieb sich die Ohrmuscheln, als schmerzten sie von Halefs Rede.

Halef nickte eifrig.

Unter diesem See, dem Schott, verbirgt sich eine ganze Welt, er beschrieb mit dem Arm einen Bogen, diese, deine Welt. Es ist ganz anders hier unten, als man sich das oben jemals vorstellen könnte. Genauso, mein Herr, verhält es sich mit meiner Pilgerfahrt.

Der Wächter rollte mit den Augen und steckte sich einen Finger in das Ohr. Nachdem er ihn ein paar Mal hin- und hergedreht hatte, forderte er Halef auf, weiterzusprechen.

Du bist doch hier schon eine Ewigkeit, Herr?

Vom Anbeginn der Zeiten bis zu deren Ende.

Es gibt also keine Zukunft und keine Vergangenheit wie für uns Sünder, habe ich Recht?

Da magst du richtig liegen.

Siehst du, so ist es mit meiner Pilgerreise. Es ist nicht so, dass ich sie nicht gemacht hätte.

Sofort verfinsterte sich das Gesicht des Wächters.

Willst du mich zum Narren halten? Komm zur Sache!

Nein, o Herr, selbstverständlich nicht. Deine Weisheit ist unermesslich. Aber ich habe die Hadsch gemacht – in der Zukunft. Ich habe die Pilgerreise schon so oft in Gedanken durchgeführt, dass es mir zur Gewissheit wurde. Ich habe die Wahrheit gesagt, aber eine Wahrheit, die in der Zukunft spielt. Wenn du aber, o weiser, gnädiger, geduldiger Wächter dieser Tore, mich jetzt schon dieser Bestie zum Fraß vorwirfst, muss der Eintrag ins Kitab, das Buch der guten und bösen Taten, gestrichen werden. Wenn du mich jetzt meines Lebens beraubst, dann bist du es, der mich zum Lügner macht. Denn erst am Ende meiner Tage, am Ende eines vollen Lebens wird sich zeigen, ob ich gelogen habe. Du bist also derjenige, der das, was schon ins Kitab eingetragen war, mein Lobpreisen zu Ehren Allahs, zunichte macht. Das kannst du doch nicht wollen?

Doch der Wächter hörte gar nicht hin, sondern hielt sich die Ohren zu.

Wäre es nicht gerechter, mich zurückzuschicken, damit ich die Zukunft erfülle, die Gewissheit gewiss werden lasse, statt mich hier unten verrotten zu lassen?, fuhr Halef fort.

Oh, verflucht, unterbrach ihn da der Wächter, schlimm genug, dass ich dir in deinem Kopf zuhören muss. Aber du bist auch in dem meinen. Hör auf damit und mach, dass du davonkommst. Das Höllentor fiel mit einem lauten Krachen zu.

So lässt du mich also in das Paradies eintreten?

Nein, du Dummkopf, ich schicke dich wieder nach oben, damit du deine Zukunft erfüllen kannst.

In dem Moment schloss sich auch das Tor zum Paradies wieder.

Halef warf sich zu Boden. Hamdulillah, Preis sei Allah, rief er wieder und wieder.

Sei endlich still!, rief der Wächter und legte den Arm über den Kopf, um seine Ohren zu schützen.

Für eine Weile hing unser aller Schicksal in der Schwebe. Jeden Moment konnten wir einbrechen. Schritt für Schritt tasteten wir uns vor, bis wir wieder festen Untergrund unter den Füßen spürten. Dennoch fühlte ich keine Erleichterung. Im Gegenteil, ich hatte meinen treuen Diener im Stich gelassen und nun auch meine Reisegefährten mit in den Tod gerissen, denn wir hatten jegliche Orientierung verloren. Es war nur eine Frage der Zeit, bis wir in der glühenden Sonne eines qualvollen Todes starben.

Der Korbhändler drehte sich im Kreis und faselte von seinem Traum, nach dem nur ein Baum uns retten könne. „Mitten auf dem Schott", rief ich, „denk doch mal nach: Wo soll denn hier ein Baum herkommen?"

Omar schirmte mit der Hand die Augen ab und suchte den Horizont nach Markierungen oder anderen Reisenden ab. Nichts. Nichts außer Salz und Sonne.

Nur noch eine Frage, sagte Halef, der Morgenluft witterte.

Du versprichst: eine und keine mehr?, fragte der Wächter gequält. Halef nickte.

Der Effendi und seine Gefährten haben womöglich den Weg aus den Augen verloren...

Die Frage!

Wie finden wir sicher über den Schott?

Weiter nichts?

Jetzt war es an Halef, den Kopf zu schütteln.

Nicht grundlos heißt der Schott ‚See der Markierungen', erklärte der Hüne. Du folgst den Baumstämmen. Vier einzelnen Baumstämmen folgt ein Paar von Baumstümpfen, dann wieder vier einzelne im Abstand von 60 Schritt.

Allah segne dich, o Herr, in deiner Güte und Weisheit ...

Mach, dass du verschwindest!

Der Hüne packte Halef am Burnus und schleuderte ihn nach oben.

Und in diesem Moment schoss Halefs Kopf durch das krustige Salz nach oben. Grelles Licht blendete seine Augen und für einen Augenblick glaubte er sich im Paradies oder doch zumindest auf dem Weg dorthin, als er eine rettende Hand spürte.

Da entdeckte der Korbhändler einen Baumstumpf und lief ohne darüber nachzudenken darauf zu.

Omar folgte ihm vorsichtig. „Sihdi, eine alte Wegmarkierung“, rief er, als er ihn erreichte.

Keine zwei Armlängen von mir entfernt begann das Salzwasser zu brodeln, und ein Kopf schoss in die Höhe. Halef! Mein lieber kleiner, treuer, mutiger, tapferer Halef! Sogleich lief ich auf ihn zu und streckte beide Hände nach ihm aus.

Ich glaube, in diesem Moment wäre es mir egal gewesen, wenn ich mit ihm versunken wäre. Ich zog ihn heraus, auf den festen Boden direkt neben dem Baumstamm.

Halef prustete und hustete, und als er wieder sprechen konnte, deutete er auf die Markierung und sagte: „Wahrhaft, Effendi, du bist der größte Weise unter der Sonne Allahs, des Allmächtigen. Woher hast du von dieser Markierung gewusst?“

Der Händler kniete fassungslos neben dem Baumstamm und betastete ihn, um sicherzugehen, dass es sich nicht um eine Fata Morgana handelte.

Wir sollten noch einige Abenteuer durchstehen, bevor wir uns auf den Weg nach Mekka machten. Die Reise über den Schott jedoch verlief ohne weitere erwähnenswerte Ereignisse.

Hans-Dieter Furrer

Fata Morgana

Um die Mittagszeit rasteten wir im Wadi Tarfaui im Schatten eines mächtigen Felsbrockens.

„Sihdi, da drüben ist der Schott!“ Halef deutete nach Osten, in die Ebene hinaus, wo etwas glitzerte und glänzte wie flüssiges Blei.

„Mein lieber Halef, von hier aus kann man den Schott el Dscherid noch nicht sehen. Es muss sich um eine Fata Morgana handeln, eine Sinnestäuschung. Du wirst sehen, der Salzsumpf wird sich, wenn wir ihn erreichen, in Luft aufgelöst haben.“

Da es ohnehin meine Absicht war, das Wadi zu verlassen und nach Osten abzubiegen, ritten wir eine Stunde später direkt auf die Erscheinung zu. Doch je näher wir dieser glänzenden und gleißenden Luftspiegelung kamen, umso genauer konnte ich erkennen, dass es gar keine Fata Morgana war. Unzählige wannenförmige Spiegelflächen blitzten in langen Reihen vor uns im Sonnenlicht. Und kurz vor dem rätselhaften Spiegelfeld scheute mein kleiner Berberhengst, stellte sich auf die Hinterbeine und hätte mich beinahe abgeworfen.

Auch Halef bekundete große Mühe, seine Stute zu beruhigen. „Was ist das, Sihdi? Ich glaube, wir sollten uns einen anderen Weg suchen.“

Doch meine Neugier war geweckt, mein Entschluss gefasst. Ich stieg ab, riet Halef das Gleiche, und wir führten unsere unruhigen Pferde am Zügel weiter.

Da! – Es fühlte sich an, als ob man durch einen unsichtbaren Vorhang aus Spinnweben treten würde. Ich blieb stehen und entdeckte die seltsamen Radspuren. Sie mussten von einem Gefährt mit breiten Rädern stammen, die regelmäßige Zackenmuster in den Sand gedrückt hatten.

Halef machte große Augen. „Sihdi, kannst du diese Spuren lesen? Mir erscheinen sie wie die von Riesenschlangen aus der Dschehenna."

„Ich glaube nicht, dass uns diese Spuren geradewegs in die Hölle führen", beruhigte ich meinen treuen Begleiter. „Doch wir werden ihnen folgen und herausfinden, wovon sie stammen."

Wir ritten dem Spiegelfeld entlang, und nach wenigen hundert Metern hatten wir das gesuchte Objekt vor uns, ein weiß lackiertes, mannhohes Ungetüm auf vier breiten Rädern, mit dunklen Fenstern und der Aufschrift SOLAR POWER BY DESERTEC.

Was bedeutete das? Wir stiegen ab und näherten uns vorsichtig dem seltsamen Gefährt.

„Was zum Teufel macht ihr hier?" Ein großgewachsener Mann, ganz in weißes Tuch gekleidet, kam zwischen den Spiegelwannen auf uns zu. „Wie seid ihr überhaupt hier hereingekommen?"

„Es selâm alejkum", grüßte ich. „Mein Name ist Kara Ben Nemsi. Und das hier ist mein Begleiter Halef."

Der Mann starrte uns verwundert an. Unser Aufzug schien ihn zu verblüffen. Ich hatte meinen Henrystutzen und den schweren Bärentöter umgehängt und Halef seine langläufige Flinte.

„Sie müssen dieses Werksgelände verlassen! Sie befinden sich hier im größten solarthermischen Kraftwerk der Sahara. Wir beliefern halb Europa mit elektrischem Strom." Ich musste ihn völlig verständnislos angeblickt haben. Er zog ein flaches, handtellergroßes Ding aus der Tasche und tippte kurz darauf herum. „Hier, schauen Sie!"

Auf dem kleinen Gerät war eine farbige Landkarte zu sehen. Von der Sahara führte eine rote Linie durchs Mittelmeer und verzweigte sich in die Länder Europas. „Mit der Sonnenenergie betreiben wir Dampfturbinen, die elektrischen Strom erzeugen."

Fasziniert schaute ich auf das kleine Gerät. Ich versuchte zu verstehen. In was für eine Welt waren wir geraten? Und dann entdeckte ich rechts unten das Datum:

JUNE:14:2036.

Die Erkenntnis ließ mich in der Gluthitze frösteln. Wir befanden uns in der Zukunft. Hatte uns der unsichtbare Vorhang in eine zukünftige Welt geführt?

Ich blickte mich nach Halef um, der abwartend hinter mir stand. Es gab nur einen Weg! Wir mussten zu der Stelle zurück, wo die Wagenspuren begannen, um dieser seltsamen Fata Morgana zu entkommen!

Wie zur Bekräftigung meiner Fluchtgedanken war jetzt über uns ein dröhnendes Geräusch zu hören. Zwei ungeheure fliegende Maschinen, die aussahen wie riesige Heuschrecken, donnerten über unsere Köpfe hinweg und gingen in rund fünfzig Metern Entfernung in einer wirbelnden Sandwolke zu Boden. Halef war beim Anblick der fliegenden Ungeheuer bereits auf sein Pferd gesprungen und losgeprescht, und ich tat es ihm nun gleich. Aus dem Augenwinkel sah ich noch, wie vier Gestalten aus der Sandwolke gerannt kamen.

In gestrecktem Galopp erreichten wir das Ende des Spiegelfeldes und den Spinnwebenvorhang. Dann waren wir draußen und unsere Pferde wieherten vor Aufregung. Erst nach einem schnellen Ritt über rund zwei Kilometer wagte ich mich umzublicken.

Die Fata Morgana war verschwunden!

Erleichtert stiegen wir ab und ließen unsere Tiere ausruhen. *Durch die Wüste* ritten wir dann gleichentags weiter nach Seddada. Am nächsten Tag führte uns Sadek, ein Freund von Halef, über den lebensgefährlichen Schott el Dscherid.

Thomas Le Blanc

Merhamehs Tochter

Wer ihr Vater war, wusste sie nicht. Natürlich war auch ihr das Gerücht zu Ohren gekommen, dass, als der greise Kara ein letztes Mal in Ardistan gewesen war, er sich vom Liebreiz Merhamehs hätte verzaubern lassen. Aber ihre Haut war zu dunkel, um Nemsi-Blut in sich zu haben. Sie war wohl eher der Spross eines arabischen Scheik oder eines persischen Mirza, den Merhameh nicht nur mit Worten besiegt hatte und der dann erfahren hatte, dass Frieden stets mit Liebe zu besiegeln ist.

Merhameh war bei der Geburt ihrer Tochter gestorben, und so hatte man den Säugling wiederum Merhameh getauft – in der Erwartung, dass das Mädchen die Stärke der engelsgleichen Mutter in sich tragen würde. Die Stärke und die Fähigkeit jener unvergleichlichen Frau, die mit bloßen Worten die erbittertsten Feinde zur Versöhnung bewegen konnte, deren Blick kein Hass standhielt, deren sparsame Gesten stärker waren als jedes Gewehr und jedes Schwert.

Als nun die ersten Orks aufgetaucht waren, eingewandert von Ard nach Ardistan, da rief man sie deshalb, obschon sie erst sieben Jahre alt war.

„Geh zu deinem Dunklen Herrn zurück und sag ihm, dass in unserer Welt kein Platz für euch und euresgleichen ist.“ Mit diesen Worten trat sie vor den gewaltigen Ork, der an der Grenze ihres Landes aufragte und es nun mit Krieg und Terror überziehen wollte.

Ein siebenjähriges Mädchen, kaum größer als ein Halbling, mit hüftlangen braunen Haaren und einem leisen Stimmchen, das in Kontrast zur Kraft seiner Worte stand. Das Mädchen verschwand fast vor der Masse des zottigen, acht Fuß hohen und dreihundert Pfund schweren Monsters, dessen grollende Stimme wie ein unterirdischer Donner klang. Einer verständlichen Sprache war der Ork nicht mächtig, er gab lediglich gutturale Laute von sich, die in tiefem Bass drohten, die jeden Gegner niederbrüllten, die angriffen und vernichteten, die namenlose Angst verbreiteten: die Urangst vor dem Bösen.

Doch nicht bei dem Mädchen, das unverrückbar vor dem Monster stand und sich nicht beeindrucken ließ. „Geh wieder", wiederholte es. „Verlass unsere Welt wieder." Merhamehs Stimme war um keinen Grad lauter geworden, aber jedem Zuschauer schien es, als ob ein rosiger Äther um die Gestalt entstanden war.

Mit einem einzigen Fußtritt hätte der Ork das Mädchen zerschmettern können, seine mächtigen Hände hätten den kleinen, zarten Körper mühelos zerreißen können, und der Kopf des Kindes wäre mit einem einzigen Zubeißen zwischen den mächtigen Hauern in seinem Schlund verschwunden.

Doch er griff nicht an. Er brüllte noch einmal, doch diesmal bereits merklich kraftloser.

Merhameh bewegte sich zunächst nicht, nur ihr lang herabwallendes Haar spielte im leichten Wind. Dann hob sie die Hand in einer sanften, aber unnachgiebigen Abwehrgeste.

Dass jemand keine Angst vor ihm hatte, machte das Monster plötzlich schwach und hilflos. Seine schwarzgraue Haut wurde blass und fahl, Haare und Horn weichten auf, der Körper verlor an Konsistenz, wurde milchig, schließlich durchsichtig und leicht wie verfliegender Rauch. Dann war er weg. Und einen Augenblick später verschwand auch sein Schatten.

Merhamehs Tochter drehte sich nun um zu denen, die sie gerufen hatten. „Da das Böse allein von der Angst lebt, ist es auch einfach zu besiegen", sagte sie. „Indem man ihm ohne Angst entgegentritt und nicht weicht. Wenn man das weiß, ist es ganz leicht."

Jacqueline Montemurri

Das Vermächtnis des Kara

„Es selâm 'alejkum! Darf ich mich ans Feuer setzen?", fragte ich die Gesellschaft.

Der flackernde Schein beleuchtete sonnengegerbte, zerfurchte Gesichter. Die hellen Turbane leuchteten im Dunkel der Wüstennacht. Einer der Araber erhob sich. Er war recht klein und dürr. Sein nicht mehr weißer Burnus war sichtlich für einen viel größeren Mann gefertigt. Ein paar Fasern am Kinn und einige Spinnfäden rechts und links der Nase deuteten wohl einen Bart an, der die Lippen frei ließ, die sich nun zu einem freundlichen Lächeln verzogen. Mit der Hand beschrieb er eine einladende Geste.

Ich nickte dankend und setzte mich ans wärmende Feuer. War die Wüste bei Tage ein brennender Glutofen, so war es des Nachts sehr kalt unter dem leuchtenden Sternenband.

„We 'alejkum es selâm!", antwortete nun der Araber. „Wer seid Ihr?"

„Mein Name ist Albin Wadenbach."

Jemand bot mir einen Korb mit Datteln. Ich nahm einige in die Hand und reichte ihn weiter. Die Kamele der Reisenden lagerten nahe der Wasserstelle und ich konnte ihr Schnauben und Brummen hören.

„Was führt Euch durch dieses Land, Sihdi?", fragte mich der Bärtige. Seine Augen funkelten wissbegierig im Licht des Lagerfeuers.

„Ich bin Reporter und schreibe einen Reisebericht über den Orient", antwortete ich.

„Oh. So kommt Ihr aus dem Abendland?“

„Ja. Das ist wahr ... Und wohin führt Euer Weg?“

Der Mann steckte sich eine Dattel in den Mund und begann bedächtig zu kauen. Dann antwortete er: „Wir bringen Waren von Bagdad nach Stambul.“

Ich blickte ins Feuer. Die Auskunft kam mir seltsam vor, denn diese Oase hier lag gewiss nicht auf der beschriebenen Route. Doch hütete ich mich, einen Verdacht laut zu äußern. Ich kannte diese Leute nicht und war lieber vorsichtig.

„Habt Ihr, Sihdi Wadenbak, schon Berichtenswertes erlebt?“ Das Männchen stopfte sich wieder eine Dattel in den Mund. Seine Gefährten saßen still daneben und lauschten unserem Gespräch.

„Ich weiß nicht“, gestand ich leise, „ob es berichtenswert ist. Doch ich hatte vor wenigen Tagen eine seltsame Begegnung.“

„Oh, wenn es Euch gefällt, so erzählt uns davon. Wir lauschen gern seltsamen Geschichten. Dies verkürzt uns die Nacht.“

Nun stopfte ich mir meinerseits eine der süßen Datteln in den Mund, um Zeit zu gewinnen, und kaute lange auf ihr herum. Ich überlegte, wo ich beginnen sollte.

Die Wasser des Nils ließen das Schiff kaum merklich hin- und herschwanken. Die Segel waren gebläht. Die Frau stand an der Reling und blickte zurück nach Süden. Seit wir in Luxor abgelegt hatten, hatte sie sich kaum von der Stelle bewegt. Ich wusste, dass sie in Begleitung ihres Gatten und eines befreundeten Ehepaares war. Vielleicht war es unschicklich, sie anzusprechen, doch ihr betrübter Blick rührte mich zutiefst. Zumal ich wusste, dass ihre Gesellschaft Landsleute von mir waren.

„Darf ich mich vorstellen?“, begann ich zögerlich. „Albin Wadenbach.“

Sie blickte mich an, als hätte ich sie aus einem Traum gerissen. Ich hielt ihr die Hand entgegen. Sie blinzelte, als wäre sie gerade aufgewacht.

„Oh.“ Sie ergriff zaghaft meine Hand. „Angenehm. Klara Plöhn.“

„Gefällt es Ihnen hier nicht?“ Sicherlich war es recht anmaßend von mir, dies zu fragen. Doch ich wollte gern mehr über ihren Kummer erfahren.

„Es ist wunderschön hier. All die antiken Stätten. Sehr anregend.“

„Aber was betrübt Sie dann so?“

Sie blickte mich verwirrt an. Doch dann flog ein Lächeln über ihr Gesicht wie ein verschreckter Vogel. „Nun“, antwortete sie offen. „Er ist es, der mich betrübt.“

„Er?“

„Ja, unten in der Kajüte. Diese Reise war sein Lebenstraum, aus dem er böse zu erwachen scheint.“

„Hat er sich ein Fieber geholt?“

„Mag sein, dass man es so nennen könnte.“

Ich verstand ihre Worte nicht. „Was meinen Sie damit?“

„Ich befürchte, wir müssen ihn einer Irrenanstalt zuführen.“

„Wieso? Was ist mit ihm geschehen? Welches Fieber kann das bewirken?“

„Ich würde es Realität nennen“, antwortete sie. Ihre Augen bekamen einen feuchten Glanz und sie wendete sich von mir ab, blickte hinaus in die Wüste.

„Realität?“, bohrte ich weiter.

„Ja. Er kann es nicht verwinden. Hatte er doch solch Reisen schon viele Jahre unternommen. Hatte Abenteuer erlebt und glaubte, das alles zu kennen. Doch nun ...“

„Doch nun?“

„Es ist nicht so, wie er erwartet hatte.“ Sie verstummte.

Als Reporter war ich es gewohnt, Menschen auszufragen. Diesmal tat ich mich schwer damit. Sie war eine attraktive Frau von zarter Gestalt, und ihre Traurigkeit betrübte mich.

„Darf ich Ihren Gatten sprechen?“, kam es über meine Lippen.

„Es geht nicht um meinen Gatten.“ Ihr Ton war fast ein wenig entrüstet. „Es ist Karl, der Freund meines Mannes, der uns Sorge bereitet.“

„Oh, verzeihen Sie“, entgegnete ich.

„Schon gut. Sie können es gern versuchen. Doch ich glaube, er ist im Moment niemandem zugänglich.“

Sie stieß sich von der Reling ab, als hätte sie einen wichtigen Entschluss gefasst, und führte mich hinab in den Bauch des Schiffs. Zaghaft klopfte sie an einer Kajütentür. Von drinnen war ein unwirsches Gebrüll zu hören.

„Gehen Sie besser allein hinein. Doch seien Sie auf der Hut. Er ist derzeit nicht er selbst.“

Ich nickte und sie wendete sich ab. Ich blickte ihrer zarten Gestalt nach, bis sie wieder die Treppe hinaufgestiegen und aus meinem Sichtfeld entschwunden war.

All meinen Mut zusammennehmend öffnete ich nun die Tür. Drinnen erblickte ich einen Mann, an einem kleinen Tisch sitzend, der über und über mit Büchern bedeckt war. Er hatte den Kopf in die Hände gestützt und bot ein elendes Bild.

Als ich eintrat, blickte er auf. „Wer sind Sie?“, herrschte er mich an.

„Ich hörte, wir seien Landsmänner, und wollte Ihnen meine Aufwartung machen“, erklärte ich.

„Pshaw!“, kam es verächtlich aus seinem Mund.

Ich betrachtete ihn interessiert. Sein stellenweise ergrautes Haar war nach hinten gekämmt. Er trug einen Oberlippenbart, der im Augenblick ein wenig ungepflegt erschien, und unter der Unterlippe einen kleinen Kinnbart.

„Was wollen Sie?“, brüllte er mich an.

„Entschuldigen Sie mein Eindringen. Doch ich bin Reporter und schreibe einen Bericht über eine Orientreise. Da Sie weit gereist sind, dachte ich, Sie ...“

Weiter kam ich nicht.

Er war aufgesprungen und warf mit einem Baedeker nach mir. „Hier haben Sie Ihren Reisebericht!“ Ich konnte mich in letzter Sekunde unter dem anfliegenden Reiseführer ducken und er prallte gegen die Kajütentür.

Der Mann sank wieder auf dem Stuhl zusammen. „Ich bin dessen nicht würdig. Nicht dieser historischen Schätze."

„Warum denken Sie das?"

„Goethe würde ganz anders sehen, denken und empfinden als ich. Das ist nun leider hier im Leben nicht mehr nachzuholen."

Dieser Mann musste wahrlich verwirrt sein, ging es mir durch den Kopf. Was hatte er mit Goethe zu schaffen?

Als hätte er meine Gedanken erraten, zog er den „Faust" aus dem Bücherstapel und schleuderte ihn durch die Kajüte. „Zwei Seelen wohnen, ach! in meiner Brust", schrie er in wilder Verzweiflung. „Oder sind es gar drei oder vier?"

„Haltet ein, werter Herr", versuchte ich ihn zu beruhigen.

„Das ist nicht meine Welt", schluchzte er. „Das ist nicht die Welt von Kara Ben Nemsi und Hadschi Halef Omar."

Sein Elend rührte mich zutiefst, auch wenn ich nicht verstand, wovon er sprach. „Wer ist Kara Ben Nemsi?", fragte ich.

„Kara Ben Nemsi ...", murmelte er, als müsse er sich erst entsinnen. Dann blickte er auf, und seine wasserblauen Augen wirkten plötzlich, als sei er wieder klaren Verstandes.

„Durch die Wüste ...", begann er seine Erzählung.

Durch die Wüste ritt ich mit meinem treuen Gefährten. Seine kleine, dürre Gestalt auf dem großen Pferd mag für manch einen lächerlich gewirkt haben. Doch wer ihn kannte, wusste seinen Scharfsinn, seinen Mut und seine Gewandtheit und Ausdauer zu schätzen. Keinen anderen Gefährten hätte ich mir an meiner Seite gewünscht.

Nie habe ich jemandem davon erzählt, wie Halef in mein Leben trat. Ich hatte mich auf meiner Reise einer Karawane angeschlossen. Der halbwilde Berberhengst, so klein von Gestalt, dass meine Füße fast auf dem Boden schleiften, trabte gemächlich neben einem für ihn gewaltigen Tuareg-Hedschîn. Damals besaß ich noch nicht Rih, meinen legendären Rappen, den ich erst viel später als Geschenk von Scheich Mohammed Emin erhielt. So musste ich mich noch mit dem kleinen Berber begnügen.

Die Sonne neigte sich dem Horizont zu. Das Abendrot tünchte die Wüste in die Farbe des Blutes. Die Kamele trotteten in gerader Linie, eins hinter dem anderen. In der Ferne glaubte ich schon eine Oase zu erkennen, die sicherlich das Ziel für die Nacht sein sollte. Doch plötzlich beschrieb der Treck einen Richtungswechsel, den ich mir nicht erklären konnte. Von meinem kleinen Pferd aus hatte ich zudem kaum Überblick über unseren Weg.

Also sprach ich den Reiter neben mir an: „Was hat das zu bedeuten?"

„Dieser Pfad ist verdorben", antwortete der Targi von seinem Hedschîn herunter.

Ich runzelte die Stirn. Was mochte das bedeuten? Doch anstatt weiterzufragen, drückte ich meine Fersen in die Flanken des Pferdes, und das Tier machte einen erschreckten Satz nach vorn. Dann verfiel es in zügigen Trab.

„Wo wollt Ihr hin, Effendi?", rief der Wüstenmann mir nach.

„Ich möchte mich selbst überzeugen", erwiderte ich.

Dies schien ihm nicht zu gefallen, denn er war schnell aufgerückt. Ein Schritt seines Kamels waren fünf Schritte meines Pferdes. Schon ritt er wieder neben mir.

„Ihr solltet Euch diesem Ort nicht nähern", warnte er mich.

Nun, da wir uns vom Weg der Karawane entfernt hatten und ich über die sandigen Dünen zu blicken vermochte, gewahrte ich einen dunklen Fleck im Boden.

„Was ist das?"

„Ein Unglücklicher, ein Todgeweihter."

Wir kamen rasch näher und ich musste mit Entsetzen feststellen, dass da ein Kopf aus dem Sand schaute. Er war mit einem großen Turban bedeckt, der ihm wohl das Leben gerettet hatte. Denn die unbarmherzig vom Himmel herniederbrennende Sonne des Tages hätte ihn sonst gebraten wie ein rohes Ei.

Ich stieg von meinem Pferd und kniete mich vor dem Kopf nieder. Da ich bemerkte, dass die geschlossenen Augen leicht zuckten, durfte ich noch Leben in dem Eingegrabenen vermuten, und ich machte mich sogleich ans Werk, ihn aus dem Sand zu befreien.

„Könnt Ihr mir nicht zur Hand gehen?“, bat ich den Araber auf dem Kamel.

„Bei Allah. Dies ist nicht möglich, Effendi. Dies ist ein Verurteilter vor Allah. Ich darf mich nicht gegen dieses Urteil wenden.“

„Woher wollt Ihr wissen, dass es rechtens war?“

„Dies spielt keine Rolle. Nur der Herr weiß es.“

„Nun, da ich es nicht weiß, werde ich dieser armen Seele helfen“, erwiderte ich.

„Dann seid auch Ihr des Todes. Die Karawane wird Euch verstoßen.“

Während wir so sprachen, hatten meine Hände schon das halbe Männlein ausgegraben. Denn dieser Mann war von sehr kleiner Statur, fast wie ein Kind und äußerst dürr. Aber er lebte, und das war die Hauptsache.

„Sei's drum“, entgegnete ich.

Der Araber auf dem Hedschîn stöhnte: „Ihr seid ein seltsamer Mann.“ Sodann wendete er sein Reittier und ritt von dannen.

Ich grub und wühlte und schaffte es schließlich, den armen Kerl aus dem Wüstenboden zu ziehen. Dann nässte ich ihm das Gesicht mit Wasser, und die Lebensgeister kehrten in ihn zurück.

„Wer seid Ihr?“, fragte er noch ganz benommen.

Unterdessen war die kurze Dämmerung der Wüste hereingebrochen und von der Karawane war keine Spur mehr zu erblicken. Doch dies stimmte nicht ganz. Denn im Osten sah ich einen Punkt in den Dünen, der rasch größer wurde. Bald konnte ich zwei Reittiere unterscheiden. Und schließlich erkannte ich meinen freundlichen Weggenossen, den Araber auf dem Hedschîn. Am Zügel führte er ein großes, dünnes Pferd hinter sich her.

Ich erhob mich, um ihn zu begrüßen. Kurz vor mir blieb er stehen, stieg jedoch nicht ab. Er warf mir die Zügel des Pferdes entgegen. Geschickt fing ich sie auf.

„Effendi“, begann er. „Ihr seid ein guter und gerechter Mann. Dem da möchte ich nicht helfen. Doch Euch wünsche ich nicht den Tod. Deshalb gebe ich Euch dieses Pferd. Es ist nichts wert und bedarf keines Dankes. Sodann mögt Ihr mit Eurem neuen Gefährten wohlbehalten Euer Ziel erreichen.“

„Ich danke Euch. Wollt Ihr mir zum Abschied noch Euren Namen nennen?“

„Mein Name ist Hassan, das soll Euch genügen.“

„Ich danke Euch, Hassan. Allah sei mit Euch.“

„Und mit Euch.“ Dann sprintete er auf seinem Kamel davon und ich sah ihn nie wieder.

Sodann wand ich mich meinem Schützling wieder zu. „Wer seid Ihr?“

„Mein Name ist Hadschi Halef Omar Ben Hadschi Abul Abbas Ibn Hadschi Dawuhd al Gossarah“, sprudelte es aus ihm heraus.

Ich lächelte amüsiert. „Ein wohlklingender Name. Was hat Euch edlen Herrn in diese Lage gebracht?“

Halef rückte seinen Turban zurecht und glättete seine Fransen, die er als Bart im Gesicht trug. „Ich muss Euch enttäuschen, Sihdi. Ich bin kein edler Herr. Ich wurde wegen Prahlerei und Aufschneidens bestraft.“

„Und seid Ihr dessen schuldig?“

Halef lächelte verschmitzt. „Das, lieber Sihdi, wird uns die Zeit lehren.“ Er zwinkerte mir verschwörerisch zu. „Wie ist Euer Name?“, fragte mich der kleine Muselmann dann.

„Karl.“

„Von wem stammt Ihr ab, Kara?“

Ich wollte ihn nicht beleidigen und ließ es bei Kara. Denn ich wusste sehr wohl, dass er meinen Namen nicht recht auszusprechen vermochte.

„Ich komme aus Deutschland."

„So bist du denn Kara Ben Nemsi", beschloss er kurzerhand.

Ich ließ ihn gewähren. War es doch ein vortrefflicher Name für mich in diesem Land.

Dies war der Beginn einer wunderbaren Freundschaft. Wir machten uns auf, in die Klüfte des Dschebel Aures, stiegen zum Dra el Haura hinunter, um über den Dschebel Tarfaui nach Seddada, Kris und Dgasche zu gelangen, wo wir von einem Abenteuer ins nächste stürzten. Halef war stets an meiner Seite und hatte nur eine Sorge:

„Und ist es wirklich wahr, Sihdi, dass du ein Giaur bleiben willst ...?"

So beendete er seine Geschichte. Mit einem tiefen Seufzer stützte er wieder den Kopf auf die Hände.

„Und Sie sind dieser Kara Ben Nemsi?", fragte ich verblüfft.

„Nehmen Sie es, wie Sie wollen", antwortete er leise. „Gehen Sie nun. Lassen Sie mich allein."

So erhob ich mich. Ein Ruck ging durch das Schiff. Konnte dies schon die abendliche Anlegestelle sein? Waren tatsächlich schon so viele Stunden vergangen? Stunden, in denen ich mit Kara Ben Nemsi durch die Wüste geritten war. Ich blickte den Mann am Tisch an und wusste nicht, was ich von seiner Erzählung halten sollte. Also verließ ich ihn – den Abenteurer, den Erzähler, den Irren? – und machte mich selbst auf, um durch die Wüste zu reisen.

Die Gesellschaft am Lagerfeuer hing gebannt an meinen Lippen. Erst jetzt, da ich aus den Tiefen meiner Erinnerung auftauchte, wurde mir dies gewahr. Das dürre Männlein warf einen Palmzweig ins Feuer. Funken stoben auf und wanderten gen Himmel, als wären es Sterne, die sich mit den Glanzlichtern der Milchstraße vereinen wollten. Ich blickte ihnen versonnen hinterher.

„Dies war eine schöne Geschichte, Sihdi. Habt Dank dafür."

Ich lächelte großzügig. Doch war mein Geist noch gefangen in meiner Erzählung.

Der dürre Araber erhob sich. „Nun denn, lasst uns Allah preisen und uns zur Ruhe begeben."

Die anderen erhoben sich nun auch. Sie hatten sich unter den Palmen Schlafplätze gerichtet, die sie nun aufsuchten. Ich selbst verweilte noch am verglühenden Feuer.

Unverhofft legte jemand eine Hand auf meine Schulter. „Ich hoffe, Euer Freund hat den Weg zurück ins Leben gefunden."

Ich blickte mich um. Es war der dürre Araber.

„Er war nicht mein Freund", entgegnete ich. Die Stille der Wüstennacht wirkte erdrückend.

„Aber der meine, Sihdi", antwortete er leise.

Ich stutzte und blickte ihn verwirrt an. „Wer seid Ihr?", entfuhr es mir.

Der Mann lächelte verschmitzt. „Dies ist mein Sohn, er heißt Kara", stellte er mir einen jungen Burschen vor, der still an seiner Seite stand.

Ein kalter Schauer überlief mich.

Dann deutete er eine Verbeugung an und stellte sich selbst vor mit den Worten: „Ich bin Hadschi Halef Omar Ben Hadschi Abul Abbas Ibn Hadschi Dawuhd al Gossarah."

Monika Niehaus

Das Auge des Zyklopen

„Und du glaubst wirklich nicht an Magie, Sihdi?“

Halef, mein Führer und Gefährte, der ein paar Pferdelängen vor mir ritt, drehte sich zu mir um, sein dünner Bart ob so viel Begriffsstutzigkeit empört gesträubt.

„Das meiste, was abergläubische Leute für Magie halten, lässt sich wissenschaftlich erklären. Und was uns heute noch phantastisch erscheint, werden wir morgen verstehen“, entgegnete ich ihm.

„Sihdi, du bist so klug; wenn du nur auf mich hörtest, könnte aus dir der größte Magier von allen werden. Also werde ich dich überzeugen, du magst wollen oder nicht …“ Er trieb sein Pferd zu einem flotten Trab an.

Diese Diskussion hatten wir schon häufiger geführt, daher hörte ich nur mit halbem Ohr zu und studierte den Ring an meiner linken Hand. Wir befanden uns auf dem Weg von Djelfa nach El Oued und wollten nach einem Abstecher über den Schott el Dscherid weiter nach Kairo. Unterwegs hatten wir in einer Karawanserei in Touggourt Rast gemacht. Dort hatte ich einem Ägypter einen Dienst erwiesen und er hatte darauf bestanden, sich erkenntlich zu zeigen. Ich bin eigentlich kein Freund von Schmuck, doch um den alten Mann nicht zu kränken, hatte ich den Ring angenommen. Es war ein schmaler Silberreif mit einem Onyx, aus dem ein Relief herausgearbeitet war.

Ein Ausruf Halefs ließ mich auffahren. „Sihdi, ein Reiter nähert sich …“

Wir zügelten unsere Pferde und ich versicherte mich, dass mein Revolver griffbereit war. Dies waren unsichere Gegenden und unsichere Zeiten.

Der Reiter kam in gestrecktem Galopp auf uns zu. Kurz vor uns stoppte er sein Pferd und grüßte höflich. „As-salama alaykum, ich suche einen Franken, der ein großer Gelehrter sein soll …“

„Wisse, Fremder, mein Sihdi ist der weiseste aller Männer und …“ Halef verstummte verblüfft, denn der Reiter hatte den Teil seines Burnus, der sein Gesicht bis auf die Augen verhüllte, fallen lassen, und wir sahen in das Gesicht einer jungen Frau mit ebenmäßigen Zügen und dunklen, fast nachtschwarzen Augen.

Ich trieb mein Pferd einen Schritt vor. „Ich bin Franke, man nennt mich Kara Ben Nemsi, und das ist mein Gefährte Halef, aber woher weißt du von mir?“ Sollte sie von unserem kleinen Abenteuer in Touggourt gehört haben? Das war eigentlich unmöglich …

Die junge Reiterin lächelte. „Nachrichten wandern oft schneller durch die Wüste als der Wind. Mein Name ist Asifa. Der Scheik der Uëlad Sebira, die in der Nähe ihre Herden weiden, bietet euch seine Gastfreundschaft an. Er braucht deinen Rat.“

„Und er hat dich ausgeschickt, mich um Hilfe zu bitten?“

„Mich schickt niemand!“ Ihre Augen blitzten selbstbewusst. „Ich bin Binti Riih, die Tochter des Windes, und ich komme und gehe, wie es mir gefällt.“ Sie wies auf den Himmel hinter uns. „Und momentan seid ihr auf *meine* Hilfe angewiesen.“

Ich drehte den Kopf. Der Himmel im Westen hatte sich verfinstert, und als Vorboten eines Sandsturms prasselten die ersten scharfkantigen Sandkörner auf die Kruppen unserer Pferde, die sichtlich unruhig wurden und schnaubten.

Halef drängte sein Pferd an meine Seite. „Sihdi, und was ist, wenn dieses schöne Weib eine Dschinnīya[1] ist, die uns in

[1] Weiblicher Geist

die Irre führen will?“, flüsterte er besorgt. „Der Sturm kommt aus dem Nordwesten, wenn wir scharf nach Osten abbiegen, müssten wir ihm auch ohne ihre Hilfe entkommen.“

Asifa, die offensichtlich ein feines Gehör hatte, lachte. „Du hast Recht, vorsichtig zu sein, aber ihr werdet einen Führer brauchen, denn direkt im Osten liegt das Sandmeer, das wir durchqueren müssen.“

Von dieser Region aus Treibsand und Geröll hatte ich gehört, sie galt als höchst gefährlich. „Du kennst den Weg?“, fragte ich Asifa.

„Ja, aber noch viel besser kennen Rasad und Ifrit die sicheren Pfade!“ Sie steckte zwei Finger in den Mund und stieß einen schrillen Pfiff aus. Wenige Augenblicke später galoppierten zwei Hyänen heran und umkreisten ihre Herrin hechelnd.

Halef fielen fast die Augen aus dem Kopf. „Sihdi, wir können unmöglich …“

„Um den Geistern des Sandmeeres zu entkommen, müssen wir sehr schnell reiten, sonst ziehen sie uns in die Tiefe“, unterbrach Asifa seinen Protest und ließ sich von ihrem Pferd gleiten. „Daher werde ich mein Pferd mit dem deines Effendi tauschen, denn ich bin viel leichter als er – vertraust du mir jetzt?“

Asifa ritt eine milchweiße Araberstute reinsten Geblüts, die ich schon die ganze Zeit bewundert hatte und gegen die unsere kleinen, struppigen Berberpferde wie Klepper wirkten. Dieses großmütige Angebot ließ Halefs Zweifel auf der Stelle schwinden. „O Sihdi, Asifa ist eine edle Tochter der Wüste. Keine Dschinnīya würde ein solches Pferd aufs Spiel setzen!“

Ich zögerte einen Augenblick, auf den Tausch einzugehen, aber sie legte mir die Hand auf den Arm. „Effendi, vertrau mir“, bat sie.

Für weitere Diskussionen blieb keine Zeit. Es war auf einmal drückend schwül geworden; die Vorläufer des Sturms hatten uns erreicht und mit ihnen ein feiner roter Staub, der uns einhüllte wie Mehltau und die Sonne wie eine von violetten Schlieren durchzogene Kupferscheibe erschienen ließ. Es war höchste Zeit – wir mussten fliehen, bevor uns die schreckliche Sandwolke einhüllte. Also folgten wir unserer Führerin, die rasch voranritt, die Hyänen immer an ihrer Seite.

Schließlich wandte sie sich um. Vor uns erstreckte sich ein breiter, mehrere Kilometer langer und ungewöhnlich tiefer Talkessel mit von Sand und Wind polierten Wänden, in deren Spalten verkrüppelte Dornengewächse vegetierten. Gefüllt war dieser Kessel mit feinem, hellem Sand, durch den sich ein Labyrinth aus dunkleren Bahnen zog, die im Abendlicht blutrot leuchteten. Nur diese Adern waren fest genug, um kurze Zeit das Gewicht eines Reiters zu tragen.

„Hier beginnt das Sandmeer", erklärte unsere Führerin und warf einen besorgten Blick auf den Himmel, dessen Kupferton inzwischen in ein schmutziges Orange übergegangen war. „Möge Allah uns gnädig sein!" Sie machte Rasad und Ifrit ein Zeichen. „Vorwärts! Bleibt in meiner Spur, aber nicht zu nah, sonst trägt der Sand nicht!" Asifa setzte den Hyänen, die ein erstaunliches Tempo vorlegten, in gestrecktem Galopp nach, gefolgt von Halef, und ich bildete die Nachhut.

Angefeuert von den lauten „Jalla-jalla"-Rufen unserer Führerin jagten wir über die Sandfläche, wohl wissend, dass jeder falsche Schritt unser Verderben sein konnte. Und wir durften keinesfalls langsamer werden, sonst würde uns der Sand verschlingen. Hinter uns heulte der Sandsturm, und getrieben von seinem Gluthauch hetzten wir keuchend vorwärts.

Ich weiß nicht, wie lang dieser Höllenritt schon gedauert hatte, als Asifa sich in den Steigbügeln erhob, einen Schrei ausstieß und nach vorne deutete. Dort war der Ausgang des Talkessels, wir hatten es gleich geschafft – als uns eine heftige Sandbö einholte und Halefs Pferd ins Straucheln geriet. Es kam vom sicheren Pfad ab, fing sich wieder, strauchelte erneut, brach in den tückischen Treibsand ein.

„Sihdi!“, brüllte Halef in höchster Not.

Ich spornte die Stute an und hielt auf Halef zu, riss den Kleinen zu mir auf den Sattel und stürmte auf das Ufer des Sandmeeres zu. Halefs Pferd, von seiner Last befreit, rappelte sich auf und rammte im Vorbeistürmen die Stute, die nun doppeltes Gewicht zu tragen hatte. Diese stolperte und drohte wenige Schritt vor Erreichen des rettenden festen Bodens mit der Hinterhand einzusinken. Das edle Tier so kurz vor dem Ziel aufgeben? Niemals! Es gab nur eine Möglichkeit, die Stute zu entlasten, und ich stemmte mich in den Steigbügeln ab – ein gewaltiger Purzelbaum über den Hals des Pferdes, und Halef und ich landeten auf festem Boden. Einen Moment später gesellte sich die Stute zitternd und schnaubend, aber unversehrt zu uns.

„Sihdi, das war ein schrecklicher Ritt“, stöhnte Halef, während er sich aufrappelte. „Und wenn du nicht Asifas Stute geritten hättest, hätten die Sandgeister mich wohl ins Verderben gezogen.“

Die junge Frau war neben uns getreten. Ihr Gesicht war bleich unter der Sonnenbräune, während sie ihre Stute streichelte, um sie zu beruhigen. „Effendi, so wütend habe ich die Geister des Sandmeeres selten erlebt – es ist fast, als wollte eine böse Macht euch von hier fernhalten. Aber die Zelte der Uëlad Sebira sind nicht mehr fern.“

Sie bestieg ihre Stute, und als ich mich in den Sattel meines Berberpferdes schwang, konnte ich ein Stöhnen kaum unterdrücken.

Meinem aufmerksamen Halef war das nicht entgangen. „Sihdi, hast du dich verletzt?“

„Mein Fuß. Nur eine kleine Verstauchung, die ich mir wohl beim Sturz zugezogen habe“, entgegnete ich beschwichtigend.

„Maschallah, und du hast deinen Ring verloren!“

Ich sah auf meine Hand. „Er muss mir vom Finger geglitten sein, als ich dich zu mir herüberzog.“

Der Kleine grinste. „Dein guter Halef gegen einen Ring? Da haben die Sandgeister einen schlechten Tausch gemacht, findest du nicht?“

Wir hatten die Ausläufer des Sandsturms hinter uns gelassen, und über uns wölbte sich ein Sternenhimmel, so klar und rein, wie man ihn nur in der Wüste findet. Da es fast Vollmond war und der helle Sand das Licht zurückstrahlte, bereitete uns die Sicht keine Schwierigkeiten. Die Hyänen trabten voraus, sie schienen den Weg genau zu kennen. Manchmal ließen sie ein Wimmern hören, dem ein boshaftes Kichern folgte, und sie erhielten aus der Weite der Wüste vielstimmig Antwort.

„Wie kommt es, dass du ausgerechnet mit Hyänen jagst, Asifa?“, wollte ich wissen.

Die junge Frau wandte mir ihr Gesicht zu und um ihren Mund spielte ein sonderbares Lächeln. „Rasad und Ifrit sind mir gute Gefährten. Sie sind treu und klug, und die Jagd mit ihresgleichen hat eine lange Tradition.“

„Diese Aasfresser haben im Allgemeinen keinen sehr guten Ruf“, wandte ich ein.

Ihre Augen blitzten. „Effendi, ihr Franken nennt den Löwen edel und die Hyäne feige. Doch es sind meist die Löwen, die diese von euch so genannten Aasfresser von ihrem Riss vertreiben und sich den Bauch mit fremder Beute vollschlagen, weil sie die Stärkeren sind.“

Ich musste ihr im Stillen Recht geben, aber so richtig anfreunden konnte ich mich mit ihren Jagdgefährten dennoch nicht – sie waren einfach zu hässlich. Und unheimlich, wie ich mir eingestand.

Einer Antwort wurde ich enthoben, denn der scharfäugige Halef, der vorausgeritten war, drehte sich um. „Sihdi, ich glaube, ich erkenne das Lager der Uëlad Sebira!“

Und richtig, vor uns hoben sich die Silhouetten von ein paar Dutzend Zelten gegen den Nachthimmel ab, und wir konnten auch einige Lagerfeuer flackern sehen, in deren Schein Pferde und auch einige Kamele dösten. Nicht weit entfernt blökte ein Schaf, und Halef schnüffelte. „Hamdullilah, Sihdi, ich rieche den Duft gebratenen Hammels!“, meinte er und rieb sich erwartungsvoll über den Bauch.

Die Hyänen waren uns derweilen vorausgeeilt und hatten das Lager mit ihrem heiseren Jaulen von unserer Ankunft unterrichtet. Achmed es Sallah, der Scheik der Uëlad Sebira, hieß uns persönlich vor seinem Zelt willkommen und bat uns hinein. Er war ein Mann in den besten Jahren mit graumeliertem Bart und einem strahlend weißen Burnus, und wie es die Gastfreundschaft erforderte, bewirtete er uns zunächst einmal mit süßem schwarzem Tee und zu Halefs großer Freude mit Hammelpilaw. Erst als Gebäck und Datteln gereicht wurden, kam er zur Sache. Dass Asifa ganz selbstverständlich im Kreis der Männer saß und von ihnen respektvoll mit Binti Riih angeredet wurde, zeugte von ihrer besonderen Stellung in dieser Beduinengesellschaft, in der das Wort von Frauen im Allgemeinen wenig gilt.

„Effendi, der Ruhm deiner Weisheit ist bis in unsere Zelte gedrungen, und als die Binti Riih erfuhr, dass euch eure Schritte in diese Gegend führen, erbot sie sich, euch unsere Gastfreundschaft anzubieten. Denn wir brauchen deinen Rat, ein Fluch hat uns getroffen. Und falls du nicht nur ein großer Gelehrter, sondern auch ein Magier bist …“

„Mein Sihdi könnte der größte Magier von allen sein, wenn er nur wollte“, fiel Halef ein. „Aber meist findet er es unter seiner Würde, seine magischen Fähigkeiten einzusetzen, und löst Rätsel lieber mit der Schärfe seines Verstandes.“

Ich warf dem Kleinen einen tadelnden Blick zu. Dann wandte ich mich wieder dem Scheik zu. „Erzähl mir von dem Fluch.“

„Herr, du hast Asifas Stute gesehen, sie stammt von meinem berühmten Hengst Falasch[1], ein Pferd, wie es Allah nur alle hundert Jahre einmal erschafft. Nun hat auch ein reicher

[1] Blitz

Heilkundiger namens Iskander vom Ruhm meines Hengstes gehört. Die Leute sagen, der Mann stamme von einem einäugigen Riesen ab, dessen Schädel den Eingang seines Zeltes bewacht, deshalb wird er auch Abu Sikulus[1] genannt. Er wollte Falasch unbedingt kaufen, doch ich weigerte mich. Daraufhin prophezeite er mir, sämtliche Nachkommen meines Hengstes würden sein Zeichen tragen … und sieh her …“

Er nickte zweien seiner Männer zu, die aufstanden und kurz darauf mit einer Decke zurückkehrten. Der Scheik schlug sie auf. Darin lag ein wunderschönes schwarzes Fohlen mit seidigem schwarzem Fell und langen schlanken Beinen.

„Maschallah!“, entfuhr es Halef. „Welch ein Unglück!“

Mitten auf der Stirn des Fohlens prangte ein einziges, großes Auge.

„Wir haben es töten müssen, denn sein Fluch hat sich bewahrheitet!“ Der Schmerz über den Verlust des Fohlens war dem Scheik anzuhören.

„Hm.“ Ich runzelte nachdenklich die Stirn. „Solche Missbildungen kommen vor. Es könnte Zufall sein …“

Achmed es Sallah schüttelte den Kopf. „In unseren Herden sind seit dem letzten Regen auch mehrere Zicklein und Lämmer mit diesem Zeichen geboren worden. Es ist ein Fluch! Und Abu Sikulus hat mir einen Boten geschickt, als er von dem Füllen hörte. Er wiederholte sein Kaufangebot, aber zu einem deutlich geringeren Preis, da er dem Hengst zunächst den Scheitan austreiben müsse, der in ihn gefahren sei. Er hält morgen eine Mawaaid[2] im Wadi Messuwar ab und hat mir bis dahin Bedenkzeit gelassen.“

Während der Scheik sprach, hatten die Hyänen, die bislang zu Asifas Füßen geschlafen hatten, den Kopf gehoben und die Ohren gespitzt. Offensichtlich hatten sie etwas vernommen …

„Vorwärts!“ Draußen war das Knallen von Halefs Kurbatsch zu hören, gefolgt von einem Wehlaut, und dann stolperte

[1] Vater der Zyklopen
[2] Sprechstunde

ein Schwarzer ins Zelt, gefolgt von einem aufgebrachten Halef.

„Sihdi, ich bin hinausgegangen, um nach unseren Pferden zu schauen, als ich diese schwarze Kröte entdeckte, die offensichtlich eure Unterhaltung belauschte!“

„Nun, was hast du uns zu sagen?“, herrschte der Scheik den Mann an, der sich vor ihm auf die Knie geworfen hatte. Der schüttelte nur den Kopf und antwortete nicht. Der Scheik wiederholte seine Frage auf Türkisch, erntete aber wieder nur ein Kopfschütteln.

„Effendi, willst du es probieren?“, wandte er sich an mich.

Ich versuchte es mit einigen Dinka- und Nuba-Dialekten – ohne Erfolg. Schließlich kam mir ein schlimmer Verdacht und ich bedeutete dem Schwarzen, den Mund zu öffnen. Und meine Ahnung hatte mich nicht betrogen. „Man hat dem armen Kerl die Zunge herausgeschnitten. Und da er sicher nicht lesen und schreiben kann, können wir ihn nicht fragen, wer ihn geschickt hat. Durchsuch ihn, Halef!“

Schnell lagen die wenigen Habseligkeiten des Schwarzen vor uns auf dem Boden. Eine kleine Pfeife, ein schmieriger Geldbeutel mit wenigen Piastern, ein paar Datteln und eine kleine, silberne Tabakdose.

Neugierig öffnete Halef die Dose. „Sie trägt im Deckel ein hübsches Muster, ist aber so gut wie leer …“ Er steckte seine Nase hinein und schnüffelte. „Der Tabak riecht wie … hatschi!“ Er schnäuzte sich. „Sihdi, das ist kein gewöhnlicher Tabak! Dieses Zeug fährt einem wie ein Blitz durch die Nase ins Gehirn und wieder hinaus!“, staunte er.

Ich lachte. „Ja, ich kenne es, die Almani[1] nennen es Schnupfpulver. Aber wie es hierhin in die Wüste kommt …“ Ich untersuchte die Dose genauer. „Kann es sein, dass dieser Heilkundige kein Ibn al-Arab[2] ist?“

„Maschallah, Effendi, woher weißt du das?“, fragte der Scheik verblüfft. „Man munkelt, er sei Grieche!“

[1] die Deutschen [2] Sohn Arabiens

„Sieh her, das, was Halef für cin Muster gehalten hat, sind griechische Schriftzeichen. Sie bilden das Wort Alexandros, die griechische Form des arabischen Iskander.“

Asifa, die offenbar nichts von der Schwatzhaftigkeit vieler ihrer Geschlechtsgenossinnen hielt, hatte bisher schweigend zugehört. Nun lächelte sie und in ihren Augen glomm ein seltsames Feuer. „Ich denke, Scheik Achmed, wir sollten der Mawaaid dieses Vaters der Zyklopen morgen einen Besuch abstatten!“

Das Wadi Messuar war ein tief eingeschnittenes, weitgehend ausgetrocknetes Flussbett, das sich etwa zwei Kilometer weit in ostwestlicher Richtung erstreckte. Um eine kleine Senke, in der sich ein flacher See gesammelt hatte, drängten sich unter einem kleinen Hain aus Dattelpalmen und Olivenbäumen einige Lehmhäuser und zumeist ärmliche Zelte. Eines dieser Zelte war hingegen mit Troddeln und Wimpeln verziert und gehörte offenbar einem reichen Mann.

Während sich Neugierige und Bittsteller um den kostbaren Teppich drängten, auf dem der vorgebliche Heilkundige seine Audienz gab, hatte ich Zeit, ihn unauffällig zu betrachten. Iskander war ein fetter, kleiner Mann um die Vierzig. Er trug einen langen, blütenweißen Kaftan und einen roten Fes, unter dem ölige schwarze Locken hervorquollen. Seine eng zusammenstehenden Augen hatten einen stechenden Blick, und das ständige Lächeln, das um seinen vollen Mund spielte, wirkte falsch.

„Iskander gilt als großer Hekim“, flüsterte Asifa mir zu. Wir hatten verabredet, dass sich Scheik Achmed und seine Beduinen im Hintergrund halten sollten, bis wir klarer sahen. Asifa und ihre Tiere waren im Wadi hingegen offenbar ein gewohnter Anblick und man grüßte sie auch hier respektvoll als Binti Riih.

Nun, die medizinischen Ratschläge, die dieser falsche Hekim gab, schienen sich auf das Austeilen von Amuletten und die Entgegennahme von Piastern zu beschränken. Einem kleinen Jungen, der an Räude litt, hätte ein Bad wohl mehr geholfen als ein Talisman gegen den Bösen Blick. Als der Hekim einem jungen Mann, der sich offensichtlich eine Maulsperre zugezogen hatte, ein weiteres Amulett in die Hand drücken wollte, hielt ich es nicht länger aus. Ich warf Asifa einen raschen Blick zu. Sie nickte nur – ein Handzeichen, und Ifrit und Rasad bahnten mir einen Weg durch die Menge.

Dann trat ich auf den jungen Mann zu – „Du erlaubst?“ – und versetzte ihm eine kräftige Ohrfeige.

Der Geschlagene taumelte zurück. „Was fällt dir ein … oh!“ Er bewegte seine Kinnlade. „Ich kann wieder sprechen! Du hast mich geheilt! Bist du ebenfalls ein Hekim, Effendi?“

Ich lächelte. „Solche einfachen Handgriffe kennt bei uns in Frankistan jedes Kind. Aber lass sehen, was in dem Amulett steckt, das Iskander dir gegeben hat.“

Der Grieche war aufgesprungen, das Gesicht gerötet. „Ich verbiete es! Darin wohnt ein mächtiger Dschinn …“

„… der die Gestalt einer toten Fliege angenommen hat“, vollendete ich seinen Satz. Und schnippte das Insekt in den Sand, wo es blitzschnell von einer kleinen Eidechse verschlungen wurde.

Iskander riss sich zusammen. „Effendi, Unheil wird über dich kommen!“, versicherte er mir. „Und es wird noch schlimmer werden, wenn du mir nicht sofort meinen Sklaven Abdul auslieferst, den dein Diener festhält.“

„Gern, wenn du mir sagst, was er tief in der Nacht bei den Uëlad Sebira zu suchen hatte!“

„Frag ihn doch selbst!“, spottete der Dicke. „Aber wenn du mir mein Eigentum nicht wiedergibst, bist du ein Dieb.“

Weiter kam er nicht, denn der kleine Halef war auf den Teppich gesprungen und hatte seine Peitsche gezogen. „Wer meinen Sihdi einen Dieb nennt, macht mit meiner Kurbatsch Bekanntschaft!“, rief er.

„Und wer meinem Herren droht, mit mir!“ Aus dem Schatten des Zeltes war ein Koloss getreten, kahlgeschoren und nackt bis zur Hüfte. Auf seiner Stirn trug er ein aufgemaltes drittes Auge. Er hätte für den antiken Polyphem Modell stehen können. „Ich diene dem Vater der Zyklopen. Willst du es mit mir aufnehmen, Zwerg?“

Wenn Halef etwas nicht leiden konnte, dann, wenn man ihn auf seine geringe Körpergröße ansprach. „Nichts lieber als das, Großmaul!“

„Nein, Halef, ich verbiete es, du rennst in dein Unglück!“, protestierte ich und wollte mich zwischen ihn und den Riesen stellen, doch die schöne Araberin hielt mich zurück. „Effendi, du humpelst, dein Fuß ist verletzt. Vertrau deinem Gefährten. Kopf und Herz sind oft wichtiger als rohe Kraft!“ Diesen Augen war schwer zu widerstehen, und schließlich gab ich nach, woraufhin Asifa Halef aus seinem Überwurf half und seinen Oberkörper auf seine Bitte hin mit Talg einrieb.

Dann stellte sich der Kleine seinem Gegner. Ein Raunen ging durch die Menge und mein Magen zog sich zusammen. Der Kerl war nicht nur einen Kopf größer als Halef, sondern auch muskelbepackt wie ein Stier. Er griff ohne Vorwarnung sofort an, aber Halef wich ihm geschickt aus und zielte mit heftigen Tritten immer wieder nach den Knien seines Gegners. Einmal gelang es dem Riesen, Halef zu packen, und die Menge hielt den Atem an, aber dank des Talgs gelang es dem Kleinen, sich ihm wie ein Aal zu entwinden. Plötzlich ging Halef in die Hocke, schleuderte dem Riesen eine Handvoll Sand ins Gesicht und sprang ihm an die Kehle. Der taumelte einen Moment, wischte sich den Sand aus den Augen, schüttelte Halef ab und lachte heiser. Nun hatte der Kleine seinen Trick ausgespielt und würde bald die Nerven verlieren. Und tatsächlich, Halef sah sich gehetzt um, machte auf der Ferse kehrt und flüchtete. Sein Verfolger setzte ihm nach wie ein gereizter Stier. Wie blind vor Angst lief Halef direkt auf die riesige Palme zu, die den Platz beschattete. Nur noch einen Moment, dann würde der Riese ihn zwischen sich und dem Stamm zerquetschen. Aber statt seine Richtung zu ändern, griffen Halefs nackte Füße in die Rinde der Palme. Er rannte den Stamm zwei volle Schrittlängen empor und machte dann einen geschmeidigen Salto rückwärts. Der Koloss hatte keine Chance mehr zu bremsen und streckte die Hände vor, um den unvermeidlichen Aufprall abzumildern. Halef landete direkt hinter ihm, und mit der vollen Wucht, die ihm sein Schwung verlieh, trat er den Koloss ins Gesäß. Dessen Schädel prallte mit einem dumpfen Ton gegen den Stamm und er brach zusammen, ohne einen weiteren Laut von sich zu geben.

Einen Moment herrschte Totenstille, dann brach die Menge in Jubel aus. Auch wenn die Umstehenden dem falschen Heilkundigen bisher freundlich gesonnen waren, konnten sie nicht anders, als dem Sieger dieses ungleichen Kampfes Respekt zu zollen. Und Asifa zwinkerte mir zu. Hab' ich es dir nicht gesagt?

„Halef, mein lieber Halef, du hast es tatsächlich geschafft!" Erleichtert nahm ich den Kleinen in den Arm.

„Sihdi, du wirst doch nicht an deinem Hadschi Halef Omar gezweifelt haben?" Er schnüffelte. „O Allah, ich dufte wie ein Hammel, der gleich aufgetischt werden soll!"

Der Grieche war unterdessen aus seiner Erstarrung erwacht. „Das war ein übler Trick!", heulte er. „Diese Fremden sind böse Zauberer, die ihr schleunigst fortjagen solltet, wenn euch nicht der Fluch des Zyklopen treffen soll!" Er wies auf den Schädel, der wie ein Wächter über dem Eingang seines Zeltes hing.

„Den sollten wir uns einmal genauer ansehen!" Bevor er mich daran hindern konnte, hatte ich den Schädel von seiner Aufhängung geangelt.

Der Grieche wollte sich auf mich stürzen, doch die beiden Hyänen knurrten drohend. Dabei entblößten sie ein Gebiss, das einem Leoparden Ehre gemacht hätte, und er blieb wie angewurzelt stehen.

Ich untersuchte den etwa kürbisgroßen Schädel genauer. Der Unterkiefer fehlte, aber der Schädel war eindeutig natürlichen Ursprungs, keine Fälschung, wie ich zunächst vermutet hatte. Und mitten auf der Stirn prangte ein großes Loch.

„Der Schädel ist echt!“, musste ich zugeben.

„Seht, hier saß das Auge des Zyklopen!“, erklärte der Grieche, der wieder Oberwasser spürte, eilfertig. „Er war einer meiner Vorfahren, und sein Geist ist mein Diener.“

Halef, Asifa und der Scheik, der inzwischen mit seinen Männern vorgetreten war, sahen mich besorgt an. Wenn der Grieche tatsächlich kein Betrüger war … Ich drehte den Schädel herum. Der Unterkiefer fehlte, aber die Zahnreihe im Oberkiefer war intakt. Und da fiel es mir wie Schuppen von den Augen.

„Einem Effendi aus Almania[1] kann man nicht so leicht etwas vormachen“, erklärte ich den Umstehenden. Ich griff nach dem vermeintlichen Zyklopenschädel und hob ihn hoch. „Seht her, hat sein Vorfahr etwa Stoßzähne gehabt? Das Loch in der Mitte, das ihr für den Sitz des Auges haltet, ist die Nasenöffnung, dort setzt der Rüssel an! Er hat euch den Schädel eines jungen Zwergelefanten, wie sie in grauer Vorzeit auf den Inseln vor der Küste lebten, als Kopf eines Zyklopen verkauft!“

„Maschallah!“ Die Umstehenden drängten sich neugierig heran, um den Schädel näher zu betrachten.

Aus der Menge löste sich ein älterer Beduine, der einen respektheischenden Eindruck machte. Er wandte sich an den Scheik. „Scheik Achmed es Sallah, wir wissen, dass dein Hengst Falasch ein Fohlen mit einem einzigen Auge auf der Stirn gezeugt hat – genau, wie von Abu Sikulus prophezeit. Wie kann das sein, wenn er nicht wirklich dem Geist dieses Zyklopen befiehlt?“

Der Scheik warf mir einen hilfesuchenden Blick zu.

Ich lächelte.

[1] Deutschland

„In meiner Heimat gibt es eine Pflanze, sie wird Nieswurz genannt und führt, wenn Muttertiere sie während ihrer Trächtigkeit fressen, zu Missbildungen bei der Frucht – einem einzigen, großen Auge auf der Stirn."

Der Alte nickte. „Ich habe von dieser Pflanze gehört, wir nennen sie Kharabaq. Aber sie wächst nicht in unserer Gegend …"

„Nein, aber ihre unterirdischen Teile werden seit eh und je pulverisiert und zu Schnupfpulver verarbeitet, daher der Name …" Ich zog die silberne Dose aus der Tasche. „Diese Dose haben wir Abdul abgenommen, und Iskander hat öffentlich zugegeben, dass der Stumme sein Sklave ist. Es war ein perfider Plan. Ein paar Dutzend Datteln, mit Schnupfpulver gefüllt, auf der Weide der Uëlad Sebira verteilt – und Monate später bringen die Stuten missgebildete Fohlen zur Welt. Niemand denkt an eine lange zurückliegende Vergiftung – alle glauben an einen mächtigen Zauber."

Aus der Kehle der Menge stieg ein tiefes Grollen. Scheik Achmed es Sallah ergriff meine Hände. „Mein Hengst ist also nicht verflucht?"

Ich bejahte durch Kopfschütteln. „Er ist völlig gesund."

„Al-hamdu-lillah! Aber, o Allah, was für ein Schurke. Dafür soll er in der tiefsten Dschehenna[1] schmoren!"

Zustimmendes Gemurmel ringsum. Die Verstümmelung eines Sklaven nahmen diese Wüstenbewohner nicht besonders schwer, die Vergiftung edler Pferde war in ihren Augen hingegen ein todeswürdiges Verbrechen.

Der Grieche klammerte sich an mich. „Effendi, Gnade! Du bist ein Franke wie ich und darfst nicht zulassen, dass sie mich umbringen!"

Ich stieß ihn von mir. „Abu Sikulus, du bist ein Vater der Lügen, ein gemeiner Schurke und Feigling und hast keine Gnade verdient. Doch du bist es nicht wert, dass wir uns die Hände mit deinem Blut beflecken! Lasst Allah sein Richter sein!"

[1] Hölle

Rundum erhob sich Protest, doch Asifa gebot mit einer Handbewegung Schweigen. „Wenn der Effendi verlangt, dass niemand von uns Hand an ihn legt, dann sollten wir dem Schurken sein elendes Leben lassen. Gebt ihm ein Pferd und Wasser für drei Tage und jagt ihn in die Wüste. Allah wird sein Urteil sprechen!“ Sie klopfte den Hyänen auf den Rücken. Die Tiere kicherten heiser wie über einen guten Witz und ihre grünlichen Augen funkelten.

Nachdem wir einen leichten Imbiss eingenommen und uns herzlich von Scheik Achmed es Sallah und den übrigen Uëlad Sebira verabschiedet hatten, schwangen wir uns auf unsere Pferde und nahmen unseren Ritt in Richtung Osten wieder auf.

Halef war bester Laune. „Sihdi, dieses Abenteuer wird unseren Ruhm im ganzen Reich des Padischah verbreiten! Diesmal hattest du ausnahmsweise Recht, der Zauber war ein fauler Zauber. Das heißt aber nicht, dass es keine Magie gibt. Das werde ich dir beweisen, so wahr ich den Riesen dieses Vaters der Lügen besiegt habe!“

„Halef, du bist ein tapferer kleiner Kerl und ein treuer Freund, aber du bist und bleibst ein Großmaul!“, wies ich ihn lächelnd zurecht. „Besser ist es manchmal, über das Erlebte zu schweigen.“

Und so verschwieg ich ihm auch, wie mich die glutäugige Asifa verabschiedet hatte. Bevor sie mir einen Kuss auf die Wange hauchte, hatte sie mit einem spitzbübischen Lächeln mir etwas in die Hand gedrückt. Als ich sie öffnete, lag darin der Ring, den ich im Sandmeer verloren hatte. Das Relief auf dem Stein zeigt Imentet, die antike Göttin mit dem Hyänenkopf.

Alexander Röder

Die Zedern des Libanon

I.

Schüsse brüllten durch den Schankraum! Kugeln summten wie Hornissen in alle Richtungen und bohrten sich in Wände, Balken, Leiber!

Ich, Kara Ben Nemsi, duckte mich hinter einen umgestürzten Tisch, dessen grobe Bretter mich schützen konnten, solange die Feinde nicht in meine Flanke gelangten! Mein Revolver spie sein letztes Blei, dann klickte der Hammer auf eine bereits abgefeuerte Patrone. Rasch griff ich an den Gürtel, um die Trommel nachzuladen. Neben mir erwiderte mein Gefährte Halef das Feuer der Banditen. Auch er hatte hinter dem Tisch Deckung gefunden, sein Knie und seine Stiefel pressten sich auf den gestampften Lehmboden, ringsum die Schüsseln und Teller unserer Mahlzeit, die wir vor wenigen Augenblicken noch genossen hatten, nach langem Ritt durch die Bekaa-Ebene des Libanon. Jetzt aber lieferten wir uns ein heftiges Feuergefecht mit vier brutalen Gesellen – und einer davon war ein Widersacher, den wir nur zu gut kannten! Doch niemals hätten wir erwartet, ihm hier zu begegnen, im kleinen Dorf Dschead, von dem aus man schon die Hänge des Gebirges sehen konnte, hinter welchem die Gestade des levantinischen Mittelmeers liegen.

Erneut bellten die Schüsse der Banditen! Ich hatte meinen Revolver wieder im Anschlag, und doch schielte ich hinüber, dorthin, wo neben dem umgestürzten Hocker mein Henrystutzen lag. Dessen Feuerkraft hätte ich nur zu gerne genutzt – allein, er lag außer Reichweite! Und in diesem Kugelsturm wäre es Selbstmord gewesen, einen Ausfall zu wagen! Halef und ich saßen in der Falle, und unsere Munition ging zur Neige. Waren wir tatsächlich verloren?

II.

Es begab sich im Frühsommer des Jahres 1874, dass ich mit Halef von der Syrischen Wüste aus nach Westen geritten war. Wir kamen von den Lagergründen der Haddedihn-Beduinen in der Dschesireh, also der Wüste nördlich des Stromes Euphrat im alten Mesopotamien. Wie meine treuen Leser wissen, war Halef nicht nur trotz seiner jungen Jahre bereits Mitglied im Stammesrat der Haddedihn. Mit dessen Scheik, Amad el Ghandur, der seit Mohammed Emins Tod vor drei Jahren der Führer des Stammes war, verband uns eine Freundschaft, die aus gemeinsamem Kampf für Gerechtigkeit geboren war. Ihm zur Seite stand Malek, ehemals Scheik der Ateibeh, welche sich vor ebenfalls drei Jahren den Haddedihn angeschlossen hatten. Dieser war der Vater von Amscha, und dessen Tochter Hanneh war wiederum Halefs Ehefrau, deren beider kleiner Sohn, Kara Ben Halef, nach mir benannt worden war. Welche Abenteuer uns jüngst zu den Haddedihn geführt hatten, will ich hier nicht referieren – ich verweise meine Leser auf meinen längeren Reisebericht[1], der bei meinem deutschen Verleger in Bamberg erschienen ist. Auf den Seiten jenes Buches habe ich getreu geschildert, was Halef und mir in der Stadt Basra und in der Wüste Al-Badiya, in Oasen, alten Tempeln und mächtigen Burgen widerfahren ist und welche schier unglaublichen Dinge wir gesehen und erlebt haben. Uns zur Seite war damals unser alter Freund Sir David Lindsay gestanden,

[1] Siehe: Karl Mays Magischer Orient, Band 1: Im Banne des Mächtigen. Bamberg 2016

der unermesslich reiche und spleenige englische Lord. Er hatte sich kurz nach unseren gemeinsamen Erlebnissen nach Istanbul verabschiedet – allerdings mit der Verabredung, uns nach dem Besuch der Haddedihn mit Sir David in der Metropole am Bosporus zu treffen. Denn das Abenteuer in der Wüste hatten wir wohl überstanden, jedoch konnte unser Widersacher, der machtgierige Al-Kadir, seiner gerechten Strafe entfliehen. Wir mutmaßten, dass sein Weg ihn nach Westen führen würde, aus dem Maschrik heraus, welches der östliche Teil des arabischen Orients ist, und dass er im europäischen Teil des Osmanischen Reiches, jenseits von Stambul, in den Bergen und Schluchten des Balkans sein weiteres Unwesen treiben würde. Denn dort besaß er einen Verbündeten, dessen Namen ich hier nicht nennen will. Nicht nur, weil ich meinen treuen Leser das spannende Lesevergnügen meines Berichts[1] nicht vergällen möchte – es verhielt sich so, dass Halef und ich kaum glauben wollten, um welchen Mann es sich hierbei handelte.

Hingegen standen wir hier in Dschead einem leibhaftigen Gegner gegenüber! Und diesen kannten wir wohl – oder vielmehr trugen wir in uns üble Erinnerungen an ihn! Denn er hatte uns entführt, gefesselt durch die Wüste getrieben, geschlagen und geschunden. Was für eine Vorsehung nun, dass wir ihm erneut begegnet waren – doch wer hätte dies erwartet, hier und jetzt!

Halef und ich waren also nach Westen gereist, um von Tripolis im Libanon aus – welches auch Tarablus heißt – per Schiff das Meer zu durchmessen, bis hin nach Istanbul am Bosporus. Nachdem wir die Syrische Wüste hinter uns gelassen und die Vorhöhen der Bergkette des Antilibanon überwunden hatten, erreichten wir endlich die reiche und grüne Ebene von Bekaa. Die beiden Ströme des Orontes, der auf Arabisch Nahr al-Asi genannt wird, und des Litani spenden hier reichlich Wasser für die Felder und Gärten, welche das Land mit prächtigen Ernten versorgen. Und selbst in den kargeren Gefilden reihten

[1] Siehe: Karl Mays Magischer Orient, Band 2: Der Fluch des Skipetaren. Bamberg 2016

sich herrliche Weinberge aneinander, umfriedet mit Hecken, an welchen Rosen mit weißen und rötlichen Blüten prangten.

Der lange Ritt und auch der schöne Anblick steigerten unseren Appetit und Durst, und so kehrten Halef und ich im Dorf Dschead ein, welches wir bereits bei unserer früheren Reise durch diese Gegend genutzt hatten, um uns für die Überquerung des nahen Gebirges zu stärken. Das Gasthaus war ein wenig schäbig, aber die Speisestube mit allerlei Reisenden bevölkert, ein stetes Zeichen, dass die Küche gut und die Preise günstig waren.

Der Wirt erkannte uns wieder, und da wir es dieses Mal nicht ganz so eilig hatten wie damals, tischte er uns reichlich auf: Aus einem großen Kessel schöpfte er persönlich zwei Näpfe mit einem kräftigen Eintopf, der hauptsächlich aus dem bestand, was man auf Arabisch Burgul, auf Türkisch jedoch Bulgur nennt und jeweils schlichte Weizengrütze darstellt. Weiterhin wurde dies Gemengsel nahrhaft gemacht durch Felderbsen, welche man auch als Kichern kennt, durch reichliche Beigabe von Zwiebeln und ein wenig Hammelfleisch. Dazu erhielten wir als Zukost einen Salat von weißem Kopfkohl, Salata Malfuf, sowie Hindbeh Bilzeyt, gekochten Löwenzahn in Öl, Knoblauch und Zitrone. Es mag nun niemand scherzen, im Libanon äßen die Menschen das, was in Deutschland als Futter für Hasen und Kaninchen gälte. Vielmehr ist diese Speise recht gesund und auch anregend durch ihre herbe Bitternis, die gerade dem europäischen Gaumen einen Gegensatz zur allgegenwärtigen Süße des Orients bietet und auch dem überreichlichen Fett in den Speisen trefflich entgegenwirkt. Die kluge Hausfrau setzt ja auch dem feisten Gänsebraten das bittere und der Verdauung zuträgliche Kraut des Beifuß zu.

Halef und ich schmausten also und waren heiter, trotz des ernsten Hintergrundes unserer Reise. Da wir aber klug den Landweg durch die Weite Kleinasiens vermieden hatten, also nicht aus dem Hinterland Osmaniens nach der Hauptstadt reisten, sondern stattdessen den Seeweg nehmen wollten, würden wir ein wenig Zeit gewinnen und uns dennoch pünktlich mit Sir David in Stambul treffen können. Ich hatte nämlich bei unserem früheren Besuch durchaus bedauert, den Höhenzug der Libanon-Berge, welche man nicht von ungefähr als eines der berühmtesten Gebirge der Welt erachtet, nicht so recht sinnlich erfahren zu können. Ebenso wenig hatten wir die Wälder der Zedernbäume besuchen können, welche dem Libanon seit der Antike sein besonderes Gesicht geben und ihm ein Wahrzeichen sind. Den Anblick dessen würden wir uns dieses Mal nicht nehmen lassen. Denn auch wenn Halef und ich stets eifrige und eilige Kämpfer für die Gerechtigkeit und die gute Sache sind, so sind wir doch auch Männer der Weiten und der Höhen und der Natur, die kaum etwas mehr genießen als den Ritt im Sattel unserer Pferde durch schöne Landschaften. Nicht ohne Grund habe ich mir als Reisender und Schriftsteller gleichermaßen einen Namen gemacht. Und als dieser, der ich zwischen Tagen und Wochen im Sattel über Land und Tagen und Wochen auf dem Stuhl am Schreibtisch wechsele, schätze ich auch einen warmen trockenen Platz in einer Schänke, mit Speise und Trank und einem Plausch mit meinem Gefährten.

III.

„Ach, Sihdi“, sagte Halef und schob mit einer Krume Brot das dunkelgrüne Löwenzahngemüse beiseite, welches er im Gegensatz zu mir verschmähte, aber durchaus nicht die Tunke aus Öl und Zitronensaft. „Du willst also wirklich das Gebirge an jener Stelle überqueren, die uns durch die Zedernwälder führt? Waren die Pfade, die wir damals nahmen, nicht viel bequemer und rascher zu bereisen?“

„Guter Halef“, meinte ich, „sei doch so edel und denke nicht allein an dich selbst. Unsere Pferde, dein treues Ross und mein edler Rappe Rih, die nun im Stall des Wirts ruhen und sich ebenso wie wir laben und stärken …"

„Ja, gerade so wie wir, Sihdi", klagte Halef. „Sie haben Heu, von dem ich glauben mag, dass es nicht viel schlechter schmeckt als dieses libanesische Kraut ..."

„Sei nicht ungerecht, Halef", mahnte ich scherzhaft. „Du bist ein stolzer Beduine, aber solltest deine Brüder in Allah nicht ob ihrer speziellen Kost schmähen. Zudem darf ich dir eröffnen, dass auch eine der großen Kulturnationen Europas, die Italiani, hier und da den Löwenzahn nicht verschmähen. In Neapel nennt man ihn schlicht *verdura*, Gemüse, anderen Ortes aber *catalogna*, und er wird kaum anders bereitet als dieser hier. Du erinnerst dich, die Italiani sind jene in Europa, die es auch den frommen Muslimen möglich machen, köstliche Salamiwürste zu verzehren, weil sie diese nicht aus dem verbotenen Fleisch der Schweine herstellen, sondern aus …"

„Pferden, Sihdi!", rief Halef empört. „Ein Frevel für jeden Araber, schlimmer noch vielleicht als die Sünde des Schweinefleischs!"

„Esel, Halef. Man nutzt das Fleisch der Esel, der treuen Nutztiere. Nicht etwa jenes von feurigen Rössern ..."

„Ach so", meinte Halef. „Das ist etwas anderes. Dennoch ..."

„Ich will es dir einfach machen, Halef, und dir etwas vorschlagen, was mir noch lieber ist. Ich werde irgendwann, wenn ich von Deutschland wiederkehre, dir etwas mitbringen, mit dem du dennoch den Wert der Wurst schätzen lernen kannst. Und der deutschen Wurst zudem. In Frankfurt nämlich werden auch Würste aus Rindfleisch hergestellt, und da ich vermute, dass du nicht heimlich ein indischer Hindu bist, denen die Kuh heilig ist, wirst du diese Würste nicht nur mit ruhigem Gewissen verzehren dürfen, sondern auch mit Freude."

„Nun, Sihdi, mir ist ja ohnehin nicht ganz wohl bei dem Gedanken, etwas zu essen, was im Grunde eine mit Fleisch gefüllte Kurbatsch ist." Halef klopfte auf den Griff seiner Peitsche aus Nilpferdhaut, die er stets im Gürtel trug.

„Aber nein, Halef“, sagte ich kopfschüttelnd. „Es verhält sich dann doch etwas anders.“ Ich lachte kurz auf. „Und selbst wenn – mit einem guten Mostrich könnte man wohl auch eine Kurbatsch verspeisen ...“

„Was ist denn Mostrich, Sihdi?“, fragte Halef neugierig.

„Das erzähle ich dir ein anderes Mal“, versprach ich. „Nun sollten wir die Tischgespräche beenden und uns zur Ruhe begeben, denn morgen reisen wir ins Gebirge!“

„Nun gut, Sihdi“, meinte Halef. „Dich als Deutschen verlangt es ja dann und wann nach Bergen und Wäldern. Ich schätze den Schatten eines Palmenhaines in der Wüste ja durchaus, aber allzu viele Bäume auf einmal?“

„Ach, Halef“, schalt ich meinen kleinen Freund im Scherz, „nun tu doch nicht so, als würdest du dich vor Bäumen und Wäldern fürchten. Du bist doch kein gar so schlichter Wüstensohn! Wie tapfer hast du mich doch begleitet, als wir damals die Schluchten des Balkan und das Land der Skipetaren bereisten. Und da gab es ja nun nicht nur Felsen, sondern Bäume, Bäume, Bäume – die allesamt keine Palmen waren.“

Halef klopfte auf den Tisch. „Na denn, Sihdi! Da du darauf bestehst, die Zedern des Libanon zu bestaunen, will ich dir gern folgen. Dann musst du mir aber auch genau erklären, was du und deine Deutschen denn mit dieser *Waldeslust* meinen, von der ich einmal gehört habe.“

Ich erinnerte mich nun nicht, dieses Dichterwort gegenüber Halef erwähnt zu haben, aber dann wiederum habe ich meinem Freund und Gefährten doch bereits sehr viel von der europäischen und in Sonderheit der deutschen Kultur vermitteln können.

„Sehr gern, mein lieber Halef“, sagte ich. „Und …“

Ich stutzte, denn Halefs Augen waren schmal geworden. Und im selben Augenblick begriff ich warum. Wir hatten uns in einer Nische des Schankraums eingerichtet, jenseits der Eingangstür. Diese hatte sich nun geöffnet und vier Männer waren eingetreten. Ihrer Kleidung nach waren sie Männer der Wüste.

Jedoch keineswegs stolze Beduinen oder ehrbare Karawanenkaufleute. Sie waren schäbig und abgerissen, was Hemden und Beinkleider betraf. Doch ihre Westen und ihre Stiefel waren von edlem Stoff und gutem Leder, auch trugen sie einiges an Ringen und Armreifen aus edlem Metall. Dennoch waren sie offenkundig einmal reicher geschmückt gewesen, denn ich erkannte helle Stellen an ihren Fingern und Handgelenken, welche über längere Zeit vor der Sonne geschützt gewesen waren. Die Männer hatten einige Schmuckstücke gegen Geld eingetauscht – und dies sicher nicht freiwillig. Ein solches Verhalten zeugt oftmals von Not und Flucht – die Frage war, aus welchem Grunde dies eingetreten war. Eine Erklärung gab mir die Bewaffnung der Männer. Ein jeder trug Säbel, Dolch und Revolver – Letztere alt, doch gewissenhaft gepflegt, ein Zeichen für lange Benutzung und damit Erfahrung und Können.

Und aus eigener Erfahrung wusste ich: Dies waren Banditen!

Die Männer polterten in die Schänke und verlangten laut und roh nach Mahlzeit und Trunk. Der Wirt kam eilig heran, in seinem Gesicht stand Furcht. Sogleich wurde er beschimpft und bedroht.

Das konnten Halef und ich nicht zulassen. Wir erhoben uns und wandten die Gesichter den Neuankömmlingen zu, wobei wir die Hände auf die Revolverkolben legten.

Ich räusperte mich lautstark.

Die Männer wandten sich um.

Und dann erkannten wir einander!

IV.

Ich blickte in das Gesicht eines Mannes, dem mittlerweile all mein Hass galt. Er hatte mich und meine Gefährten in der Wüste gefangengenommen, nach einem heimtückischen, schäbigen Überfall auf unser Lager in der Nacht, während wir alle schliefen. Wir waren gefesselt und geknebelt worden, selbst die Augen waren uns verbunden worden. Und dann hatte man uns durch die Wüste getrieben, angeleint an die Kamele der Räuber. Man hatte uns zu Al-Kadir bringen wollen, zu jenem Mann, der sich selbst „der Mächtige“ nannte und der somit auch den Machthunger verspürte, sich den arabischen Teil des Osmanischen Reiches untertan zu machen. Und sein Helfer, sein Wesir, war der Anführer seiner Truppen, jener Mann, der Rasin hieß und der nun wieder vor mir stand!

Rasin schaute finster – und doch wirkte er ausgezehrt und fahrig, eben wie ein Mann auf der Flucht, ein Mann, der alles verloren hatte. Sein Herr und Meister war besiegt, geflohen, die Pläne waren vereitelt – durch mich und meine Gefährten! Erst hatten wir aus der Gefangenschaft Rasins fliehen können, was ihm selbst Schmach bereitete und ihn in Ungnade fallen ließ. Und dann hatten wir Al-Kadir in seiner eigenen Festung gestellt, ich hatte ihn in einem eigenartigen Duell besiegt. Rasin war nicht zugegen gewesen, hatte im Auftrag seines Herren andere Dinge an anderem Ort erledigen müssen – umso schrecklicher musste es für ihn gewesen sein, von der Niederlage Al-Kadirs Kunde zu erhalten.

Nun schien Rasin sich wohl zum Balkan hin durchschlagen zu wollen, dorthin, wo auch Al-Kadir Zuflucht suchte. Aber das konnte ich nicht sicher wissen. Hatte Al-Kadir überhaupt wieder Kontakt zu seinem Wesir aufgenommen? Oder war es ihm genug gewesen, sein eigenes Leben zu retten, und hatte er seinen Vertrauten vergessen?

Aber dies war einerlei – nun standen Rasin und ich uns gegenüber, in einem Dorf am Fuße des Libanon-Gebirges.

Rasin erkannte mich. „Kara Ben Nemsi“, krächzte er. Seine Stimme war harsch, als würde ein schartiger Säbel über rostiges Eisen fahren. Ich wusste, dass sich unter seinem zerzausten, schmutzigen Bart eine wulstige Narbe befand, dort wo ihm irgendjemand einmal die Kehle hatte zerschneiden wollen. Rasin hatte überlebt, doch seine Stimme hatte seitdem wohl jenen schaurigen Klang erhalten.

Doch er sprach nicht weiter. Stattdessen riss er den Revolver aus dem Gürtel und feuerte. Halef und ich sprangen aus der Schussbahn. Ich hatte vor unserem Tisch gestanden, packte sogleich in einem Hebelgriff nach der Kante und warf die Platte nach hinten. Das Geschirr krachte und klirrte zu Boden, dann schlug der Tisch um. Flugs nahmen Halef und ich Deckung und zogen selbst die Revolver. Mein erster, rascher Schuss traf einen der Banditen in die Schulter. Ich schrie laut durch den Schankraum zum Wirt hin, dass er sich und seine Frau, die ich in der Küche wusste, in Sicherheit bringen sollte. Die anderen Gäste waren schon beim Eintritt der Banditen aufmerksam geworden, waren bei Rasins Worten zusammengezuckt, weil sie ahnten, was nach einer solchen Namensnennung in derartigem Tonfall gemeinhin geschah, und dann hatten sie sich ebenfalls geduckt und Schutz gesucht.

Jedoch nicht rasch genug! Die feigen Banditen griffen sich zwei harmlose, unbescholtene türkische Handelsreisende, die unglücklicherweise in nächster Nähe gesessen hatten, und nutzten die entsetzten Männer als menschliche Schutzschilde. Hinter den in Schrecken erstarrten Türken, die ich an ihrem Fes erkannt hatte, schossen nun auch Rasins Kumpane auf uns. Rasin selbst verschanzte sich hinter einem umgeworfenen Tisch. Die Schüsse donnerten, panische Schreie gellten durch den Raum, der Lärm war infernalisch, geradeso wie der schweflige Pulverdampf, dessen Nebelschwaden nach wenigen Augenblicken die Sicht erschwerten. Durch die beiden kleinen Fenster fiel das letzte Tageslicht in feurigen Strahlen, die sich durch die grauen Wolken bahnten, welche die Schussentladungen hervorriefen.

Hätte sich nun die Tür geöffnet, wäre die Sicht verbessert worden und die Gäste hätten fliehen können – doch niemand kam von draußen herein, und drinnen wagte niemand, durch den Bleischauer des Gefechts einen Ausfall zum Ausgang zu versuchen.

Fast hoffte ich, einer der anderen Reisenden wäre bewaffnet und würde sich am Schusswechsel beteiligen – auf Halefs und meiner Seite natürlich – oder der Wirt hätte eine alte Flinte zur Hand. Doch Halef und ich waren auf uns allein gestellt. Unter den üblichen Umständen wäre dies kein Problem gewesen, denn unsere Schießkünste waren gemeinhin jenen von schlichten Banditen überlegen. Doch da diese sich skrupellos hinter Unbeteiligten versteckten, war es uns nicht vergönnt, sichere Treffer zu landen. Und die Patronen gingen zur Neige! Weitere befanden sich in unseren Satteltaschen, doch diese lagerten bei den Pferden. Und mein Henrystutzen, den ich – wohl in einer Ahnung – mit in die Schankstube genommen hatte, lag, wie erwähnt, außer Reichweite! Mit diesem hätte ich sogar durch das Schanzwerk der Tischplatten schießen und auch sonst viel akkurater treffen können – an den Geiseln vorbei!

Ich dachte jedoch nicht allein wie ein Kunstschütze oder Revolverheld – stattdessen machte ich mir auch ernstliche Sorgen um die verschreckten Menschen im Raum, die um ihr Leben fürchteten. Mit jedem Schuss wuchs die Gefahr eines Querschlägers, einer verirrten Kugel, die einen der Gäste treffen konnte. Und wenn die Verzweiflung oder Verdrossenheit der Banditen zunahm, mochten sie auch den letzten Rest Menschlichkeit fallen lassen und ihre Geiseln töten, um den Rückzug zu decken. Gewiss würde ihnen dies nichts nutzen – Halef und ich würden sie draußen stellen können. Jedoch handeln Banditen erfahrungsgemäß nun mal nicht klug, wenn sie in die Enge getrieben werden. Sie wären tot, doch die bedauernswerten Geiseln ebenfalls, und dies konnte ich nicht zulassen.

Also musste ich die Besonderheit dieser Situation nutzen, vielmehr die Besonderheit dieser Banditen. Sie waren Schergen Al-Kadirs gewesen, des vorgeblichen Zauberers, vor dem sie eine abergläubische Scheu empfanden und dem sie deshalb gedankenlos ergeben waren.

Ich hatte nun ein Amulett erbeutet, in dem sich angeblich die Macht Al-Kadirs manifestierte. Ich will die genauen Umstände nicht erläutern, noch weniger den leichtgläubigen Unsinn, mit dem jener Scharlatan, welcher sich „der Mächtige“ nannte, seine Untergebenen geistig unterjochte, auch indem er seinen Unterführern jeweils eines dieser Amulette zu tragen befahl. Dies mochte ich nun für mich nutzen. Mir schien es in diesem Moment leichter, Rasin und seine Kumpane mit einem Trick statt mit Kugeln zu besiegen. Und nun war dies auch nötig. Ich hatte nur noch eine Kugel im Revolver und Halef ebenso, wie er mir bitter zuraunte. Immerhin sparten nun auch die Banditen Munition und schossen weniger als zuvor.

„Rasin!“, rief ich, als die Revolver für einen Augenblick schwiegen. Währenddessen schob ich meine Finger in die Westentasche, in der ich jenen sechseckigen Goldreif verwahrte und zog ihn an der Kette hervor. „Du warst nicht bei deinem Herren Al-Kadir, als ich ihn besiegte. Bevor er feige floh, hat er dich geschmäht!“

Ich kehrte die Tatsachen um, damit ich Rasin verwirren konnte. Dann versuchte ich es mit einer Mutmaßung. „Und er hat dich vergessen! Hat dir keine Botschaft gesandt! Weil er weiß, dass du nutzlos bist! Denn seine Macht hat er verloren. Wer bist du, Rasin, wenn du einem Manne dienst, der keine Macht mehr hat, nicht mehr der Mächtige ist, als der er sich ohnehin nur selbst bezeichnet hat?“

Rasin knurrte und dann raspelte er eine kurze Entgegnung. „Du lügst! Al-Kadir hat uns nicht vergessen. Er weiß stets, was wir tun. Er muss uns keine Botschaft senden. Wir gehen zu ihm, um Befehle zu erhalten.“

Es mochte sein, dass Al-Kadir seinen Wesir so weit in die Machtpläne eingeweiht hatte, dass Rasin tatsächlich auf dem Weg nach dem Balkan war, dorthin, wo Al-Kadir Zuflucht und Beistand suchte. Gut, das konnte ich nutzen!

„Rasin! Auch ich weiß, was du tust. Denn ich habe Al-Kadir besiegt und er hat alle Macht verloren! Ich kenne seine Pläne.

Ich kenne deine Pläne. Du willst nach Stambul und dann in die Berge des Balkan, wo du glaubst, dass Al-Kadir dich empfangen wird."

Rasin entgegnete nichts, mein Wissen verblüffte ihn wohl. Und nun wagte ich die kühne Finte: Ich stand auf, verließ meine Deckung!

„Sihdi!", zischte Halef und ächzte entsetzt. Das war verständlich. Aber ich hatte gewissenhaft die Schüsse der Banditen gezählt. Und da ich an ihren Gürteln keine weiteren Patronen gesehen hatte, wusste ich, dass ihre Revolvertrommeln leer sein mussten. Sie würden sich also bald mit Dolchen und Säbeln wehren – und diese zunächst gegen die bedauernswerten Geiseln richten!

Ich hob die Hand mit dem Sechseckreif.

„Schau, Rasin! Das Amulett ist nur noch ein Schmuckstück. Al-Kadir hat keine Macht mehr, keine Macht über dich. Spürst du es nicht? Er hat auch dich verlassen. Du bist nicht mehr der Wesir des Mächtigen. Du bist nur noch ein Bandit."

Halef stöhnte leise auf. „So reize ihn doch nicht, Sihdi!" Aber ich sah aus dem Augenwinkel, wie Halef sich in eine bessere Schussposition brachte.

Ich schien mit meinen Worten erreicht zu haben, was ich wollte – es fiel kein Schuss von Seiten der Banditen. Rasin mochte seine Kumpane unter Kontrolle haben, vielleicht hatte er ihnen einen Wink gegeben. Aber es schien mir vielmehr, dass sich Furcht und Verzweiflung in ihnen ausbreiteten – jedoch von solcher Art, die lähmt und nicht zu unüberlegten Taten führt.

Jetzt brachte ich meine Vorstellung zum Finale. „Hier, Rasin! Für deine Überfahrt!"

Dann warf ich den Sechseckreif samt der Kette zu Rasin hin. Die feurige Abendsonne ließ das Gold aufblitzen, als der Reif durch die Lichtstreifen der Fenster glitt.

Die Banditen schraken zusammen, Rasins geschundener Kehle entrang sich ein Angstlaut. Was genau ich bei ihnen mit meiner Tat ausgelöst hatte, vermochte ich kaum zu sagen – wer kennt schon den Spuk im Kopf von Abergläubischen?

Die Banditen sprangen umeinander – ich wusste nicht, ob sie dem Amulett ausweichen oder es doch auffangen wollten. Aber sie ließen ihre Geiseln los, Rasin gab seine Deckung auf. Diese Narren!

Dann schoss ich, auch Halef schoss. Unsere letzten beiden Revolverkugeln fanden ihre Ziele. Die Revolver der Banditen fielen zu Boden, mit Schmerzensschreien umklammerten zitternde Finger die blutigen, zerschmetterten Fäuste.

Dann geschah, was ich geahnt hatte! Der Bandit, dessen Schulter ich getroffen hatte, setzte zur Tür und stieß sie auf, er fiel mehr nach draußen, als dass er lief. Rasin reckte kurz den Hals nach dem Goldreif, der auf dem Boden lag, sandte mir einen hasserfüllten Blick zu und sprang dann ebenfalls ins Freie.

Als Halef und ich nach vorn liefen, klang von draußen schon eiliger Hufschlag auf! Ich sah vier Pferde davonpreschen. Rasin und sein Kumpan hatten die Reittiere der anderen mit sich genommen. Dass sie so eilig hatten fliehen können, lag an der Tatsache, dass die Banditen ihre Pferde nicht abgesattelt und untergestellt hatten, wie es für anständige Reisende eine Selbstverständlichkeit ist, bevor sie sich selbst zur Rast begeben!

Rasin und sein Kumpan verschwanden in einer Wolke von Staub. Sollten sie sich nur einen Vorsprung ergaunern! Wir würden sie dennoch einholen.

Jetzt aber kümmerten wir uns um die armen Reisenden, die dieser Zwischenfall in Mitleidenschaft gezogen hatte. Die beiden türkischen Kaufleute waren verschreckt, jedoch unverletzt und nicht weiter verwundert. Sie hatten Ähnliches wohl schon häufiger erlebt, wenngleich mit anderem Verlauf und Ausgang. Ich nahm den Goldreif vom Boden auf und verstaute ihn wieder in der Westentasche – obgleich einer der Händler mir einen durchaus angemessenen Betrag dafür anbot. Aber ich wollte dieses seltsame Ding nun durchaus als Andenken an die Abenteuer mit Al-Kadir behalten – an die bisherigen Abenteuer, muss ich wohl beifügen.

Der Wirt und seine Frau waren wohlauf, wenngleich entsetzt über die Schäden in ihrer Schankstube. Ich griff nach meiner Geldbörse, um sowohl meine Zeche zu zahlen, als auch meinen Obolus für die zerstörten Geschirre und das Mobiliar zu geben, als die beiden türkischen Handelsreisenden mit eifrigen Gesten und ernstem Blick forderten, ich solle meine Münzen behalten. Stattdessen wollten sie mich entlohnen, weil ich ihnen das Leben gerettet hatte. Ich entgegnete, dass es für mich eine Selbstverständlichkeit sei, Menschen in Not beizustehen – und jeglichen Banditen die Stirn zu bieten. Um aber die Türken nicht zu beleidigen, verkündete ich, mir sei es der schönste Lohn, wenn der gute Gastwirt für seine Verluste entschädigt würde. Und wir würden gern eine Wegzehrung annehmen, die uns Kraft für die Verfolgung der Schurken geben würde. Wirt und Weib sollten diese rasch herrichten, während wir unsere Pferde satteln würden. Die Türken und die Wirtsleute nickten eifrig, während Halef und ich eilig zum Stall hinter dem Haus liefen. Zuvor hatte ich mir den Henrystutzen gegriffen – er würde noch reichlich Gelegenheit haben, seine formidable Treffsicherheit und Feuerkraft zu zeigen.

V.

Nach scharfem Ritt und gelegentlichem Halt zur Fährtensuche erreichten wir bei Einbruch der Dunkelheit den Ort Ain Ata, der gewissermaßen im Schatten des höchsten Berges des Libanon, des Kurnat as-Sauda, liegt. Dieser Gipfel erhebt sich unweit im Nordosten bis auf eine Höhe von dreimal tausend Metern und ist im Winter von dichtem Schnee bedeckt. Manche sagen, der Libanon trage seinen Namen von einem alten aramäischen Begriff für die Weiße ebendieses Schnees her. Jedoch war bereits der Sommer gekommen, und so war der Name des Gipfels wesentlich treffender, den man mit Schwarzes Horn übersetzen mag. Und finster waren auch die Nacht und unsere Gedanken. Wir fragten in Ain Ata nach zwei eiligen Reisenden von üblem Aussehen, einer davon verletzt, und tatsächlich erfuhren wir, dass diese sich bei einem bedauernswerten Krämer gewaltsam mit dürftigen Vorräten versorgt hatten. Immerhin waren sie in solcher Eile gewesen, dem Manne nichts Schlimmes anzutun. Dann seien sie ins Gebirge geritten – in der Nacht, was ein deutliches Zeichen für ihre Bosheit und Dummheit zugleich war, wie man urteilte. Uns hingegen warnte man: Man solle nicht in die alten Wälder der Berge reiten, dort sei es nicht geheuer!

Ich lachte ein wenig in mich hinein: die Abergläubischen! Allerorten diese Furcht vor Finsternis und dunklem Tann! Wobei zudem anzumerken ist, dass die Zeiten lange verflossen sind, in denen die Gebirge des Libanon von dichten Wäldern aus Eichen und Pinien bedeckt waren. Denn die Römer, die Phönizier und all die anderen großen Seefahrernationen der Antike hatten die Stämme der Bäume zu ihren Flotten verbaut, und das edle Zedernholz hatte seinen Weg gar in die Paläste des alten Ägyptens gefunden.

Heute jedoch erscheinen die Berge des Libanon dem Betrachter kaum anders als andere Höhenzüge rund um das Mittelländische Meer: steile Hänge aus verkarstetem Kalkstein, hier und da von Höhlen durchsetzt, alles mit Buschwerk und gelegentlichen Wäldchen bewachsen, somit ein Terrain, das ich auch vom Balkan her nur allzu gut kannte. Und dies war mir ein Vorteil – im Gegensatz zu den Banditen, die bislang ihr Unwesen in der Wüste getrieben hatten. Deshalb ging ich mit Halef die Verfolgung gelassen an. Am Morgen würden wir die Spuren der Fliehenden leicht ausmachen können, und wir würden im Gegensatz zu jenen auch wohlausgeruht sein. Ich hatte sehr wohl erkannt, dass die Warnungen vor den nächtlichen Bergen auch der Tatsache geschuldet waren, dass die örtlichen Gastwirte nur allzu gern Kost und Logis für Reisende bereitstellten, und sei es nur für eine Nacht. Nun, wir nahmen das Angebot an. Es war allemal besser, kurz in einer schlichten Bettstatt zu schlafen als auf dem felsigen Grund, mochte er noch so dicht mit den weichen Nadeln von Pinie und Zeder bedeckt sein.

VI.

Als die Sonne sich über die Berge erhob, saßen wir bereits wieder im Sattel und ritten bergan. Es war noch kühl, der Atem stand uns in Wolken vor den Gesichtern, und auf den Blättern und Nadeln der Sträucher und Bäume schimmerte der Tau. Als der Tag voranschritt, erwärmte sich der hellgraue Fels des Grundes, und aus den Ritzen und Höhlungen krochen Eidechsen hervor und sonnten sich, bis sie, durch unser Herannahen erschreckt, wieder für kurze Zeit verschwanden. In der Nacht hatten die fliehenden Banditen wohl nur Nager und Eulen aufgescheucht, die sich im Sonnenlicht nicht zeigten: dafür umso deutlicher die Spuren von Rasin, seinem Kumpan und ihren vier Pferden. Die überzähligen Tiere hatten die Schurken mit sich geführt, weil sie wohl hofften, sie später zu Geld zu machen. Als frische Reittiere würden sie ihnen nur in der Ebene nützen, hier in den Bergen waren sie jedoch hinderlich, da ein ungeführtes Pferd mehr Spuren an der Vegetation hinterlässt als eines, das von einem erfahrenen Reiter geleitet wird.

Halef und ich folgten den Banditen mühelos. Ich hatte tatsächlich die Muße, vom Sattel aus die berühmten Zedern zu bestaunen. Die stets grünenden Gehölze ragten stattlich auf, fünfzehn bis zwanzig Mannslängen hier und da, und mancher Stamm war so mächtig im Durchmaß wie eine doppelte Armspanne. Solche herrlichen Bäume mochten dann auch ein

Jahrtausend alt sein. Die jungen Zedern zeigten in ihrer Krone die typische Pyramidenform, welche an die Ägypter erinnert, die jenes Holz so sehr schätzten. Die greisen Zedern jedoch wirkten im weitgreifenden Geäst verworren und zerzaust, aber keineswegs schwächlich, sondern mahnend, voller Weisheit und Güte. Zwischen dem Grau der Stämme und dem Dunkelgrün der Nadeln schimmerten die jungen Zapfen hell, und gelbe Finken tummelten sich in den Zweigen.

Als ich zwischen einigen Wacholderbüschen Rebhühner erblickte, dachte ich an Sir David Lindsay, der hier gewiss gern seine treffliche britische Schrotflinte angelegt hätte, um einen Braten für die Jause zu schießen. Doch Halef und ich jagten ein anderes Wild, und nur die Kugel aus dem Henrystutzen wäre hier das waidgerechte Geschoss!

Wir ritten also weiter die steilen Hänge hinauf, bahnten uns den Weg um Felsen und Büsche herum und immer wieder um einzelne der mächtigen Zedern. Die Sonne stand steil über uns und erhellte die Spuren und Fährten, denen wir folgten. Dann sahen wir in einiger Ferne einen Einschnitt in der Bergflanke, der zunächst wie der Eingang zu einer mächtigen Höhle erschien, sich dann aber als Öffnung eines kleinen Tals, zumindest aber einer Schlucht erwies. Und die deutlichen Spuren der Flüchtenden führten geradewegs hinein!

VII.

Ich ahnte etwas! Unter normalen Umständen wäre es für Flüchtende töricht, in ein Tal zu reiten, das möglicherweise keinen Ausgang hatte. Die Fliehenden säßen in der Falle, ihren Verfolgern ausgeliefert. Aber Rasin war kein schlichter Bandit, sondern der ehemalige Wesir eines machthungrigen Mannes, der einen ganzen Landstrich mit Raub und Erpressung verheert hatte. Ich wusste, was Rasin plante: Er wollte seine

Gegenspieler, also Halef und mich, seinerseits in die Falle locken. Gewiss lauerten er und sein verbliebener Kumpan verborgen hinter dem Eingang zum Tal, auf beiden Seiten, und wollten uns in die Zange nehmen. Im Gepäck der Banditen hatte sich sicher weitere Munition befunden, nicht nur für die Revolver, sondern auch für Gewehre, welche die Banditen zweifellos besaßen. Diese mochten nurmehr zu zweit sein, aber dennoch konnten sie Verfolgern, die nicht aller Gefahren gewahr und unerfahren in den Schlichen von Verbrechern waren, schlimme Verluste zufügen.

Doch Halef und ich kannten solche Manöver. Und wussten, wie sie zu vereiteln waren. Deshalb teilten wir uns auf und ritten rechts und links des Bergeinschnitts den jeweiligen Hang hinauf. Wir waren zu weit vom Eingang des Tals entfernt gewesen, als dass man uns hätte erspähen können. Zudem verbargen uns Bäume und Buschwerk sowie die Felsen vor den wachsamen, aber sicher auch müden Augen der beiden Banditen.

Von unserer erhöhten Position, die wir kurz darauf erreichten, konnten wir erkennen, dass sich unter uns tatsächlich ein nahezu winziges und zudem schmales Tal befand. Das Rinnsal eines Bergbachs floss hindurch, der Grund war saftig grün. Ringsum hoben sich die Kalksteinwände mit dünnem Bewuchs, einzig der schmale Einschnitt führte ins Innere. Und dort, mitten in jener lichten Aue, die mit einem Steinwurf zu durchmessen gewesen wäre, ragte eine gewaltige Zeder auf, deren Wipfeläste nahezu an die Höhe der Talränder ragten und deren weit ausgreifende Seitentriebe erst unweit der Felsbegrenzungen in die Bergluft griffen.

Ich staunte, denn diese Zeder mochte noch älter sein als die ältesten Exemplare, die wir auf unserem Weg gesehen hatten. Es hätte mich nicht verwundert, wenn sie zu Zeiten der Römer und Phönizier noch ein Sprössling gewesen wäre und glückhaft die Jahrhunderte seitdem in diesem verborgenen Tal überdauert hätte, ohne geschlagen und gefällt worden zu sein.

Dann sah ich Halef von jenseits der Schlucht winken. Er vollführte eine fragende Geste und deutete zum Eingang des Tals. Ich spähte hinab – und konnte niemanden in der vermuteten Hinterhaltstellung erkennen. Verborgen hatte sich niemand, denn es gab keine Felsen oder Schründe, welche den Banditen als Deckung hätten dienen können. Stattdessen sah ich selbst auf diese Entfernung die Überreste eines niedergebrannten Lagerfeuers am Ufer des kleinen Bachs, einige Bündel Gepäck und Sättel. Jedoch von Rasin, seinem Kumpan oder den vier Pferden war nichts zu erblicken.

Ich signalisierte Halef, dass wir uns selbst in das Tal begeben sollten, um alles näher in Augenschein zu nehmen. Wir ritten vorsichtig die Hänge wieder hinunter und trafen uns gleichzeitig am Eingang. Dann betraten wir, vorsichtig und weiterhin im Sattel, das Tal.

Meinen Henrystutzen stützte ich mit dem Kolben auf den Schenkel, den Finger neben dem Abzug, den Lauf schräg nach vorn gerichtet. Bei Gefahr hätte ich die Waffe gedankenschnell in Schussposition gebracht. Halef hielt seine Büchse ähnlich, wenngleich weniger geschickt. Er war noch nicht recht an dieses moderne Gewehr gewöhnt, welches ich ihm geschenkt hatte, damit er eine bessere Bewaffnung als seine alte Araberflinte führen konnte. Dennoch war er bereits sehr treffsicher, was seiner eigenen Erfahrung und der Qualität dieser deutschen Wertarbeit zu verdanken war.

Im Tal war die Luft kühl, und wie schon am Morgen stand der Atem in dünnen Schleiern vor unseren Gesichtern. Die Pferde schnaubten und warfen die Köpfe in den Nacken. Ich war verwundert – mein edler Rappe Rih hatte noch nie den Ritt in einen unbekannten Ort gescheut. Ich klopfte beruhigend gegen seinen Hals. Witterte er etwas? Achtsam spähte ich umher. Es mochte sein, dass sich in diesem Tal die Höhle eines Braunbären befand, doch diese großen Raubtiere waren im Gebirge des Libanon recht selten geworden. Zudem kannte Rih sehr wohl die Witterung unterschiedlicher

Bestien, und so, wie er sich nun verhielt, hatte ich ihn noch nie erlebt.

Vorsichtig näherten wir uns dem verlassenen Lager der Banditen. Nun war zu erkennen, dass die Packen und Bündel, auch die Sättel der Pferde achtlos und eilig um das erloschene Lagerfeuer abgeladen worden waren. Deutlich zu sehen waren die Hufabdrücke der vier Pferde und die Stiefelspuren der beiden Männer, die zu jenem Lagerplatz führten. An diesem selbst erkannte man die vier Stellen, an denen die Pferde angepflockt gewesen waren, und jene, an welchen die beiden Männer gesessen hatten. Dort fanden sich einige tiefe Stiefelabdrücke, als sei jemand aufgesprungen und habe hektisch auf der Stelle getreten. Die Gewehre lagen auf dem Boden, ebenso die Revolver, als hätten Rasin und sein Kumpan sie mutlos fallengelassen. Oder nein – es hatte keine Gegenwehr gegeben, denn Halef und ich hätten die Schüsse sicher vernommen, da diese weithin durch die Berge gehallt wären. Doch auch die Säbel und Dolche lagen auf dem Grund, mitsamt den Gürteln und Scheiden.

Die Banditen und ihre Tiere waren verschwunden, als hätten sie sich in der kalten Bergluft aufgelöst. Es war still, allein der kleine Bach rann munter durch sein grasiges Bett.

Wir stiegen von den Pferden ab und führten unsere Untersuchung fort.

„Sihdi“, sagte Halef leise, als fürchtete er, dass seine Worte von den Wänden des Tals als schauriges Echo zurückgeworfen werden könnten. „Wie kann das sein? Als habe ein Riese sie verschlungen ...“

„Ach, mein Halef“, gab ich zurück, „warum nur denkst du stets in solchen Märchendingen? Du hast mit mir so viele Abenteuer erlebt, die allein und ausschließlich irdisch waren, eben weil wir sie hier auf unserer Erde erlebten und nicht im Reich der Sagen und Legenden.“

„Aber Sidhi“, widersprach Halef, „gerade unsere jüngsten Erlebnisse haben doch auch dich verwundert! Als wir etwa ...“

„Trugbilder und Scharlatanerien!“, murmelte ich und hob sachte die Hand, damit Halef nicht weitersprach. Ich hatte etwas entdeckt!

VIII.

Neben einem der Bündel lag ein bräunlicher Stab im Gras. Ich erkannte sogleich, dass es sich um eine Stange mit Dynamit handelte. Rasin war so etwas wie der Sprengmeister Al-Kadirs gewesen und hatte in dessen Auftrag für einiges an Zerstörung gesorgt. Rasin führte noch immer einen Vorrat des gefährlichen Materials mit sich. Ich ahnte, dass er uns in eine Sprengfalle hatte locken wollen. Durch den Angriff auf ihn war dies vereitelt worden.

Warum ich nun von einem Angriff spreche? Weil ich in einiger Entfernung nun doch Blut entdeckte! Blut und einen Fetzen Pferdehaut. Eine Bärenattacke? Nein, es waren keine Prankenspuren zu erkennen. Stattdessen – Stiefelabdrücke! Sie begannen unvermittelt, zu weit von der Lagerstatt entfernt, als dass ein Mensch im Sprung diese Entfernung hätte durchmessen können.

„Sihdi“, hauchte Halef, „als seien sie geflogen!“

„Und hier unsanft zu Boden gestürzt“, meinte ich spöttisch. „Siehst du die Tiefe der Abdrücke? Hier hat sich sogar ein Knie abgedrückt.“

„Dann wurden sie in die Luft gehoben und fallen gelassen! Von einem fliegenden Riesen!“

Ich schaute Halef unwirsch an. „Sei doch nicht so abergläubisch, Halef! Fliegende Riesen gibt es nicht!“

Halefs Augen wurden groß. „Aber natürlich Sihdi! Du hast Recht.“

„Na, also! Und jetzt lass uns den Spuren folgen – sie führen dort zu der Zeder ...“

„Es war ein Dschinni!"

„Ein …" Ich schüttelte den Kopf.

„Ganz gewiss, Sihdi! Fliegende Riesen gibt es nicht, weil Riesen ja gar nicht fliegen können! Aber ein Dschinni kann fliegen! Und wie jeder weiß, hausen die Dschinn immer fern von den Menschen – in der Wüste, in Wäldern, in den Bergen – und wo sind wir jetzt gerade, Sihdi?" Halef zeigte in weiter Geste durch das kleine Tal. „In den Bergen, weitab von allen Menschen! Sihdi, dieses Tal ist *maskun*."

Halef nutzte hier den arabischen Begriff für ‚bewohnt'. Im Deutschen könnte man dies wohl mit ‚heimgesucht' wiedergeben. Schlichtweg glaubte Halef also, es würde an diesem Ort spuken. Die Araber glauben, bei den Dschinn handele es sich um Dämonen, die neben den Engeln geschaffen wurden, nur eben nicht wie diese aus Licht, sondern aus Feuer. Oder aber die Dschinn seien Rachegeister, die Seelen von Ermordeten, die für ihren Tod Sühne suchten. – Wie auch immer, allein diese Widersprüchlichkeit zeigte, dass es so etwas wie Dschinn nicht geben konnte. Und dass die Orte, an denen sie umgingen, von Menschen furchtsam gemieden wurden, lag schlicht an deren Unwirtlichkeit und den rein naturgegebenen Gefahren. Zudem war es ja eine treffliche Argumentation der Abergläubischen: Dschinn gab es an menschenfernen Orten – kein Wunder, dass niemals auch nur einer gesehen wurde!

„Ach, Halef", seufzte ich. „Du bist ein frommer Moslem und glaubst an die Dschinn?"

„Ja gerade deshalb, Sihdi! Die Dschinn fressen fromme Moslems besonders gerne!"

„Und deshalb haben sie auch Rasin und seinen Kumpan verspeist, weil diese so brave Männer sind, gottesfürchtig und gut!"

„Aber nein, Sihdi! Der Dschinni hat die Banditen gefressen, weil sie böse sind und es verdient haben!"

„Und die Pferde waren des Dschinnis Nachspeise? Oder das Hauptgericht?"

Ich gab einen ungehaltenen Laut von mir. Mein guter Halef. Aber ich wusste genau, wie ich ihn von diesen albernen Gedanken abbringen konnte: indem ich ihn zur Tat rief!

„Wie auch immer, Halef! Wir müssen schauen, ob die Banditen noch leben oder eben tot sind. Deswegen sind wir hierhergekommen. Wir brauchen Gewissheit und keine Mutmaßungen. Die Spuren führen zu jener Zeder."

Ich nahm Halef scharf ins Auge, weil ich sein Zögern sah. „Schau, Halef – vielleicht haben die Banditen sich feige und abergläubisch dorthin geflüchtet, weil sie irgendetwas zu sehen glaubten. Du erinnerst dich, welche vermeintliche Macht Al-Kadir über seine Getreuen hatte. Die Männer sind verzweifelt und erschöpft. Wer weiß, ob sie nicht irgendwelche Rauschmittel zu sich genommen haben. Und nun hocken sie zitternd in der Zeder. Du kannst ihnen zeigen, wie furchtlos du selbst bist ..."

Halef verzog das Gesicht.

Dann spielte ich den letzten Trumpf. „Aber wenn du dich nicht getraust, zwei unbewaffnete Banditen zu stellen – dann gehe ich allein ..."

Jetzt reckte Halef sein Kinn mit dem dünnen Bart. Ich hatte ihn! Halef funkelte mich an.

„Pfui, Sihdi! Was du für eine schlechte Meinung von mir hast! Nur weil ich kluge Bedenken habe, die dir gar nicht in den Sinn kommen!" Er packte sein Gewehr fester. „Aber eines sage ich dir – wenn wir den Schatz des Dschinni finden, dann behalte ich ihn alleine!"

„Ich habe nie davon gehört, dass die Dschinn Schätze horten ..."

„Und eben weil du dies nicht weißt, darfst du ihn auch nicht haben – kannst du ihn nicht haben ..." Halef schüttelte den Kopf. „Einerlei, Sihdi! Kommst du nun? Wir müssen die Banditen fangen." Er stapfte voran. Ich lächelte.

Dann wandte er sich noch einmal um und ich setzte rasch eine ernste Miene auf. „Eines noch, Sihdi! Bedenke, dass die

Dschinn sich vor Metall fürchten und nur dadurch verletzt werden können. Deshalb hat der Dschinni die Räuber gezwungen, alle Waffen abzulegen. Du solltest also dein Messer zur Hand haben, wenn der Dschinni auftaucht. Die Feuerwaffen nehmen wir aber dennoch mit – der Banditen wegen. Oder falls doch ein Bär hinter der Zeder wohnt ...“

„Kluger Halef“, nickte ich. „Geh nur voran!“

Natürlich hatte ich mein Bowiemesser nicht vergessen. Und entgegen Halefs Ratschlag verhält es sich so, dass diese unterarmlange Klinge aus bestem Stahl für einen Nahkampf mit einem Bären viel besser geeignet ist als eine Feuerwaffe. Mein legendärer Bärentöter befand sich auf Rihs Rücken hinter meinem Sattel, denn wir jagten ja keine Bären, sondern Banditen. Und Dschinn jagten wir schon gar nicht.

Dann gingen wir langsam zu der mächtigen Zeder hin.

IX.

Der Zedernbaum war nicht nur uralt, sondern auch gewaltiger als jede Zeder, die ich bislang gesehen hatte. Ja sogar gewaltiger als jeder andere Baum. Sein Stamm besaß einen Umfang, dass man auf dem Grund, den er besetzte, eine geräumige Hütte hätte errichten können. Tatsächlich war dieses Tal in meinen Augen ein durchaus heiterer Ort, wie geschaffen für eine Zuflucht vor den Fährnissen des Alltags. Würde ich je ein Einsiedler werden wollen, könnte ich hier meine Klause einrichten. Selbstverständlich würde ich die herrliche Zeder nicht fällen, sondern in ihrem Schatten meine Hütte errichten. Und ich hätte meine Ruhe vor lästigen Besuchern, denn die würden sich ja vor dem Dschinni fürchten, der hier vielleicht hausen mochte.

Ich war verwundert, dass mir solche Gedanken durch den Kopf gingen. Ich war doch auf Verbrecherjagd! Wollte mein

Unterbewusstsein mich necken, indem es mir eingab, die übliche Wachsamkeit sei doch unnütz, da die Banditen unbewaffnet waren? Und es auch keinen Bären geben konnte?

Sicherlich, dies war eine sehr schlichte Aufgabe, die ich uns gegeben hatte. Wir wollten erkunden, wohin Rasin und sein Kumpan verschwunden waren. Er sollte seiner gerechten Strafe für seine Untaten zugeführt werden. Er sollte nicht entkommen dürfen, nur um irgendwo wieder aufzutauchen und sich erneut Al-Kadir anzuschließen. Wir würden seine Leiche finden – vielleicht hatten sich die beiden Schurken im Wahn zerstritten und einander das Leben genommen, oder wir würden ihn in Fesseln aus dem Gebirge führen und in Tarablus ins Gefängnis werfen lassen.

Ich schaute den mächtigen Zedernstamm hinauf – und sah in einiger Höhe eine Öffnung in der dicken, schrundigen Borke. Stumm zeigte ich darauf und Halef nickte. Wir legten unsere Gewehre sorgsam ab und begannen, den Stamm zu erklimmen.

Die Kletterpartie war einfach: Die Borke bot guten Halt, zudem ragten mit zunehmender Höhe kräftige Zweige aus dem Stamm heraus, die treffliche Griffmöglichkeiten abgaben. Allerdings trugen Halef und ich bald an Händen und Kleidern Spuren des aromatischen Harzes, welches hier und da aus der Zeder hervortrat.

Vorsichtig näherten wir uns von beiden Seiten der Öffnung im Stamm. Es schien zunächst, als sei dort ein mächtiger Ast herausgebrochen, dann aber erkannte ich, dass sich stattdessen das Holz zu einer Pforte geformt zu haben schien – zu einem Eingang ins Innere des hohlen Stammes. Ich bewunderte die Wege der Natur, hier tatsächlich einen schönen Spitzbogen aus Rinde und Holz geschaffen zu haben, wie ihn der geschickteste orientalische Baumeister nicht wohlgestalteter hätte errichten können. Einzig der Blutfleck am Rande der Pforte ernüchterte mich. Hier war Rasins verletzter Kumpan entlanggestreift oder Rasin selbst. Beim Aufstieg hatte ich kein Blut bemerkt, jedoch wäre es unvermeidlich gewesen, dass Blut an der Borke hätte haften bleiben müssen, wenn die Männer heraufgeklettert oder heraufgezerrt worden wären. Immerhin wusste ich nun, dass hier kein Bär sein Lager hatte – denn Krallenspuren fand ich ebenso wenig.

Halef und ich spähten ins Dunkel des hohlen Stamms. Ich nahm den Geruch von Harz wahr, den Duft des Öls, welches man aus dem Zedernholz gewinnt, und den Gestank von Blut. Und da war noch etwas anderes, stechend und bitter, das ich nicht einordnen konnte. Während ich noch in meinem Gedächtnis forschte, ob es ein Raubtier gäbe, das einen solchen Odor verströmte, bemerkte Halef noch etwas.

„Sihdi", flüsterte er, „es leuchtet da drinnen."

Tatsächlich. Je länger man in die Finsternis des ausgehöhlten Baums schaute, desto deutlicher erkannte man einen grünlichen Schimmer vom Grund heraufdringen. Zweifellos handelte es sich um das natürliche Leuchten von Schimmelpilzen oder Insekten – etwas, das ein jeder schon einmal bemerkt haben dürfte, der mit offenen Augen durch die Natur geht, zumindest in der Nacht. Dies erklärte ich auch Halef, um den furchtsamen Ausdruck von seinem Gesicht zu wischen, was mir nur zum Teil gelang. Denn während ich noch sprach, schwang ich mich in die Öffnung im Stamm und begann, im Innern hinabzusteigen. Was konnte mein tapferer Freund und Gefährte dann anderes tun, als mir zu folgen?

Leise und behutsam kletterten wir in die hohle Zeder. Das Holz im Innern dieses natürlichen Schachts war glatt, ein wenig glitschig, doch stellte dies kein Hindernis dar. In kurzer Zeit waren wir auf dem Grund angelangt, der von einer Schicht Zedernnadeln bedeckt war. Eine Art Gang mit hölzernen Wänden, reich gemasert und ölduftend, führte tiefer in den Leib des Baums hinein. Im grünlichen Schimmer bemerkte ich, dass dieser Gang kaum natürlich sein konnte, aber ebensowenig aus dem Kernholz herausgeschnitten worden war – denn wer hätte sich die Mühe gemacht, die Oberfläche zu glätten, ja, zu polieren? Höchst kurios war auch, dass es schien, als sei das

Innere des Baums weitläufiger, als dessen Äußeres vermuten ließ. Denn wie konnte ein Gang, der seinen Anfang vielleicht eine Armlänge von der borkigen Außenhaut der Zeder entfernt nahm, viele Schritte weit ins grüne Halbdunkel nehmen? Nun ja, wir hatten versäumt, die Zeder zu umrunden – wir wussten nicht, ob es sich nicht um einen eigentümlich verwachsenen Hain von etlichen Einzelbäumen handelte. Zudem hatte die Zeder nahe am Ende des kleinen Tals, dicht an der Felswand gestanden – vielleicht führte der sich darbietende Weg in eine der Karsthöhlen des Kalksteins, aus welchem das Libanon-Gebirge bestand.

Wir gingen voran, der grüne Schimmer wurde heller und es wirkte fast, als schiene die hochstehende Sonne durch die dichte Krone eines Laubbaums, unter dem man sich an einem Sommertag ...

„Das gefällt mir nicht, Sihdi", raunte Halef. „Ich fühle mich, als sei ich in einer Flasche aus grünem Glas eingesperrt … Und an was erinnert dich das? Wer ist gemeinhin in Flaschen eingesperrt?"

„Schsch!", machte ich. Dieses Unken war nun wirklich fehl am Platz! Außerdem hatte ich Stimmen vernommen, die leise durch den Gang und das Holz selbst drangen. Und es waren mehr als zwei, mehr als ich erwartet hätte, da sich doch nur Rasin und sein Kumpan an diesem Ort befinden sollten, so sie beide noch lebten.

Aber nun hatte ich eine Erklärung für alles – dies war tatsächlich eine Wohnstatt! Irgendjemand hatte sich hier eingerichtet, die Zeder ausgehöhlt, mit großem Aufwand an Kraft und Mühe. Und dieser Einsiedler hatte die beiden Banditen als Gäste oder Geiseln genommen! Oder es waren ihrerseits Banditen, die hier hausten! Eine Höhle in den Bergen, wiederum verborgen durch eine große Zeder – ein treffliches Versteck für Tunichtgute und Spitzbuben. Und als ich an den kleinen Bach dachte, der ja eine formidable Wasserversorgung darstellte, begriff ich auch, weshalb wir keine Spuren der verschwundenen Pferde gesehen hatten. Zweifellos waren die Tiere durch den Bachlauf an das hintere Ende des Tals gebracht worden. Das Gepäck von Rasin und seinem Kumpan war wohl verschmäht worden: Reittiere waren wertvoller als alte Kleidung. Und zudem waren Halef und ich wohl zu jenem Zeitpunkt eingetroffen, bevor alle Spuren hatten beseitigt werden können. Rasin hatte wohl auch gewarnt, dass er verfolgt wurde. Die Banditenehre hätte es so verlangt.

Nun gut, jetzt konnten Halef und ich noch ein paar weitere Verbrecher stellen. Wir zogen die Revolver und machten uns bereit. Langsam näherten wir uns dem Ende des Gangs, an den sich wohl die Höhle anschloss. Das Leuchten wurde kräftiger und die Stimmen wurden deutlicher.

Halef spreizte die Finger der linken Hand ab, einen nach dem anderen. „Sihdi ..."

„Ich weiß, Halef. Es sind sieben. Und ich habe Rasins Stimme noch gar nicht vernommen ..."

X.

Halef griff nach meinem Arm. Wir standen kurz vor dem Eingang zur Höhle, man konnte es am Hall der Stimmen vernehmen. Aber noch immer waren wir von Zedernholz umgeben, kein Fels war zu erkennen.

„Sihdi", keuchte Halef. „Weißt du, warum wir sieben Stimmen hören, aber nicht die von Al-Kadirs Wesir?"

„Wahrscheinlich ist er tot und die Bande ..."

„Nein, Sihdi. Es ist anders. Man sagt nämlich, dass man seine Stimme verliert, wenn man einem Dschinni begegnet und nicht sogleich schweigt. Er frisst dann nämlich die Zunge des Menschen und dieser ist fortan stumm."

„Du willst also sagen, dass die sieben Stimmen zu sieben Dschinn gehören? O Halef ..."

„Nein, Sihdi. Keine sieben Dschinn."

„Gewiss, weil diese heilige Zahl den Geistern missfällt und sie sich nicht zu siebent zusammenrotten können? Halef, es sind sieben Räuber. Wir spähen in die Höhle, schauen nach deren Bewaffnung, und dann entscheiden wir …"

„Es ist ein Ifrit!"

„Ah, ein gänzlich anderer Geist also ...", meinte ich sowohl spöttisch als auch ärgerlich. Wir hatten eine wichtige Entscheidung zu treffen, eine heikle Lage einzuschätzen, und Halef verhielt sich wie ein Professor für Dämonologie!

„Ein Ifrit hat sieben Köpfe!"

„Auf einem Leib?"

„Auf einem Leib!"

„Dann hat er auch nur ein Herz, das wir treffen müssen. Ob mit Klingenstahl oder Kugelblei. Danke, Halef, das war ein guter Hinweis!" Ich schüttelte den Kopf. Immerhin war ich froh, dass unser Gewisper und Geflüster vom siebenfaltigen Dialog, der aus der Höhle drang, übertönt worden war. Jetzt packte ich den Revolver fester und spähte in die Höhle hinein.

Welch ein Anblick! Wo soll ich beginnen?

Die Höhle ragte mehrfach mannshoch und erstreckte sich einige Klafter weit in alle Richtungen – und ihre Wände bestanden aus Zedernholz, glatt, schimmernd und duftend. Nischen und Alkoven zeigten sich, ebenso Auswölbungen und Vorsprünge, und allesamt schienen nicht aus dem Holz geschnitten, geglättet und poliert, sondern aus ihm herausgeformt – auf eine Weise, die ich nicht ergründen konnte.

Entsetzt sah ich die Kadaver der vier Pferde, die zerstückelt auf dem hölzernen Grund lagen, in Lachen aus Blut, das glänzte, aber in dem grünen Licht nicht rot erschien, sondern dumpfbraun, fast schwarz.

Blassgrün und kränklich war das Gesicht des Banditen Rasin, der in eine Ecke gekauert saß, sein Kumpan reglos neben ihm ausgestreckt.

In der Mitte der Zedernhöhle, zwischen den Kadavern, stand ein riesenhafter Mann, kahlköpfig bis auf einen Nackenzopf, einzig mit einem Lendenschurz bekleidet, der aus Seide zu bestehen schien. Der Körper der Mannes war mächtig und muskulös – doch war er ein Mann? Von seinem Leib ging jenes grüne Schimmern aus, welches die Höhle erhellte!

Das breite, grobe Gesicht war wutverzerrt, aus dem Mund mit den wulstigen Lippen drangen scharfe Worte in einer archaisch klingenden Sprache, die ich nicht verstand, denn ich bin zwar vieler Sprachen mächtig, jedoch vor allem der sogenannten lebenden Sprachen, weil ich ja auch mit den lebenden Menschen sprechen möchte.

Doch erneut: War diese Gestalt überhaupt ein Mensch? Immerhin saß nur ein Kopf auf seinen Schultern. Mein märchengläubiger Halef hatte sich also geirrt. Vielleicht hatte auch ich mich geirrt, weil ich eine Art Echo in dieser hölzernen Höhle für unterschiedliche Stimmen gehalten hatte. Oder der leuchtende, grüne Mann führte Selbstgespräche, wie es viele Einsiedler zu tun pflegten … Und jetzt kam mir die Erkenntnis – oder sollte ich sagen: die Erleuchtung? Ich wusste mit einem Mal, warum der Mann leuchtete! Er hatte sich zweifellos von Kopf bis Fuß mit einer Phosphorlösung eingerieben und strahlte auf chemischem Wege. Warum er dies getan hatte? Vielleicht war er so auf seine Einsamkeit bedacht, dass er auf diese Weise allerlei abergläubische Reisende erschrecken wollte und gewissermaßen den Rübezahl des Libanon-Gebirges spielte. Er mochte über seiner Einsamkeit wahnsinnig geworden sein, dass er ein solches Wagnis für seinen Leib und sein Leben eingegangen war, da Phosphor doch höchst giftig ist. Aber wer begreift schon die Gedanken und Taten eines Wahnsinnigen!

Ich warf Halef einen Blick zu: Das war die Erklärung. Ich wollte ihm etwas zuzischen, als sich Halefs Augen weiteten und er stumm nach vorn deutete!

Ich schaute zurück in die Zedernhöhle.

Unglaublich!

Aus den Kadavern der Pferde erhoben sich sechs leuchtende Kugeln, nein, es waren menschliche Schädel – menschliche Köpfe! Mit blutverschmierten Lippen, da sie sich vom Fleisch der Tiere genährt hatten. Sie schwebten empor und versammelten sich in einem Ring um das Haupt des grünen Mannes. Und dann begannen die sechs Münder der sechs Schädel zu sprechen!

Ein scheußliches Gewirr an Stimmen und Tonlagen erklang, laut und herrisch, klagend und fordernd – geradeso als stritte sich eine rüde Räuberbande – und doch waren es nur Köpfe, fliegende, leuchtende Köpfe, die da aufeinander einredeten, riefen, brüllten.

Was hatte Rasin doch für eine wohltönende Stimme besessen, im Vergleich zu diesen grauenvollen Lauten! Es heulte wie Sturmwinde, polterte wie Felsstürze, krachte wie berstende Bäume! Und dennoch waren es keine Laute der Natur, sondern es war jene mir unbekannte Sprache, die aus den Mündern, den Schlünden der schwebenden Schädel drang.

Ich spürte, wie Halef neben mir zu zittern begann. Auch ich spürte ein seltsames Gefühl in den Beinen und in der Magengrube – dort, wo sich in meiner Westentasche das Amulett befand! Wäre ich nun abergläubisch gewesen …

Ich warf einen Blick zu Rasin hinüber. Auch er besaß ja ein solches Amulett.

Für einen Herzschlag glaubte ich, darin den Grund zu sehen, warum Rasin noch lebte, warum der riesige Mann – der Dschinni – der Ifrit – ihn verschont hatte, während Rasins Kumpan leblos am Boden lag. War Magie die Ursache, dass …

Unsinn! Rasins Kumpan war verletzt worden und war dieser Verletzung erlegen. Ich hatte selbst die Blutspuren gesehen. Er mochte auch durchaus nicht verblutet, sondern an einem Schock oder schierem Schrecken gestorben sein! Bei diesem Spektakel war das nicht verwunderlich, so abergläubisch die Dummen und die Verbrecher gemeinhin sind.

Ich war zwar verwundert, warum jemand, der sich im Wahnsinn mit Leuchtfarbe bestrich, zudem noch seine Jongleurskünste bemühte und auch noch ventriloquierte, also mit dem Bauch redete – wenngleich dieses Kabinettstück ja tatsächlich mit dem Mund vollführt wird – und dies alles nur vor dem Publikum eines einzelnen Banditen!

Aber diese Minderzahl der Anwesenden war es, die mich nun zur Tat schreiten ließ. Ich würde diesen irrsinnigen Einsiedler in seiner Varietédarbietung schlichtweg unterbrechen, den Verbrecher Rasin ergreifen und dann mit Halef diesen absurden Ort verlassen!

Ich hob meinen Revolver und atmete tief ein. Dann trat ich nach vorn.

XI.

Halef riss mich zurück!

Was sollte das! Ich blickte ihn zornig an, wenngleich ich dies im selben Augenblick bedauerte. Halef deutete eilig in die Zedernhöhle, dorthin, wo Rasin kauerte.

Der Bandit schaute uns an! Er hatte uns tatsächlich bemerkt.

Aber wie seltsam – er schaute nicht erschrocken, weil wir ihn aufgespürt hatten. Er schaute nicht hoffnungsvoll, weil wir ihn aus den Fängen dieses Irrsinnigen befreien würden.

Stattdessen schaute er uns grimmig an und vollführte mit einer schwachen Hand eine dennoch deutliche Geste: Geht! Geht rasch!

Was sollte dies bedeuten?

Dann sah ich, wie Rasin in sein Hemd unter der Weste griff und eine kleine Dose hervorholte. Wollte er eine Droge zu sich nehmen, die ihm den sicheren Tod gewähren oder die drohende Qual in der Gefangenschaft des Irrsinnigen erleichtern sollte? War es Gift, durch welches er sich entweder dem Wahnsinnigen oder unserem Zugriff entziehen wollte?

Nein – es waren Zündhölzer!

Und mit einem zweiten Handgriff holte Rasin einen kurzen, runden Holzstab hervor – nein, kein Holz! Ich erkannte, dass es eine Stange des Dynamits war, welches Rasin mit sich geführt hatte. Er hatte Halef und mich tatsächlich in eine Sprengfalle locken wollen, bevor der Wahnsinnige ihn angegriffen hatte … Mir blitzte ein Bild durch den Sinn, welches einen fliegenden, grünen Mann zeigte, der über dem Lager der Banditen …

Dann riss Rasin das Zündholz an!

Sechs Köpfe wandten sich ihm zu!

Und ein Kopf auf einem Leib!

Ein siebenfaches Brüllen erscholl, als das helle Licht des Schwefelbrands für einen Augenblick den grünen Schimmer in der Höhle überstrahlte.

Dann flammte funkensprühend die Zündschnur auf.

Rasin fletschte die Zähne. Im hellen Licht sah ich Blut aus seinem Mund rinnen.

Halef krallte die Finger in meine Schulter.

Wir wandten uns ab und rannten den Gang entlang, zurück auf dem Weg, den wir gekommen waren. Das siebenfache Brüllen wurde kaum schwächer – aber wir wurden auch nicht verfolgt.

Dann ein Donnerschlag, ein gewaltiges Zittern des Grundes. Und ein höllengleiches Jaulen und Heulen von vielfachen Stimmen! Ringsum bebte das Holz der Zeder – wir waren noch nicht wieder im Freien und doch in Sicherheit! Eine Felsenhöhle hätte durch die Erschütterung der Detonation einstürzen mögen, jene seltsame hölzerne Heimstatt jedoch widerstand der Explosion!

Jetzt wölkte Rauch durch den Gang, vom aromatischen Geruch brennenden Zedernholzes zwar, aber dicht und lungenreizend, zudem in den Augen brennend. Wir mussten rasch hinaus!

Eilig erklommen wir innen den hohlen Stamm, der uns zu der Pforte emporführte. Hustend erreichten wir den Ausstieg, sogen keuchend die kühle Bergluft ein. Hinter uns drang das prasselnde Geräusch einer Feuersbrunst heran.

Halb herabklimmend, halb hinabrutschend überwanden wir den Zedernstamm und rannten vom Wurzelgrund fort. Erst am Lager der Banditen angekommen, wo unsere Pferde warteten, wandten wir uns um. Aus der Pforte im Zedernstamm wand sich dichter Rauch in schwarzen Schwaden – ich glaubte, einige grünliche Funken darin zu erkennen, doch es mochte nur die Nachwirkung des beißenden Qualms sein.

Die Dunkelheit begann sich in das Tal zu senken. Schon erkannte man, wie Flammen aus dem Stamm der Zeder schlugen. Das Feuer würde den mächtigen, alten Baum wahrscheinlich verzehren, aber der Brand war in diesem Tal wohl sicher eingeschlossen und würde den Wald des Gebirges verschonen.

Halef sah mich seltsam an. Ich wollte mich äußern, wollte ihm sagen, welche Erklärungen ich für all das parat hatte, was wir erlebt hatten, doch dann wiegte Halef nur sachte den Kopf.

„Nach Tarablus, Sihdi“, sagte er. „Zum Hafen.“

Und damit hatte er Recht. Wir waren auf Verbrecherjagd. Dies war nur ein Nebenweg gewesen, auf dem ein Scherge Al-Kadirs sein Ende gefunden hatte. Die Gründe waren einerlei. Mochte man glauben, was man wollte.

Denn ich weiß es doch genau, wie auch meine treuen Leser:

Es gibt keine Dschinn.

Friedhelm Schneidewind

Senitzas wahre Befreiung

Aus Kara Ben Nemsis geheimen Aufzeichnungen

Diese Notizen vertraue ich nur meinem geheimen Tagebuch an; solange ich lebe, soll dies niemand jemals zu Gesicht bekommen. Wieder einmal bin ich auf etwas gestoßen, was mein gesunder Menschenverstand weder fassen noch erklären kann. Während der Befreiung der schönen Senitza ist mir etwas widerfahren, das nicht sein kann, und doch kann ich es nicht leugnen, sofern ich meinen Sinnen jemals wieder trauen will. Oder hat der teuflische Dawuhd Arafim mich unter Drogen gesetzt, und das alles war nur eine Vision im Drogenrausch?

Zum ersten Mal geschah es, als ich Senitzas Hand berührte. Ich war in das Haus von Abrahim Mamur gebeten worden, um seine Frau zu untersuchen und zu heilen,[1] so hatte es geheißen. Mir war schnell klar geworden, dass es sich nicht um das angetraute Weib des Ägypters handeln konnte. Als ich nun mit drei Fingern ihr Handgelenk berührte, direkt oberhalb des zarten Händchens mit dem schmalen, perlenbesetzten Goldreif, erfasste mich für einen Moment ein Schwindel, es wurde mir schwarz vor Augen, und als ich diese wieder aufschlug, sah ich vor mir einen strahlend blauen Himmel, der für einen Moment schwankte – nein, ich war es, der schwankte. Senitzas Griff bewahrte mich davor, zu stürzen.

Ich blickte mich um und sah zunächst in ihr wunderschönes Gesicht; den Schleier hatte sie nach hinten geworfen. Ihre

[1] Vgl. Karl Mays Gesammelte Werke, Band 1: Durch die Wüste, Kapitel 4

Augen fixierten mich aufmerksam, während ich versuchte, mir meiner Umgebung gewahr zu werden.

Ich stand auf einem Strand mit feinstem Sand, vor mir erstreckte sich scheinbar endlos ein Meer mit sanfter Dünung, zu meinen beiden Seiten scheinbar ebenso endlos der Sandstrand. Hinter Senitza erblickte ich einen Wald mit mir unbekannten Bäumen, hoch gewachsen und mit silbrig-grün schimmernden Blättern.

Senitza ließ mich los und trat einen Schritt zurück, ein Hauch von Rosenduft erreichte mich. „Erschrick nicht. Du musst dich nicht fürchten. Wir sind hier, weil ich dich um deine Hilfe ersuchen möchte."

Mit einer eleganten Bewegung ließ sie sich auf die Unterschenkel nieder und forderte mich mit einer Handbewegung auf, mich ebenfalls zu setzen. Ich zögerte, dann tat ich es ihr gleich.

„Du bist der Effendi aus Dschermanistan, der Senitza heilen soll. Doch wisse, Senitza bedarf nicht der Heilung, sondern der Befreiung. Ich hingegen, ich bedarf sowohl des einen wie des anderen."

„Ich verstehe dich nicht. Du bist doch Senitza!"

„Ich bin sie, und doch bin ich sie nicht. Ich bin ein Geist aus einer fernen Welt, in dieses Mädchen geschlüpft, um den Kampf zu führen gegen einen unserer bösartigsten und mächtigsten Dämonen. Wir konnten ihn in unserer Heimat bezwingen, doch gelang es ihm zu fliehen, ehe wir ihn vernichten konnten. Er reiste auf geheimen und gefährlichen Pfaden und fand Zuflucht im Körper jenes Abrahim Mamur, der Senitza entführt hat. Ich war die Einzige, die ihm folgen konnte, und da ich auf dieser Welt ebenfalls eines Wirtskörpers bedarf, wohne ich nun in Senitza."

„Weiß sie davon? Weiß Abrahim von seinem – Gast? Und wo sind wir hier?"

„Dies ist eine Illusion, die ich geschaffen habe, um dich nicht allzu sehr zu verwirren. Wir sind in Senitzas Kopf, die davon weder etwas weiß noch etwas bemerkt. Bei Abrahim aber bin ich nicht sicher; ich halte es für möglich, dass der Dämon in ihm Kontakt mit ihm aufgenommen hat oder ihn zumindest durch Träume und Visionen beeinflusst. Mir scheint, dass sich seine Physiognomie in den letzten Monaten verändert hat."

„Das würde erklären, wieso Abrahim auf mich so – teuflisch wirkt. Nicht direkt, er hat ja weder Schweif noch Pferdefuß und Hörner, ganz im Gegenteil ist jeder einzelne Zug seines Gesichts von ausgemachter Schönheit, und doch – in der Gesamtwirkung wirken auf mich seine Züge abstoßend, ja hässlich, regelrecht diabolisch."

„Du hast ihn durchschaut. Achte darauf, dass er dir nichts anmerkt."

„Aber was ist mit mir? Ich bin doch kein – Geist oder Wesen aus einer anderen Welt!"

„Nein, sei beruhigt. Du gehörst zu den wenigen Menschen, die manches Mal einen Blick in eine andere Dimension werfen können, die manchmal Dinge wahrnehmen können, die den meisten Menschen niemals auffallen. Oft schon war es diese Fähigkeit, die dir deine außerordentlichen Leistungen ermöglichte, im körperlichen wie im geistigen Bereich, auch wenn du diesen Einfluss nie bemerktest. Du willst ihn auch nicht wahrhaben, dazu bist du viel zu materialistisch eingestellt, zu vernünftig. Ich akzeptiere das, doch die außergewöhnliche Situation und Bedrohung zwingen mich nun, dir dies alles zu offenbaren. Aber du wirst es wieder vergessen, wenn wir erfolgreich sind."

„Was soll ich tun?"

„Handle, wie es dir richtig erscheint, aber sei aufmerksam, um reagieren zu können, wenn Abrahim Mamur zu außerordentlichen Mitteln greift."

„Kurtar Senitzaji – rette Senitza!", drang es plötzlich fast unhörbar an mein Ohr und ich sah direkt vor mir das zierliche Handgelenk.

Ich war zurück im Harem des Ägypters, der mich misstrauisch beobachtete.

Mir schien dies alles wie ein seltsamer Tagtraum, ich vergaß es nahezu wieder und achtete die nächsten Tage darauf, viel und gut zu schlafen. Doch als ich mich in Todesangst gegen das Siebblech im unterirdischen Kanal des Hauses von Abrahim Mamur presste, den Tod mit nasser, eisiger Hand nach meinem Herzen greifen fühlte – da war es nicht, wie ich in meinem Reisebericht schrieb, „der Kampf des Todes, der vermochte, was dem Leben nicht gelingen wollte", es war ein Hauch von Rosenduft, der mir in die Nase fuhr – unter Wasser, wo ich doch nicht atmete – und meinen Muskeln jene Kraftexplosion erlaubte, die mich rettete.

Der wahre Kampf aber sollte erst noch folgen, als Abrahim mir vor dem Tor folgte, mich niedergeschossen glaubte, an mir vorbeieilte und ich ihn von hinten niederwarf. Plötzlich lag ich nicht mehr auf dem Ägypter, sondern hielt in meinen Händen zwei Tentakel. Unter mir dehnte sich mit Wucht etwas Großes und Schleimiges aus und warf mich nach hinten auf den Rücken. Als ich mich aufraffte, erkannte ich, dass wir uns in einer tiefen Schlucht befanden mit Wänden, an denen feurige Rinnsale herabliefen, vielleicht aus Lava oder heißem Eisen, ich konnte es nicht erkennen. Der Himmel war dunkelrot und glühte, ich konnte schwarze Löcher in ihm ausmachen, doch blieb mir nicht die Zeit, genauer zu schauen, denn das Wesen, das Abrahim Mamur gewesen war, attackierte mich sofort. Mehr als drei Meter hoch, sich auf vier Tentakeln bewegend und mich mit vier weiteren angreifend, war dies ein schrecklicher Gegner – und ich hatte nur meinen Revolver und mein Messer. Es gelang mir, die Waffe zu ziehen und sämtliche Schüsse in die Kreatur zu feuern, doch diese hielt nur kurz inne und stürzte sich dann auf mich.

Es entbrannte ein Kampf, an den ich ungern zurückdenke. Ich habe mich mit dem Messer dem amerikanischen Grizzly gestellt, alleine den Löwen und den Elefanten erlegt und so manchen Zweikampf mit menschlichen Gegnern bestanden, aber nichts war so schwer wie dieses Ringen mit dem Tentakelmonster. Meine Messerstiche schienen ihm nichts auszumachen, seine Tentakel schlugen nach mir mit schrecklicher Kraft und drohten wiederholt, mich zu erwürgen – doch immer wieder umwehte mich ein schwacher Rosenduft und gab mir Kraft. Nach langer Zeit gelang es mir, des Wesens kopfähnliches Gebilde zu umfassen und ihm vom Rumpf zu reißen; es stürzte leblos zu Boden.

Ich sank erschöpft nieder, da hörte ich eine mir bekannte Stimme. „Es ist nicht vorbei, o tapferer Held. Aber für den Moment haben wir gesiegt."

Ich sah auf – da sah ich Senitza oder besser ihre Erscheinung, an einen Felsen gekettet. Dieser schien langsam durchscheinend zu werden, auch der Himmel und die feurigen Rinnsale schienen zu schwinden.

„Für den Moment ist der Dämon besiegt. Befreie mich, wie du Senitza befreit hast. Suche den Schlüssel für die Ketten, mach schnell, ehe wir mit dieser Scheinwelt, die nur in Abrahims Kopf existiert, vergehen." Obwohl es mich ekelte, durchsuchte ich das tote Wesen; es trug einen Gürtel, in einer Tasche fand ich den Schlüssel.

Nachdem ich Senitza befreit hatte, wandte sie sich mir ein letztes Mal zu. „In den nächsten Wochen eurer Zeit wird Abrahim Mamur auf sich gestellt sein und ich werde Senitza verlassen können. Ich werde zurückkehren in meine Welt, doch Acht geben auf die eure. Denn das, was du hier, in seiner eigenen Scheinwelt, getötet hast, kann wiederkehren, ob hier oder in einer anderen Dimension, bleibt abzuwarten. Sei wachsam und achte auf Abrahim Mamur. Solltest du ihm nach längerer Zeit wieder begegnen, halte Ausschau nach Zeichen besonderer Kräfte. Ich werde versuchen, dann als Senitza in der Nähe und dir eine Hilfe zu sein. Und so leid es mir für dich tut: Diesmal wirst du nicht vergessen können, nicht, solange dieses Wesen irgendwo existiert."

Das Geschrei der Fellachen ließ mich aufsehen, sie waren mir sehr nahe, obwohl in dieser Welt keine Zeit vergangen war. Ich sprang auf und rannte zum Kahn, wir konnten entkommen.

Als ich Abrahim Mamur vor Gericht wiedersah, wirkte sein Gesicht zwar immer noch abstoßend auf mich, doch den diabolischen Zug konnte ich nicht mehr erkennen. Der Geist, der Senitza bewohnt hatte, hatte wohl Recht gehabt.

Ich frage mich, ob er auch mit seiner Vermutung Recht behält, dass uns noch einmal eine Begegnung mit dem Dämon in Abrahim Mamur bevorstehen wird. Ich hoffe und bete, dass dies nicht eintreten möge. Dann kann ich mir einreden, dass dies alles nur Einbildung war, hervorgerufen durch üble Dämpfe in dem halb verfallenen Haus des Ägypters oder durch Drogen, mit denen er mich zu verwirren suchte.

Aber in ruhigen Momenten, in denen ich ehrlich zu mir und zu diesem geheimen Tagebuch bin, befürchte ich, dass der Geist Senitza echt war und ich mich damit abfinden muss, dass doch mehr Magie in mir wohnt, als ich mir eingestehen möchte.

Jörg Weigand

Halef in Nöten

„Sihdi, hast du einen Augenblick deiner kostbaren Zeit für mich?“

Noch nie hatte ich Halef, meinen treuen Diener und Wegweiser, so verlegen von einem Bein auf das andere treten sehen. Das kleine hagere Kerlchen schien ratlos, seine Augen irrlichterten unter den dichten Augenbrauen.

Wir lagerten seit einer halben Stunde in der winzigen Oase; es war bald Zeit weiterzuziehen.

„Sprich“, sagte ich und setzte mich bequemer unter den spärlichen Schatten, den die einzelne Dattelpalme warf. „Was hast du auf dem Herzen?“

„Ich ... Sihdi, du weißt, dass ich dich nie belügen würde.“

„Nun sag schon, Halef, was liegt an?“

Er atmete tief ein, warf sich in die Brust und richtete sich dabei so gerade auf, wie es irgendwie ging.

„Ich habe dir oft gesagt, Sihdi, dass ich – Hadschi Halef Omar Ben Hadschi Abul Abbas Ibn Hadschi Dawuhd al Gossarah – Hanneh, die Blume meines Lebens und die Freude meiner Familie, nie betrügen würde, sonst möge mich die Posaune am Jôm el achir, dem Jüngsten Tag, in die tiefste Dschehennah schicken.“

„Ich erinnere mich, Halef. Und ich glaube dir, dass du diesen Schwur halten wirst.“

Ich hatte Halef mit meiner Bestätigung helfen wollen, doch anscheinend stürzte ich ihn dadurch nur noch in größere Verlegenheit.

„Sihdi, ich – ich – nun …“, stammelte er. Dann brach es aus ihm heraus: „Ich glaube aber, dass ich es getan habe!“

Ich konnte es nicht glauben: „Was …?“

„Sihdi, ich weiß auch nicht, wie das passieren konnte. Du erinnerst dich an das Zeltdorf, an dem wir vor zwei Wochen vorbeigeritten sind.“

Berber waren das gewesen, und wir hatten nicht angehalten, weil wir ein bestimmtes Ziel erreichen wollten. Ich verstand immer noch nicht.

Halef sah mir wohl die Verwirrung an. „Du weißt, diese Stämme lassen ihren Frauen ihren Willen, sie müssen keine Schleier tragen und zeigen offen ihr Gesicht. Und da war ein Mädchen, ein Mädchen, das …“

Halefs Stimme brach. Es sah aus, als wollte er in Tränen ausbrechen.

„Sie war doch so schön, so wunderschön, dass ich kurzzeitig Hanneh, die Blume, vergaß, als ich in diese Augen sah – wie in tiefe Seen. Und ich wünschte mir, aber wirklich nur ganz kurz, ich könnte sie …“

Nun fehlten dem Kerlchen die Worte. Er schwieg. Doch in ihm arbeitete, ja brodelte es.

„Aber wir haben doch nicht einmal angehalten“, versuchte ich ihm zu helfen. „Wie solltest du da …“

„Ja, Sihdi, das stimmt, aber …“ Halef, der treue Begleiter und Ehemann, riss sich den Turban herunter und raufte sich sein Haupthaar. „Aber im Traum habe ich …“

Ich musste mir ein lautes Lachen verkneifen. Welcher Mann träumte nicht von einer schönen Frau, die für ihn unerreichbar war? Ich gestehe, dass solche Träume auch mich schon heimgesucht hatten.

„Du darfst mich nicht auslachen, Sihdi“, druckste Halef herum. „Ich habe Hanneh betrogen. Das steht fest.“

„Unsinn!“, gab ich zurück.

Jetzt musste energisch gesprochen werden, sonst verrannte sich Halef in sein Hirngespinst.

„Selbst wenn du das alles im Traum erlebt haben solltest, in Wirklichkeit ist gar nichts geschehen."

Halef richtete sich zu seiner ganzen kleinen Körpergröße auf. „Doch, Sihdi, ich habe schon erwartet, dass du mir nicht glaubst. Aber was hältst du davon?"

Er drehte mir die rechte Seite zu und drückte am Hals den Burnus herunter. Sichtbar wurde – ein Fleck. Ich erhob mich und besah ihn mir näher. Ganz ohne Zweifel: ein Knutschfleck, leicht blutunterlaufen und wohlkonturiert.

„Da hast du ein Problem", bestätigte ich. „Aber der Fleck geht auch wieder weg."

„Nein, Sihdi, jetzt ist er schon zwei Wochen alt."

Ich drehte mich weg, wollte zu Rih, meinem windschnellen Rappen. Er sollte noch eine Extraportion Hafer bekommen, denn die vor uns liegende Etappe würde beschwerlich werden.

Halef schien zu erahnen, was ich vorhatte. „Sihdi, lass mich Rih den Hafer geben. Du weißt, er mag mich."

In der Tat duldete mein Pferd außer mir nur noch Halef neben und auf sich. Also ließ ich Halef gewähren, hier im Schatten war es angenehm zu sitzen.

Dabei fiel mir etwas auf. Während Halef den Hafersack hob, knabberte Rih … Die Lösung! Ich rief Halef zu mir.

Kurz: Halef bestätigte mir später, dass Hanneh den Fleck als Rihs Liebesbeweis akzeptiert hatte. Und das war gut so, denn der Fleck blieb Halef erhalten.

Thomas Le Blanc

Allein mit Qendressa

Meine Leser wissen, dass ich ein aufrichtiger Mensch bin. So wie ich meine Feinde nicht belüge, so hintergehe ich auch nicht meine Leser. Ich sehe keine Schwäche darin, auch Fehler zuzugestehen, und wenn ich meine Abenteuer erzähle, so erschöpft sich das nicht in Aneinanderreihung von Heldentaten, sondern geschieht als getreues Abbild der Wahrheit, und die kennt auch auf meiner Seite Pannen und Fehleinschätzungen, Nachlässigkeiten und Schwächen, die ich normalerweise vor meinen Lesern nicht verschweige.

Wenn ich, wie im vorliegenden Fall, dennoch einmal eine für mich wenig ruhmreiche, ja sogar höchst verwirrende Begebenheit aus dem Erzählfluss zunächst ausgelassen habe, dann lag das daran, dass das Geschehnis im Rahmen des Erzählten lediglich eine Randbegebenheit geblieben war – und daran, dass ich zum Zeitpunkt der Niederschrift der Reiseerzählung immer noch damit beschäftigt war, die Bedeutung der Begebenheit für mich selbst zu ergründen und einzuordnen, und erst jetzt, um einiges später, die richtigen Worte dafür finde.

Die Begebenheit, die ich heute nachtragen möchte, spielte sich in der mazedonischen Stadt Edreneh ab – das von den Türken Edirne und historisch Adrianopel genannt wird –, als wir erneut hinter dem Schut herjagten: Genauer eingegrenzt geschah alles nach dem kläglichen Unterfangen einiger Taschendiebe, die mich, Halef und Qendressa ausrauben wollten, und bevor wir von Hamd el Amasat und seinen Helfershelfern überfallen und entführt wurden.[1]

Meine Leser werden sich vielleicht erinnern, dass ich so etwas wie ein körperliches Schwächegefühl bei mir beschrieb, das plötzlich während unseres Spaziergangs durch die Innenstadt von Edreneh auftrat und das ich mir nicht recht zu erklären vermochte, weil ich gemeinhin über eine robuste körperliche Konstitution verfüge. Auch was ich gerade über die Machenschaften des Schut erfahren hatte, hatte mich nicht schockieren können, da ich bei meiner Kaltblütigkeit auf unerwartete Nachrichten nicht mit körperlichem Unbehagen reagiere. Halef und Qendressa konstatierten, dass möglicherweise mein Magen wegen einer Süßspeise, die ich auf dem Markt bei den türkischen Schattenspielen zu mir genommen hatte, etwas unwillig protestierte, und Halef hielt zudem eine Nachwirkung einer Unterkühlung für möglich, die ich mir bei der Rettung von Abdollah aus dem Istanbuler Hafenwasser zugezogen haben könnte. Doch diese vordergründigen Erklärungsversuche griffen mir zu kurz; ich fühlte mich einfach unsicher.

Als die Taschendiebe uns attackierten, wussten wir sie souverän und geschickt abzuwehren, der kleine Kampf wirkte eher erfrischend als belastend, die Angreifer erschienen uns mehr lästig denn bedrohlich – und ihr allseits desolater Zustand hinterher besaß sogar eine komische Note. Mein Blut war durch den Zwischenfall kaum in Wallung geraten, meine Atemfrequenz hatte sich nicht erhöht, und ins Schwitzen durch meine wenigen routiniert platzierten Abwehrschläge war ich schon gar nicht gekommen. Wir sahen die kleine Episode als amüsantes Erlebnis an, und sie hatte zudem gezeigt, dass ich nicht nur mit meinem langjährigen Freund und Weggefährten Halef, sondern auch mit der manchmal etwas spröden und eigensinnigen Skipetarin namens Qendressa, die ich ja erst vor ein paar Tagen in der britischen Botschaft in Istanbul kennengelernt hatte, bereits gut harmonierte.

[1] Siehe: Karl May Magischer Orient, Band 2: Der Fluch des Skipetaren. Kap. 14.

Als wir nun weitergingen, nahm mich Qendressa wie selbstverständlich am Arm – selbstverständlich für uns beide, aber ich konstatierte gleichzeitig, dass Halef von dieser erstmaligen körperlichen Berührung überrascht war und sie nicht verstand. Diese Geste vielleicht sogar missbilligte? In ihr eine Vertrautheit sah, die wir noch gar nicht erreicht hatten – und wenn man den späteren Verrat Qendressas einbezog, auch nie erreichen sollten?

Wir spazierten hinunter zur breit und träge dahinfließenden Tundzha und gelangten zur vielbogigen Gazi-Mihal-Brücke, auf der wir einige stämmige Fuhrleute, die den Übergang mit ihren Wagen versperrten, lautstark streiten sahen und hörten. Wir waren nicht in Eile und sahen deshalb dem Streit gelangweilt zu, und die Zeit begann sich zu dehnen, wie das manchmal so ist, wenn man wartet. Qendressa war unmittelbar neben mir, sie hatte mich nicht länger am Arm gefasst, sondern hatte nun eine Hand auf meinen Rücken gelegt, ihr Körper berührte meinen in seiner ganzen Breite, sodass ich ihre Wärme und ihre leichten Bewegungen, ja sogar ihr Atmen spüren konnte. Ihre Wärme schien zu mir herüberzufließen und erfüllte mich immer mehr, sowohl auf eine wohlig beruhigende wie gleichzeitig auf eine befremdliche Weise. Ich nahm in mir ein Gefühl aufsteigender körperlicher Zuneigung wahr, auf das ich in diesem Augenblick jedoch nicht gefasst war. Ich spürte einerseits wieder meine körperliche Schwäche, andererseits aber ein unerwartetes Gefühl der Geborgenheit, bei dem ich jedoch noch unschlüssig war, ob ich mich in diese angebotene Geborgenheit hineinfallen lassen sollte.

Kaum merklich schien die Zeit ihren natürlichen Fluss immer stärker zu verlangsamen. Ich erkannte das zuerst an den Geräuschen, die von der Tonlage her dumpfer wurden, sich entfernten, weiter und immer weiter schwanden, bis ich schließlich in einer Oase der Stille eingeschlossen war. Als ich um mich sah, nahm ich auch keine Bewegungen mehr wahr: Die Menschen waren nicht nur erstarrt, sondern auch wie hinter einem milchigen Schleier nicht länger einzeln wahrzunehmen, alle Farben und Formen waren undeutlich geworden und ineinander verwoben und verschwommen. Auch Halef, der eben noch neben mir gestanden hatte, war plötzlich nicht mehr sichtbar, hatte sich irgendwo hinter den Schleier entfernt. Selbst die vielen verschiedenartigen Eigengerüche einer orientalischen Stadt waren verweht. Die Szenerie wirkte traumhaft auf mich oder als ob ich eine Wahrnehmungsstörung durch eine Vergiftung, durch eine Droge erlebte oder unter Hypnose stand – oder unter einem zauberischen Bann, aber daran dachte ich in diesem Augenblick nicht.

Der einzige Mensch, den ich in dieser Situation ganz normal wahrnahm, war Qendressa. Inmitten dieser verschwommenen Welt stand sie nun unmittelbar vor mir, Gesicht zu Gesicht, und hatte mich an beiden Armen gepackt. Sie hielt mich fest, da sie offenbar befürchtete, dass ich das Gleichgewicht verlieren könnte.

„Keine Angst, mein Freund, die Irritation ist gleich vorüber“, sagte sie sanft. Dann führte sie mich mit langsamen Schritten von der Brücke herunter über den kleinen Platz davor zu einem breiten zweistöckigen Steinhaus gegenüber, das wohl eine Historie als Palais hinter sich hatte. Sie öffnete das schwere Portal, das wir über eine Stufe erreichten, wir traten ein und sie schloss die Tür wieder hinter uns und schloss gleichzeitig die Welt aus.

Da klärte sich die Szenerie um mich herum auf, alles schien wieder normal mit all meinen Sinnen wahrnehmbar zu sein. Ich sah mich um. Qendressa und ich befanden uns in einem quadratischen Vestibül, von dem aus nach rechts und links jeweils ein schmaler Gang abzweigte. Geradeaus öffnete sich der Vorraum mit einem Durchgang in einen großen Saal, der sich beim Betreten als Wohnraum zeigte. An den seitlichen Wänden standen Sofas in Brokatstoffen aneinandergereiht, davor waren niedrige quadratische Tischchen aus dunklem Holz mit gedrechselten Beinen und ohne jegliche Dekoration platziert.

Uns direkt gegenüber waren hohe, türenartige Fenster, die alle den Blick zum Garten hinter dem Haus gewährten. Davor auf einigen Teppichen vermutlich afghanischer Provenienz, soweit ich die Muster auf den ersten Blick identifizieren konnte, war eine wahre Kissenlandschaft ausgebreitet; Dutzende von kleinen, vielfarbigen, quadratischen Kissen sowie zwei hohe Daunensäcke lagen zwischen großen, länglichen Polstern, die alle in Gelb und Rot und Orange gehalten waren und die im Gegensatz zu den prallen quadratischen Kissen weich und nachgiebig aussahen. Dieses lockere Arrangement wurde eingerahmt von je einem langen, schmalen Tisch rechts und links davon, kaum eine Elle hoch und beladen mit Schalen mit allerlei Obst und kleinem süßem Gebäck und einigen Karaffen mit Wasser und Säften.

„Wir sind allein hier, Kara“, meinte Qendressa, die neben mir stand und plötzlich meine Hand hielt. Und das so selbstverständlich tat wie alles in den vergangenen Augenblicken. „Und ich habe die Zeit für uns angehalten.“

Es war nicht misszuverstehen, dass das eine Einladung darstellte.

Ich hörte mich atmen, ansonsten war es still. Sie führte mich ein Stück weiter in den Raum hinein, bis wir bei den ausgelegten Kissen angelangt waren. Dann stellte sie sich wieder vor mich, Gesicht zu Gesicht, und kam mit ihrem Kopf dem meinen immer näher. Wir waren nur um ein Geringes unterschiedlich in der Körpergröße, und als ich meinen Kopf lediglich um ein paar Grad nach vorne neigte und sie etwas aufwärts schaute, geschah es, dass unsere Nasenspitzen sich berührten. Sie war mir so nah, dass ich glaubte, einen Hauch von Parfüm wahrzunehmen, vermutlich Rosen, was sollte man auch in der Rosenstadt Edreneh anderes riechen, aber ich kenne mich nicht in den Düften aus, mit denen schöne Frauen ihre schönen Körper umgeben.

Unsere unteren Gesichtspartien, die von den Nasen abgeschlossen wurden, bildeten jetzt einen Raum, in dem sich mein

Atem in ihrem Gesicht reflektierte und wieder in meine Nase gelangte. Jetzt roch ich eine deutliche Spur von Lakritz, offenbar Reste der intensivsten Zutat der kleinen Süßspeisen, die ich auf dem Markt zu mir genommen hatte. Kein Wohlgeruch sicher, aber auch nichts Unangenehmes, was Qendressa jetzt von mir wahrnahm.

Sie bewegte ihre Nasenspitze ein wenig hin und her, rieb sie zärtlich an meiner – eine Berührung, die kein Eskimogruß war, sondern eine Liebkosung. Dann neigte sie ihren Kopf leicht zur Seite, sodass unsere Nasen nebeneinander Platz hatten, und näherte sich mir gerade so weit, dass ihre Lippen die meinen wie in einem sanften Darüberstreichen berührten. Der Kontakt besaß die leichteste nur mögliche Kraft und war gerade deshalb von einer emotionalen Intensität, mit der ich noch nie von einer Frau berührt worden war.

Gerade weil sie weder forderte noch fragte, weil sie auf eine völlig selbstverständliche Weise ein natürliches Gefühl der Zuneigung zeigte – über einen Kuss, der noch gar kein Kuss war, sondern lediglich ein Hauch –, stürzte mich dieser Hauch mehr und tiefer in eine innere Unordnung, als es jede andere Form der Intimität getan hätte.

Ich nahm meine Hände hoch und fuhr mit beiden durch ihr kurzgeschnittenes dichtes schwarzes Haar. Ich streichelte ihren Kopf von hinten und schob ihn dann sanft gegen meinen und erwiderte ihren Lippenhauch nun durch einen echten Kuss, immer noch nicht allzu kräftig, aber doch so, dass unsere Münder sich öffneten und unsere Lippen sich passgerecht verbanden und mein Bart ihre Wangen berührte.

Wir hielten diesen Kuss einen längeren Augenblick; dann, als ich ein leichtes Erschlaffen in ihrer Haltung spürte, gab ich dem sofort nach, indem ich meine Lippen von den ihren löste. Ich behielt jedoch meine Hände in ihrem Haar, hielt ihren Kopf damit fest und sah ihr in die Augen.

„Was tun wir hier, Qess?" Ohne mir dessen bewusst zu sein, hatte ich eine Zärtlichkeitsform ihres Namens ausgesprochen.

Allein das hätte mir, wenn ich darauf geachtet hätte, meine Frage bereits zur Hälfte beantwortet.

Sie antwortete jedoch nicht, sondern hielt meinem Blick nur stumm stand. Dann legte sie ihre Jacke ab und zog außerdem ihre Lederweste aus. Beide Kleidungsstücke ließ sie achtlos auf den Boden fallen. Sie schob sich drei der kompakten quadratischen Kissen zusammen, setzte sich darauf und begann an ihren kurzen Schnürstiefeln zu nesteln. Im Gegensatz zu mir, der ich lange Reitstiefel trug, die ebenso zum Laufen wie zum Klettern geeignet waren, von zahlreichen Armeen dieser Welt erprobtes strapazierfähiges Schuhwerk also, hatte sie sich ihre Kurzstiefel vermutlich von einem italienischen Schuhmacher anpassen lassen.

Ich legte nun ebenfalls meine schwere Lederjacke ab. Jetzt sah man mein kräftiges rotbraunes Lederhemd, das für alle Wetter geeignet war und das ich besonders deshalb schätzte, weil es wasserabweisend war. Darunter trug ich noch ein weiches Baumwollhemd, das zur Aufnahme von Körperschweiß diente. Meine Stiefel schob ich durch Tritte gegen die Hacken von den Füßen. Zum Vorschein kamen ein paar grobe Socken, während Qendressa ihre Kurzstiefel an den nackten Füßen trug.

Wir machten es uns auf den Kissen bequem, indem wir sie unter unseren Körpern etwas zusammenschoben. Ich lag mit leicht erhöhtem Oberkörper auf dem Rücken, sie rollte sich derart neben mich, dass sie auf der Seite lag, halb auf mir, halb auf den Kissen. Eine entspannte Form körperlicher Nähe, fast eine Schlafstellung. Meine Arme umfassten sie, eine ihrer Hände lag auf meiner Brust, ihr Kopf war in meiner Halsbeuge. Ich fühlte ihren Atem durch eine ihrer flachen Brüste, und ich spürte, wie sich ihr Körper regelrecht an meinen herandrückte.

Dann hielt die Zeit wieder an.

Was geschah hier? Wollte sie lediglich eine zärtliche Auszeit, eine Zweisamkeit, das Ausleben eines rein körperlichen

Verlangens, oder sah sie in mir mehr? Doch spielte das eine Rolle? War es für den Augenblick überhaupt wichtig, was sich aus unserer körperlichen Begegnung ergeben würde? War nicht das Heute einfach nur das Heute?

Die Zeit, in der wir nahezu bewegungslos aneinander lagen, zog sich hin – und wurde ihr plötzlich zu lang. Bis hierhin war ich ihr gefolgt, aber als sie nun erwartete, dass ich weiter aktiv wurde, jedoch innehielt, irritierte sie das. Denn statt mich einfach auf diese Situation einzulassen, der Natürlichkeit meiner und ihrer Gefühle nachzugeben, mich auch in dieses Abenteuer zu stürzen, wie ich auch sonst keinem gebotenen Abenteuer auswich, tat ich nun – gar nichts.

Es schien auf einmal ein kalter Hauch durch den Raum zu wehen, denn plötzlich war die Leichtigkeit der Situation vorbei. Ich wusste mit einem Mal, dass es nicht um den Zauber eines Augenblicks ging oder den von ein paar Stunden. Es ging nicht um die Begegnung am Rande unserer Lebensläufe, um ein Zusammenkommen und dann wieder Auseinandergehen, nicht um Unverbindlichkeit und nicht um ein Augenblicksgefühl.

Es ging für mich um die Frage, wo ich hinwollte und ob ich irgendwann ankommen wollte – und ob Qendressa es war, bei der ich ankommen wollte. Mir bot sich hier in aller Klarheit ein Lebensziel und eine Chance auf eine neue Form von Glück. Wie hatte denn mein Leben bislang ausgesehen? Seit vielen Jahren hielt ich es nicht im kleinstädtischen Radebeul aus, sondern wanderte durch die gesamte bekannte und unbekannte Welt – rastlos wie der Fliegende Holländer, wie der Ewige Jude. Überall gern aufgenommen, stets zusammen mit Fremden in aller Herren Häuser, Zelten und Wigwams und unter freiem Himmel, gemeinsam mit Gefährten, die diese Rastlosigkeit teilten und wie ich nirgends zu Hause waren.

Kaum saß ich in Radebeul an meinem Schreibtisch und verwandelte ein erlebtes Abenteuer in einen Roman, da zog es mich schon wieder hinaus: in den farbenreichen Orient mit seinen uralten Kulturen, in die Grenzländer des Wilden Westens, in die Einsamkeit der Pampas in Südamerika und in die lebensfeindlichen nordafrikanischen Wüsten, ins geheimnisvolle Indien und auf die immer noch ungezählten Inseln des Pazifiks. Und so wie mich in der Wohlgeordnetheit einer sächsischen Kleinstadt nichts hielt, so war ich auch in den Pueblos der Apatschen nur zu Besuch. Auch mein Blutsbruder Winnetou vermochte mich nicht zu halten, obwohl er mir eine Häuptlingswürde verliehen hatte und es somit auch ‚meine' Apatschen waren. Auch bei den Haddedihn, die meinen Rat und meine Freundschaft schätzten und mich lieber heute als morgen als einen der ihren in den Rat der Ältesten aufgenommen hätten, war ich nicht zu Hause, weil eine mir innewohnende Unrast mich immer wieder hinaus ins Abenteuer trieb.

Ich spürte gleichzeitig, dass sie für sich dieselbe Frage stellte – nein, dass sie bereits ein gehöriges Stück weiter war in ihrer Bereitschaft, mich als jemanden zu sehen, der zu ihrem Leben gehören sollte. Ich weiß nicht, ob es unsere körperliche Nähe war, die mich das so klar erkennen ließ, dass ich das aus all den Berührungen und Bewegungen von ihr erfuhr – oder ob dazu doch ein Zauber notwendig war, der mir das alles ohne Worte mitteilte.

Hier in dieser traumhaften Situation bot sich mir ein Leben mit Qendressa an – als Ziel meiner Rastlosigkeit. Mit einer ungemein selbstbewussten Frau, unabhängig und abenteuerfreudig wie ich, intelligent, kampferprobt, unerschrocken, mit politischen Zielen, die mir nicht passen mussten, die aber offenbar achtenswert waren, redegewandt, äußerlich ansehnlich – mit einer Frau, die sich in einer Männerwelt bestens zu behaupten wusste. Was konnte sich mir Besseres im Leben bieten! Selbst ihre Geheimnisse, die sie in sich trug und weiterhin vor mir verborgen hielt, machten einen Großteil ihrer Anziehungskraft aus.

Auch ihre körperliche Attraktivität war unverkennbar, selbst in Hosen und Reisekleidung war ein Körper zu erahnen, der zu erkundende Aufregung versprach und der nun auf engste Tuchfühlung mit meinem Körper war. Ich musste jetzt lediglich meine Hände in Bewegung setzen, um ihre Kleidung zu öffnen und ihre Haut zu ertasten und ihre Leidenschaft mit meiner Leidenschaft zu vereinen.

Warum – bei allen Heiligen und allen Teufeln – verfiel ich jetzt in Passivität, anstatt ihr Angebot anzunehmen?! Warum jetzt dieses unterkühlte Abwägen und kein Zupacken? Einen Grizzly wusste ich zu attackieren, bei einer Frau versagte ich.

Mein Schwindel verstärkte sich wieder, ich begann mich in mich zurückzuziehen, und ich spürte mit höchster Verlegenheit, wie sie es spürte. In meinem Unterleib, dort wo sich jetzt Wärme und Bewegung zeigen sollten, war stattdessen Leere. Meine anhaltende körperliche Schwäche war nur eine Manifestation meiner Unsicherheit, meiner Unentschlossenheit, meiner Angst, mich entscheiden zu müssen, mich in eine Gefühlswelt einlassen zu müssen: in eine fremde – und in meine eigene.

Ich richtete mich auf, sodass sie ein wenig von mir abrücken musste. Jetzt saß sie mir gegenüber, unsere Köpfe allerdings nur wenige Handbreit voneinander entfernt, und unsere Augen fixierten einander.

„Der tapfere Kara hat Angst?“ Im ersten Augenblick glaubte ich, sie wäre wieder in den spöttischen Ton zurückgefallen, mit dem sie sich als Frau in einer männerdominierten Welt schützte, doch da sah ich in ihren Augen Besorgnis – Besorgnis um mich. Waren wir uns bereits so nah, dass sie noch nicht einmal überrascht war über meine Passivität?

„Ich bin noch nicht so weit“, gab ich leise zurück. „Ich will noch die Welt erleben – ohne Bindung.“

Du kannst die Welt auch gemeinsam mit mir erleben – diesen Gedanken sah ich in ihren Augen. Doch sie sprach es nicht aus, denn Qendressa würde niemals betteln.

Sie würde nun nichts weiter sagen, das erkannte ich, und ich erkannte auch, dass *jetzt* der Augenblick der Entscheidung da war. Hier die persönliche Unabhängigkeit, da die Erfüllung in der Zweisamkeit.

Ich horchte in mich hinein und wurde gewahr, dass ich unfähig war, eine Entscheidung zu treffen – doch diese Nicht-Entscheidung *war* die Entscheidung. Ich ging den Schritt nicht. Entweder war es der falsche Moment, oder aber es passte überhaupt nicht in meine Lebensplanung, vielleicht sogar niemals. Dass es die falsche Frau war, glaubte ich allerdings nicht.

„Dann ist das eben so", sagte sie nun. „Ob es so richtig ist, werden wir nie erfahren, weil die Zeit eben nur in eine Richtung läuft und keine Schleifen kennt, die man erproben kann. Wir erleben die Welt nur auf eine Weise, so wie sie sich nun weiterdreht – aber mit uns beiden weiterhin in getrennten Leben. Das andere, was gewesen wäre, wenn – werden wir nie erfahren."

Die Weggabelung lag hinter uns. Die Chance war vorüber und vertan. Ich sah einen kurzen tiefempfundenen Schmerz in ihren Augen, aber keine Träne, keine Klage, keine Anklage.

Dann wischte sie mit ihrer rechten Hand einmal durch die Luft, und wir standen wieder – voll angekleidet – auf der Gazi-Mihal-Brücke. Offenbar nur um ein Augenblinzeln später, als wir die Brücke verlassen hatten. Ich stand neben Halef, und Qendressa stand neben mir. Aber diesmal mit einem kleinen Abstand zwischen uns. Und meine Hand hielt sie auch nicht mehr.

Kai Riedemann

Durch Wüste und Hades

Im Süden des großen griechischen Totenreiches liegt, von den Flüssen Styx, Kokytos und Pyriphlegethon umgeben, eine Wüsteneinöde, welche ihre äußerste Kante weit in die stürmereiche Acherusische See hinein erstreckt. Über diesem Land wölbt sich ein ewig dunkler Himmel, von welchem selbst des Nachts keine Sterne herniederblicken; durch die Bergschluchten und über die zum großen Teil noch unerforschten Ebenen schweift der Tote auf prachtvollem Pferd oder auf unermüdlichem Kamel. Sein Auge ist überall, denn er lebt voller Angst vor den Schatten und Dämonen des Hades. Von einer Grenze der Unterwelt bis zur anderen zieht bald der sanfte Hauch einer reinen, milden, bald der rauschende Odem einer trüben, wilden Poesie, welcher den Wanderer überall umweht, wo er nur immer weilen mag. So kommt es, dass man bereits vor langen Jahrhunderten Tausende von Dichtern und Dichterinnen kannte, deren Lieder über die Freuden und Qualen dieses Totenreichs im Munde des Volkes lebten und für spätere Zeiten festgehalten wurden.

Wir hatten bereits nach dem Passieren des Kerberos, des dreiköpfigen, schlangenhaarigen Höllenhundes, den Entschluss gefasst, dem Flammenfluss Pyriphlegethon entlang bis zum Hof der Danaide Hypermnestra zu reiten. Wir hofften, bei der Tochter des Königs Danaos gastfreundlich aufgenommen zu werden, zumal ich eine wichtige Botschaft für sie in der Satteltasche mit mir führte. Bis zu den Schluchten des Sisyphos hatten wir Empfehlungen vom Fährmann Charon, welcher uns sicher über den Styx gebracht hatte, erhalten, und von da aus hofften wir auf weitere Unterstützung. Wir kamen glücklich bis zu den Karaidesbergen, stießen aber hier bei den wilden Verdammten auf eine so große Böswilligkeit, dass wir nach verschiedenen schlimmen Erfahrungen uns nach Südost wenden mussten. So gelangten wir nach längerer Zeit und mancherlei Anstrengungen und Entbehrungen endlich an das nördliche Hadesgebirge.

Es war Abend und wir lagerten am Rand eines Olivenhains. Über uns wölbte sich ein Firmament, dessen Schwarz nur in dieser Unterwelt in solcher Reinheit und Kraft zu beobachten ist. Wir befanden uns noch in der Nähe der dunklen Fluten des Pyriphlegethon, und die Luft des Hades ist ja wegen ihrer Trübheit berüchtigt. Das Atmen fiel mir schwer, und auch das Licht der Sterne vermisste ich, sodass ich, trotzdem der Mond laut Kalender am Himmel stand, nicht mal die Zeiger meiner Taschenuhr erkennen konnte. Zu lesen hätte ich, selbst bei großer Schrift, niemals vermocht. Die Absolutheit eines solchen dunklen Firmaments macht einen tiefen Eindruck auf das Gemüt, und ich lernte einzusehen, warum der Hades die Heimat der schlimmsten Phantasien ist, dieser Geschichten von elysischen Gefilden und Höllenqualen, welche uns die Griechen überlieferten.

Unsere Lage ließ uns vorziehen, im Freien zu übernachten, statt Schutz in einer der Höhlen zu suchen. Wir hatten uns im Laufe des Tages von einem der scheuen Schatten ein Lamm gekauft und brannten uns jetzt ein Feuer an, um das Lamm gleich in der Haut zu braten, nachdem wir es ausgenommen und mit dem Messer geschoren hatten.

Unsere Knochenpferde grasten in der Nähe. Sie waren in der letzten Zeit ganz ungewöhnlich angestrengt worden, und es wäre ihnen eine mehrtägige Ruhe zu gönnen gewesen, was sich leider aber nicht ermöglichen ließ. Wir selbst befanden uns alle wohl, mit Ausnahme eines Einzigen. Dies war mein wackerer Hadschi Halef Omar, welcher unter einem großen

Ärger zu leiden hatte. Er war nämlich vor zwei Tagen von einem Fieber befallen worden, welches ungefähr vierundzwanzig Stunden lang heftig anhielt. Auch jetzt saß er am Feuer und befühlte fortwährend mit beiden Händen seine noch immer heiße Stirn.

„Sihdi, wünschst du, dass ich mir eine Kugel durch den Kopf jage? Bei Allah, ich tue es sofort!"

„Hadschi Halef Omar, lass deine Waffe stecken, denn ich brauche deinen Verstand", antwortete ich ruhig.

„Ein Mann, der die Wahrheit verschweigt, ist kein guter Freund, Sihdi. Ich muss bestimmt sterben."

„Vergiss nicht, dass wir bereits im Totenreich sind, mein treuer Hadschi."

„O wehe, o wehe", hörte ich ihn noch jammern.

„Warum willst du die Zeit verschwenden und dich weiter bedauern? Du kannst wahrhaftig umkehren, aber leider wäre es erfolglos. In diesem Totenreich …"

„Sihdi!", unterbrach mich Halef. „Blicke dich nicht um!"

Ich saß mit dem Rücken gegen den Waldrand und dachte mir natürlich sofort, dass der kleine Hadschi trotz der Dunkelheit hinter mir etwas Verdächtiges bemerkt habe. „Was siehst du?", fragte ich ihn darum.

„Ein Paar Augen. Grad hinter dir stehen zwei Olivenbäume, und zwischen ihnen gibt es einen wilden Busch. Dort steckt der Mann, dessen Augen ich gesehen habe."

„Siehst du sie noch?"

„Warte!" Er beobachtete so unauffällig wie möglich den Busch, und ich instruierte unterdessen die anderen, sich ganz so unbefangen wie vorher zu verhalten.

„Jetzt!", sagte Halef.

Ich erhob mich und gab mir den Anschein, als ob ich dürres Holz für das Feuer suchen wollte.

Dabei entfernte ich mich so weit von dem Lager, dass ich nicht mehr gesehen werden konnte. Dann drang ich in den Waldsaum ein und schlich mich zwischen den Bäumen wieder zurück. Es waren nicht fünf Minuten vergangen, so befand ich mich hinter den beiden Olivenbäumen und fand da allerdings Gelegenheit, das scharfe Auge Halefs zu bewundern. Zwischen den Bäumen und dem Busch kauerte eine menschliche Gestalt, welche unser Treiben am Lagerfeuer beobachtete.

Ich schob mich ganz leise an den Mann heran und fasste ihn dann rasch bei der Kehle. Er erschrak so sehr, dass er ganz steif wurde und sich auch gar nicht wehrte, als ich ihn in die Höhe nahm und an das Feuer trug. Dort legte ich ihn nieder und zog den Dolch.

„Mann, rühre dich nicht, sonst ersteche ich dich!“, drohte ich. Es war mir gar nicht so grimmig um das Herz, aber der Fremde, aus dessen verhülltem Kopf nur die Augen und die Nasenspitze blickten, nahm meine Drohung ernst auf und faltete bittend die Hände.

„Herr, Gnade!“

Himmel, diese Stimme! Konnte es wahr sein? Hinter dem Schleier verbarg sich eine Frau.

„Wer bist du? Belügst du mich, so bist du verloren.“

„Ich bin eine Danaide, eine Tochter des Danaos, König von Libyen und Ahnherr der Griechen.“

Eine Danaide? Hier? Ihrer Kleidung nach, welche ich erst jetzt im Licht unseres flackernden Lagerfeuers näher in Augenschein nahm, konnte sie allerdings die Wahrheit gesagt haben. Auch wusste ich, dass viele der 50 Danaiden den Tartaros, jenen Teil der Unterwelt, der noch unter dem Hades liegt, verlassen hatten, um über die Wüsteneinöden zu ziehen. Im Tartaros sollten sie ihre Strafe verbüßen, weil auf Befehl ihres Vaters hin alle bis auf die mitleidvolle Hypermnestra in der Brautnacht ihre jungen Ehemänner töteten, sämtlich Söhne des Aigyptos. Sie waren von den Göttern dazu verurteilt, im Tartaros Wasser in ein durchlöchertes Fass zu schöpfen, eine qualvolle, sinnlose Mühe.

„Eine Danaide?“, fragte ich. „Du lügst!“

„Ich sage die Wahrheit, Herr."

„Die Danaiden leben nicht hier, sondern im fernen Tartaros."

„Du hast Recht; aber wie ich haben viele meiner Schwestern jene Gegend verlassen können, nur wenige blieben zurück."

„Jetzt befindet ihr euch hier in der Nähe?"

„Nein, Herr, ich bin allein."

Dies klang möglich, obgleich ich noch immer kein rechtes Vertrauen zu der Frau hatte. So verschwieg ich ihr auch, dass unser fernes Ziel ihre Schwester Hypermnestra war, auf deren Gastfreundschaft wir hofften.

„Gib mir dein Messer!"

„Warum?", fragte die Frau erstaunt.

„Und deine Flinte."

„Warum?"

„Du bist meine Gefangene."

„Therallos!"

Dieses Wort musste ein Ausruf des Schreckens sein. Doch kaum hatte sie das Wort gesprochen, so erscholl vom Olivenhain her ein lauter Ruf: „Therallos! Da sind sie! Nehmt sie lebendig gefangen!"

Wir drehten uns um und erkannten einen wilden Haufen in den gleichen Gewändern wie die Danaide, welche jetzt mit funkelnden Augen auf mich zusprang, und zugleich erhob sich ein fürchterliches Geheul, mit zahlreichen Flintenschüssen untermischt.

Ich hatte übrigens nicht die mindeste Zeit zum Nachdenken, denn in der Hand der Danaide funkelte ein gewundener Dolch. Ich empfing die kühne Gegnerin mit freien Händen, ohne nach einer Waffe zu greifen. Mit der Linken umfasste ich mit raschem Griff ihre Rechte, welche den Dolch hielt, und meine Rechte legte ich ihr um den Hals.

„Stirb, Dieb!", rief sie unter einem gewaltigen Ruck, um ihre bewaffnete Faust freizumachen.

„Du irrst", antwortete ich. „Ich bin kein Dieb."

„Du bist ein Dieb, ein Hund! Du hast mich gefangen genommen; jetzt aber sollst du mein Gefangener werden."

„So nimm du mich gefangen, wenn du kannst!", antwortete ich. Bei diesen Worten ließ ich beide Hände von ihr ab und trat zurück. Sie mochte dies als eine Schwäche von mir erkennen, stieß einen triumphierenden Schrei aus und erhob den Arm hoch zum Stoß. Das wollte ich haben: Ich rammte ihr meine Faust mit solcher Gewalt in die entblößte Achselhöhle, dass ihre Füße augenblicklich den Halt verloren. Ihr Körper beschrieb einen weiten Bogen und stürzte sechs Schritte von mir entfernt zu Boden, und ehe sie sich wieder aufraffen konnte, schlug ich ihr die geballte Hand an die Schläfe, sodass sie liegen blieb.

„Auf die Pferde, und mir nach!", rief ich.

Ein Blick zeigte mir die ganze Szene. Es waren ungefähr zehn Danaiden in unser Lager eingedrungen. Meine Gefährten standen mit ihnen im Kampf, und der kleine Halef kniete bereits auf einer niedergeworfenen Feindin, deren Kopf er mit dem Kolben seiner Pistole bearbeitete.

„Sihdi, nicht fliehen! Wir werden mit ihnen fertig!", beantwortete der mutige Hadschi meinen Ruf. Ich entriss der auf der Erde liegenden Danaide ihren Dolch, um ein Andenken an diesen unglücklich zu Ende gehenden Tag mitzunehmen, und sprang auf mein Pferd. Um den gehörigen Anlauf zu bekommen und zugleich auch den Freunden Luft zu verschaffen, zog ich den Knochenrappen empor, gab ihm die Sporen zwischen die bloßen Rippen und trieb ihn mitten in die Feinde hinein. Hier ließ ich ihn nach allen Seiten ausschlagen, bis ich meine Gefährten beritten sah, und trieb ihn dann mit einem weiten Satz vorwärts. Sobald ich die Felsen hinter mir hatte und mich mit einem Blick überzeugte, dass alle entkommen waren, gab ich dem Hengst die Schenkel und galoppierte in die Wüste hinaus. Die anderen folgten.

„Mir nach!", rief ich. Doch kaum öffnete ich die Lippen, so krachten von beiden Seiten viele Schüsse, und zu gleicher Zeit sprengten mehr als fünfzig Reiter rechts und links aus dem Nichts des Totenreichs hervor, um uns zu umzingeln.

Das war eine fürchterliche Überraschung! Alle Pferde meiner Gefährten waren getroffen, nur das meinige nicht. Die Reiter suchten sich von den Bügeln zu befreien und zu ihren Waffen zu kommen. Wir waren im Nu von allen Seiten umgeben, und grad auf mich zu kam eine Reiterin, welche ich augenblicklich wiedererkannte: jene Danaide, mit der ich soeben gekämpft hatte. Im Hades gelten wahrhaftig andere Gesetze von Zeit und Raum.

Man hatte nur auf unsere Pferde geschossen; trotzdem diese bereits seit Jahren tot waren, lagen sie nunmehr bewegungslos am Boden.

„Wurm, jetzt hab' ich dich!“, rief die Danaide. „Du entkommst mir nicht wieder!“

Sollte ich es auf einen Kampf ankommen lassen? Sollte ich mich ruhig ergeben, um vielleicht zu erfahren, was diese Leute herbeigeführt hatte? Nein, keines von beidem! Ich stieg aus dem Sattel, trat auf sie zu und verbeugte mich. Die Gefährten folgten mir nicht, aber sie hielten sich bereit, mir beizuspringen, falls ich angegriffen werden sollte.

„Was wirfst du mir vor, Danaide?“, fragte ich.

„Du bist ein Hund, ein Dieb. Du hast den Ring meines Vaters Danaos gestohlen.“

„Du irrst“, antwortete ich, indem ich mich bemühte, eine möglichst sichere Haltung anzunehmen und meinem Ton einen stolzen Ausdruck zu geben.

„Wir haben erst vor wenigen Tagen den Styx überquert. Jetzt sind wir unterwegs in diesem Totenreich mit einer Empfehlung vom Fährmann Charon und einer Botschaft für deine Schwester Hypermnestra.“

„Was bedeuten schon Tage im Hades? Du bist dem Manne ähnlich, welcher sich voller Heimtücke in unser Lager schlich, um uns zu berauben, und so ist es auch dein Pferd. Beweise deine Geschichte.“

„Ich rede die Wahrheit und ich kann es dir beweisen, Danaide, denn ich habe die Pergamente hier, auf denen alles geschrieben steht."

„Wo sind sie?"

„Ich habe sie hier in meinen Satteltaschen."

„Zeige sie her!"

Ich trat zum Pferd, während die Blicke meiner Gefährten erwartungsvoll auf mir hafteten. Wir hatten in unseren Satteltaschen viele Dinge, welche wir notwendig brauchten; doch als ich sie nun öffnete, suchte ich vergeblich nach den Papieren. Man male sich den Schreck aus, welchen ich dabei empfand. Plötzlich streckten sich mir viele Lanzenspitzen und Flinten entgegen; ich schlug sie von mir ab, wusste aber zugleich, dass ich mich mit meinen Gefährten in allerhöchster Gefahr befand.

„Warte, Sihdi!", rief mein treuer Hadschi in lautem, entschlossenem Ton, indem er mit einem wahren Panthersprung auf uns zueilte. Er brachte mir die Briefe, die ich vergebens gesucht hatte.

„Allah sei Lob und Dank, dass ich sie in meiner Satteltasche fand", rief er mit freudestrahlender Miene.

Ich gab der Danaide die Pergamente, auf welchen unser Schicksal geschrieben stand. Sie sah sie an und dann mich, las erneut und nickte beistimmend. Das vorherige Misstrauen war jedoch nicht vollständig verschwunden. Schließlich richtete sie gar ihr finsteres Auge auf mich und fragte: „Wie ist dein Name?"

„Man nennt mich Kara Ben Nemsi."

„Und wie heißt dieser andere?"

„Hadschi Halef Omar."

„Hadschi Halef Omar Ben Hadschi Abul Abbas Ibn Hadschi Dawuhd al Gossarah!", unterbrach mich mein Hadschi. „Alle Feinde fliehen, wenn im Kampf dieser Name ertönt."

Ein rücksichtsvolles Lächeln umspielte ihre Lippen, und der Blick, welchen sie auf meinen Gefährten warf, sagte mir genug.

„Du redest möglicherweise die Wahrheit, o Kara Ben Nemsi.“

Die Danaide pfiff ihrem Pferd und schwang sich auf. Während sie bereits auf dem Tier saß, winkte sie mich näher zu sich heran.

„Ich traue deinem Wort“, flüsterte sie. „Aber ich kenne dich nicht gut genug und muss dich also für den Fall im Auge behalten, dass du doch derjenige bist, den ich fangen wollte.“

Nachdem sie mir diese kurzen, fast feindselig klingenden Worte des Abschieds zugeflüstert hatte, ritt die Danaidenschar davon, und wir blickten ihr nach, solange sie in der Finsternis zu sehen war. Dann aber war es auch mit meiner Kraft zu Ende. Halef schien dies eher als ich zu bemerken.

„Sihdi“, meinte er, „ich sage dir, dass ich große Sorge um dich gehabt habe!“

„Sorge um mich? Warum?“

„Deine Augen sind trüb; du wankst gar.“

Zuweilen erfasst mich eine Unruhe, eine Angst, als hätte ich etwas Böses begangen, dessen Folgen ich nun fürchten müsse. Dann ist sicher und regelmäßig irgendetwas geschehen, was mir Schaden bringt. Und wenn ich später die Zeit vergleiche, so stimmt es ganz genau: Die Gefahr hat in demselben Augenblick begonnen, in welchem mich die Angst überfiel.

Ich trat zitternd zu meinem Pferd und griff in die Satteltasche. Kaum aber fühlte ich etwas in meiner Hand, so riss ich vor Entsetzen die Augen auf. Es war der Ring des Danaos, welcher wie höllische Glut zwischen meinen Fingern brannte. War ich wirklich ins Lager der Danaiden geschlichen, um sie zu berauben und konnte mich nur nicht daran erinnern? Oder sollte ich erst noch zum Dieb werden, und die Gesetze des Hades spielten mir einen böswilligen Streich?

Man konnte nicht weit sehen, denn die Finsternis lagerte noch über der Wüsteneinöde des Totenreichs; da lichtete sich im Osten langsam der Himmel und ein leichter Morgenwind zeigte das Nahen des Tages an. Die jenseitigen Höhen der

Berge erglühten schon bald im ersten Strahl der aufgehenden Sonne. War dies Wirklichkeit?

Ich hatte geglaubt, die Prüfungen des Hades tapfer bestehen zu können; nun aber ging es anders, weiter durch die Wüste zum Hofe der Hypernmestra hin, größeren Anstrengungen und Gefahren entgegen, als meine Phantasie sich ausmalen konnte.

Kirsten Brox

Zedernzauber

Feierlicher Schmuck an schwebenden Kerzenleuchtern, schillernde Gestecke, Festtagsroben. Mit stolzgeschwellter Brust saßen die ersten Absolventen im Publikum zwischen den Zuschauern. Remus' Vater nickte ihm zu. Natürlich wollte er dem triumphalen Aufstieg seines Sohns in die Zauberergilde beiwohnen.

Remus tastete in die Lostrommel mit den Prüfungsgegenständen. Kindern erzählte man, dass darin Tiere seien, die unfähigen Zauberern die Hände abbissen. Remus war zu alt, um an händebeißende Monster zu glauben, allerdings auch zu jung, um nicht nervös zu sein. Er griff zu. Es hätte ein magischer Dolch sein können oder ein verzauberter Edelstein, und alles wäre gut gewesen.

Doch Remus' Prüfung begann mit einer faustgroßen Metallscheibe, auf der ein eingefrästes Labyrinth den Blick in das Innere freigab. Durch die Zwischenräume sah er in einer quecksilberartigen Flüssigkeit seine eigenen weit aufgerissenen schwarzen Augen. Die Amulettprüfung!

Er war nur ein durchschnittlich begabter Zauberer. Das Amulett war für ihn im Grunde eine Garantie, das Zertifikat nicht zu bekommen.

Er fühlte die Hand des Meisters auf der Schulter. Das Klopfen sollte vermutlich beruhigend oder aufmunternd wirken, aber Remus spürte Mitleid und Trost wie einen Stich mit dem Messer.

„Lass uns beginnen", sagte der Meister.

Remus legte das Amulett auf die Steintafel. Die Flüssigkeit im Innern waberte, und er stützte sich mit den Händen auf dem Tisch ab, um näher heranzugehen. Hatte er durch die Bewegung Wellen erzeugt? Nein. Sie formten sich von allein, bildeten Verästelungen und schillerten farbig. Remus konzentrierte sich auf das Amulett, dann erkannte er das Bild: ein Baum. Im Anhänger erschien ein Nadelbaum mit eiförmigen Zapfen.

„Mehr", flüsterte die weit entfernte Stimme des Meisters.

Der Baum wuchs und es fühlte sich an, als ob Remus darauf zuflog. Sattgrün war er und stand allein auf einer Lichtung. Rundherum war Wasser. Eine Insel.

„Mehr. Atme ein!"

Remus holte Luft. Es roch grün, zitronig. „Eine Zeder auf einer Insel in einem Fluss."

„Sehr gut, eine Zeder. Du kennst dieses Buch?"

Remus tauchte aus dem Bild des Amuletts auf und sah auf die Hand des Meisters. Er hielt, so hoch gestreckt, dass alle Zuschauer es sehen konnten, ein dunkelgrünes Buch mit goldener Schrift auf dem Rücken. Der Buchblock war verwittert und die Farbe auf der Vorderseite verblichen. Der Titel zeigte einen leicht vorgebeugten Indianer, der ein Gewehr in der rechten Hand trug und sichtlich etwas beobachtete.

Remus schüttelte den Kopf.

Der Meister donnerte mit strenger Stimme: „Du solltest es kennen. Alle Zauberer deines Alters sollten wichtige Klassiker kennen, und dieses hier ist der klassischste aller Abenteuerromane. Ich hoffe, dass du auch ohne Kenntnis der Geschichte die Prüfung bestehen kannst!"

Remus bebte unter der Wucht in der Stimme des Meisters.

Beide konzentrierten sich nun auf die Zeder. Der Lehrer hob an: „Kiowa und Apatsche, Tangua nicht Magua, Amulett und Zeder."

Kalter Wind wickelte sich um den Körper des jungen Zauberers, zerrte am Umhang, und dann schlug ein Tornado wie mit brennenden Nadeln durch die Kleidung auf seine Haut. Der Sturm riss an Armen und Beinen, schließlich an der Taille. Er umklammerte Remus, wirbelte ihn hoch in die Luft. Der Flug endete abrupt. Remus stürzte aus dem Nichts zu Boden. Seine Haut brannte, und er meinte, dass man sie in Streifen abziehen könnte, aber er hatte keine Zeit, sich um solche Befindlichkeiten zu kümmern.

Er sah vor sich die Flussinsel aus dem Amulett. Doch hinter ihm stand eine Gruppe Indianer, die aufgeregt durcheinander schrie. Vor allen anderen, unmittelbar hinter Remus, stand ein Älterer mit einer besonders schönen Adlerfeder, die er als Häuptlingszeichen trug. Er gestikulierte, schrie und drohte mit einem Beil, das er aus seinem Gürtel zog.

„Will das Bleichgesicht nun endlich beginnen?“

Remus musste offenbar über den Fluss schwimmen. Er stand am Wasser und warf sich das kühle Nass mit den Händen ins Gesicht. Aus dem allgemeinen Gejohle hörte er Wortfetzen eines Mannes mit auffälliger Fistelstimme: „… tot schinden … Jammerbild …“

Er sah sich um und entdeckte einen kleinen Mann mit Perücke, etwas vom Ufer entfernt an einen Marterpfahl gebunden. Den Indianern schien der Fortgang nicht zu passen. Sie johlten lauter, und der direkt hinter ihm schrie: „Es bringt keinen Ruhm, dass ich dich töten soll. Ich, Intschu tschuna. Ich hätte eine alte Squaw meines Stammes schwimmen lassen sollen!“ Mit den letzten Worten trat der Indianer beherzt zu. Remus stürzte vornüber ins Wasser.

Die Indianer johlten, und der mit dem Beil war ihm dicht gefolgt, so blieb ihm nichts übrig, als geradeheraus wegzutauchen. Nun wurde die Schwierigkeit der Aufgabe deutlich. Zwischen ihm und der Zeder stand ein ganzer Stamm blutdürstiger Indianer. Schon mit den ersten Zügen bemerkte Remus, dass er immerhin in den richtigen Körper geschickt worden war. Er hatte Kraft. Er war schon in vielen Körpern gewesen, aber dieser hier pflügte durch das Wasser wie ein Fisch.

Er kam erst weit vom Ufer entfernt langsam wieder an die Oberfläche. Auf dem Rücken treibend spähte er um sich. Die Indianer stocherten mit Lanzen im Wasser. Er trieb einen Moment und suchte Deckung in einem Stapel treibendem Holz. Wie sollte er unbemerkt zur Zeder kommen? Viele der Indianer trugen Pfeil und Bogen, und er war sicher, dass sie ihn töten würden, wenn sie ihn bemerkten.

„Konzentrier dich!", hörte er die ferne Stimme des Meisters. Die Amulettprüfung musste gelingen, alles hing davon ab.

Er schlich zum Ufer der Insel und zwischen den Büschen in Richtung der Zeder vorwärts. Er spürte keine Angst. Dieser Körper und der Mann, dem er gehörte, beeindruckten Remus. Nicht der Hauch eines Zögerns. Dann kam ihm ein Gedanke. Remus ließ sich ins Wasser gleiten und schwamm einige Schritte auf die Indianer zu.

Im Wasser angekommen, richtete er sich auf und ließ den Mann, dem der Körper gehörte, zu Wort kommen. Mit dröhnender Stimme hörte er sich selbst rufen: „Sam Hawkens, Sam Hawkens, wir haben gewonnen – gewonnen!"

Auf der anderen Seite brach ein gewaltiger Aufruhr los. Der Indianer, der vorhin noch suchend hin- und hergeschwommen war, schnellte in beeindruckender Geschwindigkeit auf die Insel zu. Der Gefangene brüllte mit seiner Fistelstimme etwas, von dem Remus verstand: „Fort … weiter … Zeder …"

Jetzt endlich begriff Remus, was hier vor sich ging. Es ging um einen Wettkampf. Der echte Remus wäre vor Angst gestorben: wegen der johlenden Indianer, des Mannes mit Tomahawk dicht hinter ihm und vor allem, weil er wusste, dass sein eigener Körper keine Chance hatte.

Doch er steckte in diesem Bär von einem Mann und fühlte sich dem Angriff mehr als gewachsen.

„Konzentrier dich", klang es wieder in seinem Ohr.

Der Indianer war inzwischen auf knapp vierzig Meter herangekommen und Remus kletterte aus dem Wasser. Er rannte los, 300 Meter bis zur Zeder. Remus' Zeder!

Doch er blieb stehen. Er hätte einfach zur Zeder rennen und heimkehren können. Aber noch nie im Leben hatte er etwas so sehr gewollt, wie hier und jetzt den Wettkampf gemeinsam gewinnen. Er sog die Gefahr auf und fühlte sich trunken und gierig. Er wollte diesen Körper einfach nicht verlassen. Besonnen drehte er sich um. Remus verspürte keine Furcht, und er liebte dieses Gefühl mehr als alles, was er je in sich gehabt hatte. Er betrachtete den Indianer, dann deutete er mit ein paar Sprüngen ein Weglaufen an. Der, der wohl Intschu tschuna hieß, holte mit dem Tomahawk aus.

Ein Tod zerstörte jede magische Reise, das lernte man gleich ganz am Anfang der Ausbildung, und wenn das Beil ihn traf und der starke Weiße, in dem er steckte, gleich hier tot im Sand liegen würde, dann würde Remus den Jahrgang wiederholen müssen!

Noch immer keine Angst!

Der Indianer hatte den Tomahawk inzwischen in der Hand und verlangsamte seinen Lauf, um zu zielen.

Remus konzentrierte sich. Er murmelte ein paar Worte und der sirrende Tomahawk beschrieb einen seichten Bogen in der Luft. Er selbst machte einen gewaltigen Satz zur anderen Seite und das Beil verfehlte ihn. Knapp genug. Der Indianer war nun viel zu nah.

Remus hob den Tomahawk vom Boden auf und hielt ihn hoch – wie zuvor der Meister das Buch gehalten hatte: „Halt, oder willst du dein eigenes Beil im Kopf spüren?“, brüllte er. Der Indianer blieb tatsächlich stehen.

Intschu tschuna stieß ein paar drohend böse und wütende Rufe aus, dann flog er im nächsten Moment auf Remus zu. Mit ausgestreckten Armen glich er einer Raubkatze, die sich auf ein unschuldiges Reh fallen ließ. Allerdings besaß das Reh hier die Kampfkraft eines Bären. Remus wich mit einer eleganten Bewegung aus und saß im nächsten Moment auf dem Indianer. Mit dem Bein fixierte er den Wurfarm und die Waffe. Alles fühlte sich ganz mühelos an. Als wenn dieser Körper sein Leben lang noch niemals Angst gehabt oder einen Zweikampf verloren hätte. Remus hätte den Indianer töten können, aber auch sein Tod würde die magische Reise beenden.

Kurzerhand holte er aus und schlug zu. Er traf den Indianer mit der flachen Seite des Tomahawks an der Schläfe. Ein dumpfes Geräusch, dann sank der Rote zusammen. Remus hatte seine Kraft vielleicht unterschätzt und hielt nervös einen Moment inne. Wenn er ihn nun mit diesem gewaltigen Hieb versehentlich ins Jenseits befördert hätte? Doch er stand noch immer hier. Die Prüfung endete nicht, so war sein Gegner offenbar nur bewusstlos.

Vom anderen Ufer waren Scharen von Indianern in seine Richtung unterwegs. Mit dem Röcheln des Opfers hatten sich alle ins Wasser gestürzt und johlten nun in einem Kriegsgeheul, das Remus durch Mark und Bein schoss.

Er band dem Indianer mit seinem Gürtel die Hände zusammen und legte ihn in der Nähe der Zeder hin. Er hätte sie berühren können, alles wäre vorbei gewesen. Doch wenige Zentimeter vorher drehte er sich um, um den übrigen Indianern entgegenzutreten. Er würde dieses triumphale Gefühl womöglich niemals wieder im Leben in dieser Intensität empfinden, und wenn es ihn das Leben kosten sollte, so wollte er trotzdem noch hier bleiben.

Remus ließ dem Körper erneut die Oberhand. Die gewaltige Stimme brüllte: „Zurück mit euch! Nur Winnetou darf herkommen, mit ihm will ich sprechen."

Ein junger Mann im Wasser rief etwas in fremder Sprache, daraufhin hielten alle anderen inne. Winnetou trat aus dem Wasser auf Remus zu. Der Körper des jungen Indianers bestand aus Muskeln, und seine Bewegungen waren einzigartig, gleich denen einer Katze. Er war wahrlich der Sohn seines Vaters. Remus betrachtete Winnetou und fühlte, wie ihn dessen Ausstrahlung umfing.

Er war gespannt, was nun geschah. Winnetou – das hatte auf dem Buch gestanden.

„Du hast Intschu tschuna getötet!“

„Nein“, antwortete Remus. „Er ist bewusstlos. In einigen Stunden wird er wieder zu sich kommen.“

Der junge Indianer legte den Kopf zur Seite. „Ich könnte dich jetzt und hier töten!“

Da hatte er Recht. Warum hatte dieser Körper überhaupt keine Sorge? Er ließ ihn erneut zu Wort kommen.

„Du bist ein ehrenwerter Mann, der sein Wort hält. Nimm diesen Tomahawk deines Vaters, wenn du mich jetzt und hier töten willst.“

Remus hielt das Beil wie eine Opfergabe und Winnetou nahm es mit verwundertem Blick entgegen. Er sah zu seinem Vater, dann riss er Remus’ Arm hoch in die Luft und schrie in Richtung seiner Leute: „Old Shatterhand hat gesiegt. Er und seine Gefährten sind frei!“

Old Shatterhand – was für ein Name. Remus fühlte sich groß, voller Kraft, voller Leben. Während alle seinen Sieg feierten, war Remus fast traurig, als er ein paar Schritte entfernt beim Lösen der Fesseln von Intschu tschuna half. Er berührte unauffällig die Zeder und gab diesen grandiosen Mann wieder sich selbst zurück.

Er spürte die Nadeln auf der Haut, den Sturm. Weder schmerzte die Reise, noch fühlte er Angst. Er stand vor der Steintafel, der Meister riss seinen Arm in die Höhe, und Remus schwor sich, gleich am nächsten Tag von den Heldentaten dieser Männer zu lesen. Er würde alle ihre Geschichten lesen. Alle!

Die Zauberer johlten, fast wie die Indianer. Sein Vater sprang mit stolzgeschwellter Brust vom Stuhl. Doch Remus dachte nur: „Old Shatterhand. Was für ein Bursche!“

Karl-Ulrich Burgdorf

Der Frevel des Waka-teh

Der Mann ohne Gesicht lag rücklings im Schnee und starrte aus leeren Augenhöhlen in den stahlblauen Himmel. Auf dem endlosen Schneefeld ringsum zitterten Myriaden von winzigen Regenbögen, erzeugt von feinen Eiskristallen, die das Licht der tiefstehenden Sonne brachen und es in allen Farben des Spektrums auf die weiße Fläche warfen. Mit einer dünnen Schicht aus Eiskristallen war auch das überzogen, was vom Gesicht des indianischen Kriegers noch übrig war. Nicht nur seine Augen waren verschwunden, sondern auch seine Nase, die Wangen, die Stirn und die Lippen. Geblieben war nur eine weiße Maske aus gleichsam blankgescheuerten Knochen.

Der Eindruck der gesamten Szenerie war so unwirklich, dass ich mir vorkam wie in einem Traum, aus dem ich im nächsten Augenblick würde erwachen müssen. Aber die schneidende Kälte – es mochten an die dreißig Grad Celsius unter Null sein – rief mich alsbald wieder in die Wirklichkeit zurück. Langsam ließ ich mich neben dem Toten auf ein Knie sinken und stupste den Leichnam hier und da ganz vorsichtig an.

„Steif gefroren“, rief ich meinem Begleiter zu, der aber antwortete nicht. Stattdessen setzte er nur seinen Rundgang fort, der ihn in einem weiten Bogen um die Stelle herumführte, an der wir den Toten entdeckt hatten. In der Stille, die uns wie ein Leichentuch umgab, war außer dem Knirschen seiner Schritte im harschigen Schnee nichts zu vernehmen als das erschöpfte Schnauben unserer Pferde, die mit gesenkten Köpfen so dicht hinter mir standen, dass ich ihren warmen Atem in meinem

Nacken zu spüren vermeinte. Die Anwesenheit des Toten schien sie nicht aus der Ruhe zu bringen, was wohl daran lag, dass sie den Geruch des Todes bei dieser ungeheuren Kälte nicht zu wittern vermochten.

Wer oder was konnte den Toten bloß so zugerichtet haben? Zwar hatte ich schon erlebt, wie unerfahrene Krieger im Blutrausch des Kampfes Mann gegen Mann bei dem hastigen Versuch, den Skalp eines Getöteten zu nehmen, dem gefallenen Gegner mit ungeschickter Hand nicht nur die Skalplocke mit dem kreisrunden Hautstück darunter genommen, sondern ihm auch ein großes Stück der Kopfhaut mit abgerissen hatten. Auf ähnliche Weise war auch unser alter Freund Sam Hawkens skalpiert worden, was ihn dazu veranlasst hatte, von da an eine an seiner alten Fellmütze befestigte Perücke zu tragen. Dass allerdings bei einem solchen missglückten Skalpierversuch das Gesicht des gefallenen Feindes mit abgerissen worden war, davon hatte ich noch nie gehört, und ich vermochte mir auch nicht vorzustellen, wie so etwas möglich sein sollte.

Dann also vielleicht ein Bär? Aber ein aus dem Winterschlaf erwachter Bär hätte dem Mann nicht nur das Gesicht weggerissen, sondern den ganzen Leichnam zerfleischt oder ihn vielleicht in seine Höhle verschleppt, um später davon fressen zu können. Der übrige Körper war jedoch völlig unversehrt, wovon ich mich durch eine rasche Untersuchung überzeugte. Auf den Bauch drehen konnte ich ihn allerdings nicht, denn er war nicht nur zu einem Eisklotz erstarrt, sondern auch mit dem Rücken am Boden festgefroren. Es war also durchaus möglich, dass ihn die Kugel eines Weißen oder ein Indianerpfeil in den Rücken getroffen und seinen Tod verursacht hatte. Eine Austrittswunde an der Brust war jedoch nicht festzustellen, was aber nicht unbedingt etwas besagen wollte, wenn ein Verfolger aus großer Entfernung auf ihn geschossen hatte. In einem solchen Falle hätten wohl weder ein Pfeil noch eine Kugel genügend Durchschlagskraft entwickelt, um nicht nur den Körper, sondern auch die dicke Fellkleidung – und das gleich zweimal, nämlich zuerst im Rücken und dann an der Brust – zu durchdringen.

„Keine Spuren, außer seinen eigenen“, sagte mein Begleiter, dessen Schritte sich nun langsam wieder näherten. „Seine Fußstapfen liegen weit auseinander, also ist er schnell gelaufen, und zwar in gerader Linie.“

„So, als verfolge ihn jemand?“

„Es wäre möglich.“ Bei diesen Worten ließ Winnetou – denn niemand anderer war mein Begleiter bei dieser Wanderung durch die unendliche Schneewüste der Northern Plains – sich neben mir ebenfalls auf die Knie nieder, um den Leichnam einer genaueren Begutachtung zu unterziehen. „Ein Yanktonai-Nakota“, sagte er. „Seinen Medizinbeutel trägt er noch um den Hals“ – er deutete auf die Lederschnüre, die vorne im Kragen der Felljacke verschwanden – „also hat man ihm nur sein Gesicht genommen, nicht aber seine Seele.“ Das schien Winnetou sichtlich zu erleichtern, denn wie alle Angehörigen seiner Rasse glaubte er daran, dass die Seele eines Indianers in seinem Medizinbeutel wohnt. Ein indianischer Krieger würde deshalb einem getöteten Feind niemals den Medizinbeutel abnehmen; das taten nur Bleichgesichter oder ehrlose Indianer, die sich mit erbeuteten Medizinbeuteln brüsten wollten, oder aber in seltenen Fällen auch Indianer, die den eigenen Beutel verloren hatten und darum nun einen anderen Krieger töteten, um dessen Beutel und damit auch dessen Identität zu übernehmen.

„Vielleicht ist er ja einfach vor Erschöpfung zusammengebrochen und hier an Ort und Stelle gestorben. Und dann haben sich Raben über das hergemacht, was für sie zugänglich war, nämlich sein Gesicht, bevor er zu einem Eisklotz gefror.“

„Auch das wäre möglich, denn es würde das Fehlen anderer Spuren erklären. Aber ich habe noch nie erlebt, dass Raben oder auch andere Vögel das Fleisch eines Leichnams so restlos von den Knochen gepickt hätten.“

Damit hatte der Häuptling der Mescalero-Apatschen natürlich Recht. Wie man sie auch drehte und wendete – die Sache blieb rätselhaft. „Und was machen wir jetzt mit ihm?“, fragte ich.

„Wir lassen ihn hier liegen. Unsere Pferde sind zu erschöpft, um ihn tragen zu können. Seine Stammesgenossen werden ihn später heim in ihr Lager holen.“

„Gibt es hier in der Nähe denn ein Lager?“

„Ein paar Meilen nordwestlich von hier ist das Winterlager eines kleinen Stammes. Ich bin schon einmal dort gewesen, vor ein paar Jahren. Und aus Richtung Nordwesten kommen auch die Spuren, die ich gefunden habe.“

„Also gehen wir nach Nordwesten.“

„Ja, und nicht nur, weil wir es dem toten Krieger schuldig sind.“ Während wir uns aus unserer knieenden Haltung wieder erhoben, deutete Winnetou hinauf in den unwirklich blauen Himmel. „Spürst du es nicht, Scharlih? Es wird ein Sturm kommen, und zwar sehr bald. Wenn wir nach Süden weiterziehen, könnte er uns überraschen, bevor wir einen Unterschlupf finden. Im Lager der Nakotas aber werden wir sicher sein. Es sind gastfreundliche Leute, die uns gewiss für ein oder zwei Tage beherbergen werden, bis der Sturm vorüber ist.“ Und mit diesen Worten griff er nach dem Zügel des einen Pferdes und richtete seine Schritte gen Nordwesten.

Ich folgte ihm, das andere Pferd am Zügel führend. Zu reiten hätten wir nicht gewagt, denn einerseits waren die Tiere bereits jetzt vollkommen erschöpft, und zum anderen wäre es viel zu gefährlich gewesen, weil sich unter der trügerisch glatten Oberfläche aus Eis und Schnee immer wieder Löcher und Vertiefungen verbargen, in die ein Pferd so ungeschickt hineintreten mochte, dass es sich unweigerlich ein Bein brechen würde. Deshalb also gingen wir seit dem ersten Schneefall vor ein paar Tagen stets voraus und führten die armen Tiere hinter uns her. Wie gut, dass wir bei unserer Expedition hinauf in den Norden darauf verzichtet hatten, Iltschi und Hatatitla mitzunehmen! Stattdessen hatten wir uns unterwegs immer wieder mit Reittieren versorgt, die zwar nicht die Schnelligkeit und

Ausdauer von ‚Wind' und ‚Blitz' besitzen mochten, dafür aber an den Schnee und die Kälte dieser Landstriche gewöhnt waren. Und es wäre wirklich ein Jammer gewesen, unsere edlen Apatschen-Rösser unter den Widrigkeiten dieser abweisenden Landschaft leiden zu sehen.

Was uns hier hinauf in den hohen Norden der Vereinigten Staaten und sogar bis über die Grenze nach Kanada – die hier ohnehin nicht mehr war als ein Federstrich auf der Karte eines weißen Geografen – zu den Stämmen der Assiniboine und Anishinabe geführt hatte, darüber werde ich vielleicht eines Tages an anderer Stelle noch berichten. Hier möge es genügen, wenn ich sage, dass wir unsere Aufgabe dort zu unserer vollen Zufriedenheit erfüllt hatten und uns nun auf dem Rückweg in wärmere Gefilde befanden, die wir eigentlich zu erreichen gehofft hatten, bevor der erste Schnee und die große Kälte unser Vorankommen übermäßig behinderten. Zu unserem Bedauern hatten wir dies jedoch nicht geschafft, und so kam es, dass wir uns unter den eben geschilderten unerfreulichen Bedingungen vorankämpfen mussten. Immerhin war es noch nicht allzu spät im Jahr, und die wirklich schlimmen Monate – die hiesigen Indianer nannten sie den ‚Monat des Frosts im Tipi', den ‚Monat, in dem die Bäume platzen' und den ‚Monat der entzündeten Augen', also der Schneeblindheit – lagen noch ein ganzes Stück entfernt, aber auch so war unsere Reise durch diese weiße Wüste nicht eben angenehm. Gegen die Schneeblindheit, jenen neben der eisigen Kälte größten Feind des Reisenden in nördlichen Gefilden, hatten wir uns aus großen Rindenstücken, in die wir schmale Schlitze zum Hindurchspähen geschnitten hatten, bereits behelfsmäßige Schutzbrillen gebastelt, die wir nun, als wir uns wieder in Bewegung setzten, erneut aus der Stirn hinunter vor die Augen schoben.

Die nächsten Meilen legten wir schweigend zurück, dabei immer der Spur folgend, die der flüchtende Mann deutlich sichtbar zurückgelassen hatte. Zum Glück war es vollkommen windstill, sodass die Fußstapfen nicht verweht worden waren.

Aber selbst dann wäre es Winnetou mit seinem untrüglichen Orientierungssinn, um den ich als Europäer ihn nur beneiden konnte, zweifellos ohne große Mühe gelungen, das Lager, von dem er gesprochen hatte, sogar in dieser nur gelegentlich von kleinen Wäldchen unterbrochenen Einöde wiederzufinden. So also stapften wir dahin, wobei wir unsere Blicke immer wieder nach rechts, nach links und auch nach hinten schweifen ließen, um bei einem möglichen Überfall gewarnt zu sein. Unsere Gewehre – Winnetous Silberbüchse und mein Henrystutzen ebenso wie mein Bärentöter – steckten nämlich noch frisch geölt in dicken Futteralen, die wir an langen Lederriemen über den Rücken geschlungen trugen. Hätten wir sie offen in der Hand gehalten, wäre das Öl der beweglichen Teile womöglich durch die enorme Kälte dickflüssig geworden oder gar zu einer Art Gelee erstarrt, sodass selbst diese so zuverlässigen Waffen uns vielleicht im entscheidenden Moment im Stich gelassen hätten. So etwas zu riskieren, wäre die reinste Dummheit gewesen. Glücklicherweise aber konnten wir in alle Richtungen weit genug blicken, um herannahende Feinde – seien es nun Menschen oder ein aus dem Winterschlaf erwachter Bär – rechtzeitig zu erspähen und genügend Zeit zu haben, uns kampfbereit zu machen, wozu eben auch gehörte, die Gewehre aus ihren Futteralen zu nehmen und sie zu entsichern.

Mit einem Mal blieb Winnetou abrupt stehen. „Dort!“, sagte er und deutete voraus. Ich folgte mit meinen Blicken der Richtung, in die sein ausgestreckter Arm wies. Ein ganzes Stück vor uns, so weit entfernt, dass nur Winnetou mit seinen Adleraugen es hatte so früh erspähen können, lag wieder etwas auf dem Schnee. Ein weiterer Toter? Rasch strebten wir weiter, dem neuen Fund entgegen.

„Größer als ein Mann“, sagte Winnetou. „Es wird das Pferd des Mannes ohne Gesicht sein.“

Natürlich hatte er Recht. Der Mann ohne Gesicht war also nicht zu Fuß geflohen, sondern er war beritten gewesen. Und hier hatte er sein Pferd zurückgelassen – nein, hatte es zurücklassen *müssen*, denn als wir näherkamen, sahen wir, dass dem armen Ross das widerfahren war, was wir unseren Pferden versuchten zu ersparen: Es war in vollem Galopp in ein Schneeloch getreten, hatte sich überschlagen und dabei das Genick gebrochen. Aber selbst wenn es nicht so unglücklich gestürzt wäre, hätte es nicht mehr weiter gekonnt, denn beim Tritt in das Schneeloch hatte es sich bereits ein Bein gebrochen, aus dem die Knochen jetzt spitz in die eisige Luft hinausstachen. Wie durch ein Wunder musste es seinem Reiter gelungen sein, sich von dem stürzenden Pferd abzustoßen und einige Schritte weiter zu landen, ohne dabei selbst zu Schaden zu kommen. Winnetou wies mich auf die Stelle hin, an der sich der Reiter im Schnee abgerollt hatte.

„Er hat sich nicht einmal um sein Pferd gekümmert, sondern ist sofort aufgestanden und weitergelaufen.“ *Wie von Furien gehetzt*, dachte ich bei mir, sprach es aber nicht aus, da Winnetou ja nicht wissen konnte, was Furien waren. In der Sprache der Apatschen gab es dafür keinen Ausdruck. Vielleicht hätte ich ‚Furien‘ am besten mit ‚böse Geister‘ übersetzen können. Stattdessen sagte ich: „Er muss in heller Panik gewesen sein. Aber weswegen nur? Hier gibt es immer noch keine Spuren von jemandem, der ihn verfolgt hätte.“

Winnetous Gesicht verdüsterte sich. „Wir werden die Antwort finden, wenn wir das Lager erreichen“, antwortete er. „Und wir sollten uns beeilen. Der Sturm kommt näher. Ich kann ihn spüren, auch wenn es jetzt noch windstill ist. Merkst du nicht, wie er heraufzieht, Scharlih?“

Einen Augenblick lang blieb ich ganz still stehen und horchte in mich hinein. Eigentlich bin ich nicht sehr wetterfühlig und verlasse mich in solchen Fällen lieber auf ein gutes europäisches Barometer, aber jetzt begann auch ich ein seltsames Vibrieren in meinen Nerven wahrzunehmen. „Du hast Recht“, sagte ich. „Der Luftdruck fällt. Es wird ein großer

Sturm werden – ein Blizzard. Wir müssen schnellstens das Lager erreichen. Wenn er uns hier im Freien überfällt, sind wir verloren.“

Und so stapften wir weiter, noch schneller als zuvor. Auch jetzt war wieder nichts zu hören als das Knirschen unserer Schritte und der schnaubende Atem unserer Pferde, der, eben noch warm ihrer Lunge entströmend, im Fell rund um die Nüstern und Mäuler sofort zu Eisklümpchen gefror. Nicht, dass es mir so viel besser ergangen wäre als den armen Gäulen, denn auch in meinem Bart sammelten sich immer wieder Eiskrusten, die ich gelegentlich mit den dick behandschuhten Fingern abstreifen musste. Nur Winnetou blieb von dieser Plage verschont, sodass ich ihn beinahe um seinen mangelnden Bartwuchs beneidet hätte, wäre da nicht der wärmende Schutz gewesen, den mein Bart meinem geröteten und von der Kälte wie erstarrten Gesicht darbot.

„Erzähl mir von diesem Nakota-Lager“, bat ich Winnetou. Je mehr ich wusste, desto besser würde ich für alles gerüstet sein, was uns dort erwarten mochte. „Ist es groß?“

„Eher klein. Keine zwanzig Familien. Ihr Häuptling heißt An-sa-na, ein guter Mann, tapfer, aber friedliebend. Sie haben auch einen – kundigen Medizinmann. Sein Name ist Wakateh, und er ist sehr alt. Als ich dort war, hatte er gerade beschlossen, einen jungen Lehrling zu sich zu nehmen, um seine Kunst an diesen weiterzugeben.“

„Und wie ist es gelegen?“

„Zwischen einem Wald und dem Fuß einer Erhebung, die gerade so hoch ist, dass die Spitzen der Tipistangen von der anderen Seite aus nicht mehr zu sehen sind. In dem Wald befindet sich eine Blockhütte, die Behausung eines Pelzjägers, der eine der Squaws des Stammes geheiratet hatte und mit den Nakotas auf gutem Fuße stand. Sie waren ihm bei der Jagd und beim Fallenstellen behilflich, und wenn er die Pelze im Süden verkauft hatte, brachte er ihnen für ihren Anteil Gewehre und andere nützliche Dinge mit. Nein“, nahm er meine unausgesprochene Frage vorweg, „kein Feuerwasser. Auch er war ein guter Mann. Aber nun sind er und seine Squaw schon lange tot, und die Nakotas benutzen die Hütte als Lagerraum für ihre Vorräte."

Niemand, der Winnetou weniger gut gekannt hätte, als ich es tat, hätte das fast unmerkliche Zögern in seiner Stimme wahrgenommen, als er von den Qualitäten des Medizinmannes Waka-teh gesprochen hatte.

„Du sagtest, der Medizinmann sei ‚kundig'. ‚Weise' hast du ihn nicht genannt."

„Du hörst genau auf die Worte deines roten Bruders. Ich habe sie mit Bedacht gewählt. Kundig ist Waka-teh ohne Zweifel. Weise nicht."

Dabei ließ Winnetou es bewenden und ich fragte auch nicht weiter nach. Aber ich war mir ganz sicher, dass in seiner Stimme so etwas wie Besorgnis mitschwang, auch wenn ich mir im Moment noch nicht darüber klarzuwerden vermochte, wieso die mangelnde Weisheit des alten Nakota-Medizinmanns ein Gefühl der Besorgnis in ihm auslösen konnte. Stattdessen stellte ich ihm eine andere, viel naheliegendere Frage. „Wie weit ist es von hier aus noch?"

„Nicht weit. Wie mein weißer Bruder sicherlich bemerkt hat, steigt der Grund hier leicht an. In nicht mehr als einer halben Meile werden wir die Kuppe dieser Anhöhe erreicht haben, und dann liegt das Lager direkt unter uns."

„Aber dann müssten wir doch schon längst den Rauch aus den Lagerfeuern des Stammes aufsteigen sehen."

„Das müssten wir."

„Und wenn wir keinen Rauch sehen …"

„... dann brennen dort auch keine Feuer mehr."

„Also ist das Lager verlassen. Aber Schutz werden wir dort trotzdem noch finden können?"

„Wenn der Stamm seine Tipis an dieser Stelle abgebrochen hat, dann bleibt uns immer noch die Blockhütte. Wenn er sie nicht abgebrochen hat …"

Ohne lange nachzudenken, streifte ich die Fellhandschuhe ab, stopfte sie in die Taschen meines Mantels und schwang sodann eines der Gewehrfutterale von meinem Rücken herab. Mit schnellem Griff holte ich den Henrystutzen heraus, dessen 25 Schuss, die sich ohne erneutes Nachladen abfeuern ließen, uns vielleicht in wenigen Minuten sehr zupasskommen würden. Fast gleichzeitig, nur vielleicht noch einen winzigen Augenblick schneller als ich, hatte auch Winnetou die Handschuhe abgelegt, seine Waffe – die legendäre Silberbüchse – aus ihrem Futteral befreit und sie entsichert.

„Die Pferde nehmen wir mit", sagte er. „Es wäre zu gefährlich, sie hier zurückzulassen." Mit diesen Worten begann er schnell, aber mit äußerster Vorsicht die letzten paar hundert Schritte zur Kuppe oberhalb des Lagers emporzusteigen. Nachdem auch ich meine Waffe entsichert hatte, folgte ich ihm mit einem sehr unbehaglichen Gefühl im Magen.

*

„Keine Menschenseele", flüsterte Winnetou. Wir lagen bäuchlings im Schnee und starrten auf das offensichtlich verlassene Dorf hinunter. Rasch zählte ich die Tipis und kam auf zwanzig. Aus keinem davon stieg der Rauch von Winterfeuern auf. „Die Pferdekoppel ist auch leer", bemerkte ich. „Sie sind alle weggeritten. Aber was ist das dort?"

Winnetou folgte mit seinen Blicken der Richtung, die mein ausgestreckter Arm wies. Als er das, worauf ich deutete, ebenfalls ausgemacht hatte, erstarrte sein Gesicht zu einer wie aus Stein gemeißelten Maske.

„Wir sehen uns das näher an", sagte er. „Komm, Scharlih."

Die Pferde hinter uns am Zügel führend, schlitterten wir mehr als dass wir gingen den flachen, langgestreckten Hang hinunter. Bis zu den ersten Tipis, denen wir uns in geduckter Haltung näherten, die entsicherten Gewehre in den Händen, waren es nur ein paar Schritte, und gleich darauf standen wir vor dem, was ich von der Kuppe des Hügels aus erspäht hatte. Es war ein weiterer Toter, genauer gesagt: eine Tote, denn es handelte sich um eine alte Squaw, die, das eine Bein etwas nach hinten gestreckt und das andere leicht angewinkelt, auf der linken Seite lag. Vom Hügel aus hatte ich nur einen ihrer Fellstiefel sehen können, da der übrige Körper hinter einem der Tipis verborgen war. Auf dem Rücken trug sie ein Gestell mit Zweigen und kleinen Ästen darauf, die sie offenbar im nahen Wald gesammelt hatte, um das Feuer im Tipi ihrer Familie damit zu unterhalten. Seltsamerweise hatten sich die Holzstücke bei ihrem Sturz nicht in alle Richtungen verteilt, sondern hafteten immer noch wie festgefroren an dem Tragegestell, obwohl sie nicht mit Riemen festgebunden waren. Ein rascher Blick überzeugte mich davon, dass man ‚festgefroren' hier im buchstäblichen Sinne zu nehmen hatte. Zwischen den Zweigen und Ästen glitzerte nämlich blankes Eis, durch das sie zu einer kompakten Masse zusammengebacken worden waren. Wie der Körper des toten Kriegers, den wir vor nicht einmal zwei Stunden entdeckt hatten, war auch die Leiche der Squaw steifgefroren, aber im Gegensatz zu dem ersten Toten hatte das, was sie getötet hatte, gnädigerweise wenigstens ihr Gesicht verschont.

Mein Begleiter betrachtete dieses runzelige, von weißem Raureif überhauchte Gesicht, auf dem sich im Tod ein Ausdruck äußerster Verwunderung abgezeichnet hatte, sehr lange, dann wandte er sich zu mir um und blickte mich mit ernster Miene an. „Falls Winnetou nicht irrt", sagte er, „dann war dies die Squaw des Häuptlings An-sa-na. Fällt dir an ihr etwas auf?"

„Ich weiß, dass es unmöglich ist, aber …"

„Sprich."

„Für mich sieht es so aus, als sei sie nicht erst steifgefroren, nachdem sie tot zu Boden gestürzt war, sondern bereits *vorher* – also im Gehen. Das würde ihre Haltung erklären. Sie machte gerade einen Schritt und hatte dazu das eine Bein angewinkelt, als das Unheil über sie kam. Aber wie gesagt: Das kann nicht sein. Wer eine solche Meinung ernsthaft im Rat der Männer verträte, würde ausgelacht werden, und das zu Recht."

„Aber dennoch war es genau so." Winnetou wies erst auf die Stellung der Beine und dann auf das Holz auf dem Tragegestell. „Sie war gerade dabei, zum Tipi An-sa-nas zurückzugehen, als die Kälte sie überfiel; das erklärt die Haltung der Beine. Zugleich buk die Kälte auch die Äste und Zweige zusammen. Nur so kann es gewesen sein."

„Aber eine solche Kälte gibt es nicht. Ein Mensch kann nicht in einem Augenblick steinhart gefrieren; dazu braucht es Stunden, und zwar selbst im tiefsten Winter."

„Und trotzdem ist es passiert. Nun lass uns die Tipis absuchen. Am Häuptlingszelt treffen wir uns wieder."

Das taten wir, und zwar mit dem bereits erwarteten Ergebnis. Das Dorf war verlassen. In keinem der Tipis fanden wir eine Menschenseele vor. Eine etwas genauere Nachschau ergab, dass die Yanktonai-Nakota offenbar ihre wichtigsten Besitztümer zusammengerafft hatten und dann in aller Eile aufgebrochen waren. Dinge, die für einen schnellen Marsch über verschneites Terrain zu schwer waren, hatte man zurückgelassen und stattdessen wirklich nur das Nötigste mitgenommen. Über einigen der erloschenen Feuer hingen sogar noch Töpfe mit fertig gekochtem Essen; auch dieses war inzwischen natürlich zu Eis erstarrt. Allein dies zeugte schon davon, dass wir es hier mit einer regelrechten Flucht zu tun hatten, die nur von Häuptling An-sa-na selbst befohlen worden sein konnte. Aber seine Squaw war nicht mit den anderen mitgegangen, und das hieß, dass auch An-sa-na sein Dorf nicht verlassen haben konnte. Diese Überlegung ließ mich Böses ahnen, als ich vor dem Häuptlingszelt wieder mit Winnetou zusammentraf.

Ohne ein weiteres Wort schlug mein roter Bruder die schützende Stoffbahn vor dem Eingang beiseite, und geduckt betraten wir durch den niedrigen Eingang das Tipi.

Auch hier war das sonst in der Mitte brennende Feuer längst erloschen. Raureif hatte sich über die in unterschiedlichem

Maße verkohlten Scheite gelegt. Durch das von außen hereinfallende Licht blitzte er so hell auf, dass er beinahe weißglühend wirkte. Das unbehagliche Gefühl, das sich seit dem Beginn dieses Abenteuers in mir ausgebreitet hatte, wurde bei diesem Anblick womöglich noch stärker. Auch das zerstörte Gesicht des toten Kriegers draußen auf dem Schneefeld und das Gesicht der uralten Squaw waren von einem solchen Raureif überzogen gewesen …

Aber mir blieb jetzt keine Zeit, diesen Gedanken weiter zu verfolgen, denn ich hörte, wie Winnetou scharf die Luft einsog. Als er einen Schritt beiseitetrat, verstand ich auch den Grund dafür. Auch mir blieb beinahe der Atem stocken und unwillkürlich bekreuzigte ich mich ob des Anblicks, der sich uns hier bot.

Jenseits des erloschenen Feuers saß An-sa-na, der Häuptling der Yanktonai-Nakota, ein, wie Winnetou mir berichtet hatte, guter und tapferer Mann, halb nach vorne gesunken und mit zu Eis erstarrten Augen, die ins Nichts gerichtet waren. Von seinem Mund und seiner Nase aus erstreckte sich eine dünne, aber massive Säule aus blankem Eis bis hinunter zum Boden, und das war es, was verhindert hatte, dass er ganz vornüber in die Überreste der Herdstelle gesunken war. Der Anblick war so unwirklich, dass mein Verstand sich einen Augenblick lang weigerte, ihn in sich aufzunehmen. Als er sich dann aber doch einen Weg durch die Betäubung meines Denkens hindurch bahnte, wurde mir klar, dass die Eissäule nicht erst vorne an den erstarrten Lippen des uralten Häuptlings begann. Sie musste auch seinen gesamten Mundraum ausfüllen, die Nase, den Rachen und womöglich sogar seine Lunge. Nein, An-sa-na war keinen so plötzlichen und wahrscheinlich schmerzlosen Tod gestorben wie seine Squaw, sondern er war *an Eis erstickt*. Mit was für einem Gegner hatten wir es hier zu tun, der seine Feinde – oder jene, die er für seine Feinde hielt – auf so unbarmherzige Weise tötete? Ich hatte in meinem Leben viele Akte der Grausamkeit gesehen, aber das hier hatte nichts Menschliches an sich, sondern erweckte vielmehr den Eindruck einer Amok laufenden Naturkraft, für die der Mensch etwas Hassenswertes war, etwas, das das Antlitz der Erde verunzierte und darum mit aller Brutalität ausgerottet werden musste.

Winnetou fasste sich als Erster wieder.

„Er war ein großer Häuptling", sprach mein roter Bruder mit einer Feierlichkeit, die mich tief berührte. „Möge Wakan Tanka, das Große Geheimnis, seiner Seele Frieden schenken und ihn und seine Squaw in die Ewigen Jagdgründe eingehen lassen."

Obwohl es vielleicht ein wenig unpassend war, fügte ich dieser kurzen, aber dennoch würdigen Leichenrede ein „Amen!" hinzu, was Winnetou mit einem Nicken quittierte, bevor er weitersprach. „Das, was ihn, seine Squaw und den jungen Krieger getötet hat, ist immer noch hier. Wir müssen uns beeilen, damit wir ihm nicht auch noch zum Opfer fallen."

„Aber was können wir tun?"

„Uns bleibt nur eines: Wir müssen Waka-teh finden. Er allein wird wissen, wie sich dieses Rätsel lösen und die Gefahr bannen lässt."

„Aber wenn er mit den anderen fortgezogen ist?"

Winnetou schüttelte den Kopf. „An-sa-na ist geblieben. Und wenn der Häuptling geblieben ist, dann ist auch der Medizinmann geblieben. Und es gibt nur einen Ort, wo er sein kann."

„Die Blockhütte."

„Ja, die Blockhütte. Und wir müssen uns beeilen, sie zu erreichen. Jedes Zögern, jedes unnötige Verweilen kann uns jetzt den Tod bringen." Mit diesen Worten wandte Winnetou sich zum Ausgang. Ich folgte ihm auf dem Fuß.

Als wir aus dem Tipi traten, hatte sich die Lage auf erschreckende Weise verändert.

Von Norden her, dort, wo der Himmel eben noch stahlblau gewesen war, drängte eine gewaltige Wolkenmasse heran. Sie näherte sich so rasch, dass sie in weniger als einer Minute über uns sein würde – eine schwarze Wand, die, wie ich wusste, ungeheure Mengen an Schnee aus den polaren Regionen unseres Erdballs mit sich führte. Zwar hatte ich einen solchen Blizzard noch nie selbst miterlebt, aber ich hatte genug darüber gelesen, um zu wissen, welch verheerende Auswirkungen er haben konnte. Das Indianerlager, ja die ganze Landschaft würden unter einem metertiefen Leichentuch aus Schnee versinken, das der Sturm mit Geschwindigkeiten von mehr als 70 oder gar 80 Meilen in der Stunde über alles legte, was sich in seiner Bahn befand. Da sich ihm kein in Ost-West-Richtung verlaufendes Gebirge in den Weg stellte, so wie es etwa die Alpen in meiner Heimat taten, mochte er bis hinunter nach Florida oder Texas ziehen, aber erst, nachdem er sich hier oben über den Northern Plains in einem ersten, gewaltigen Wutanfall gehörig ausgetobt hatte. Und wir – Winnetou und ich – würden zu denjenigen gehören, die diesen Wutanfall der Naturkräfte auszuhalten hatten.

„Wir werden es nicht mehr bis zur Blockhütte schaffen!“, rief ich und packte Winnetou ganz gegen meine sonstige Gewohnheit – denn er mochte dies überhaupt nicht – am Ärmel seiner Felljacke, um ihn zurück in das Häuptlingstipi zu ziehen, das uns wenigstens einen gewissen, wenn auch minimalen Schutz vor dem Toben des Blizzards zu bieten versprach.

Aber Winnetou schüttelte meine Hand ab. „Warte“, sagte er mit einer Gelassenheit, die ich angesichts der drohenden Gefahr keineswegs begriff. „Spürst du denn nicht, *dass kein Wind geht?*“

Und er hatte Recht! Mit rasender Geschwindigkeit nahte sich eine Sturmwand, das Barometer fiel und fiel, aber dort, wo wir standen, rührte sich nicht das geringste Lüftchen! Auch dies war unmöglich, genau wie der Augenblickstod der drei Yanktonai-Indianer, aber es geschah, und es blieb mir nichts anderes übrig, als es als eine wenn auch widernatürliche Tatsache hinzunehmen. Gebannt starrte ich Richtung Norden, denn dort geschah jetzt das nächste, ebenso unbegreifliche Wunder. Die Wolkenwand teilte sich wie an einem unsichtbaren

Hindernis, etwa so, wie die dahinschießenden Wassermassen eines Gebirgsflusses sich an einem Felsbrocken teilen, um erst hinter ihm wieder zu einem einzigen Strom zusammenzuschäumen.

Mit einem Mal hatte ich das Gefühl, mich im Auge eines Sturms zu befinden, aber wäre es an dem gewesen, dann hätten die Schneewolken sich in einem gigantischen Wirbel um uns herum *drehen* müssen. Das jedoch taten sie nicht, sondern stattdessen strömten sie östlich und westlich an uns vorbei, um sich dann weit hinter uns im Süden wieder zu vereinen! Und über all dem gloste in dem kreisrunden Ausschnitt des blauen Himmels, der sich direkt über uns wölbte, die kalt glühende Sonne des nördlichen Winters wie ein höhnisches Auge.

Ach, schien sie zu sagen, *was denkt ihr Menschlein nun* darüber*? Habe ich euch hier nicht ein schönes Rätsel aufgegeben, das ihr mit all eurer Klugheit nicht zu lösen vermögt? Oder – vermögt ihr es vielleicht doch?*

„Du hast Recht“, sagte ich zu Winnetou. „Wir müssen Wakateh finden, und das rasch. Sonst sind wir verloren.“

„Ja, rasch.“ Winnetous Stimme war fester als meine. „Aber wir dürfen nicht laufen. Es beobachtet uns. Wenn wir laufen, könnte es die Geduld mit uns verlieren.“ Er wies mit der Hand voraus. „Die Blockhütte liegt dort im Wald, in dieser Richtung. Gehen wir.“

Ich hatte nicht die geringste Ahnung, was er mit seinen Worten meinte, aber natürlich gehorchte ich seinen Anweisungen. Dies, so war mir klar, war ein indianisches Geheimnis, und ich als Weißer hatte mich in allem, was nun noch folgen würde, nach dem zu richten, was Winnetou anordnete. Er allein würde wissen, welches Verhalten das richtige war. Und zu gegebener Zeit würde er mir auch erklären, was hier eigentlich vor sich ging.

*

Als wir uns mit den Pferden in raschem, aber nicht überhastetem Schritt dem Waldrand näherten, setzte mein Herz plötzlich einen Schlag lang aus, und selbst Winnetou, dessen stoische Ruhe ich in den langen Jahren unserer Freundschaft wie ein selbstverständliches Naturereignis hinzunehmen gelernt hatte, konnte ein erschrockenes Zusammenzucken nicht unterdrücken.

Eben noch hatte rings um uns eine große Stille geherrscht, die nur vom Knirschen unserer Stiefel im Schnee und den schnaufenden Atemgeräuschen der erschöpften Pferde unterbrochen wurde. Nun aber brach jäh ein wahrer Höllenlärm über unseren Köpfen los. Aus den Bäumen des Wäldchens stiegen Rabenvögel in die Luft auf, mehr und immer mehr, bis es an die zwei- oder dreihundert sein mochten, und sie veranstalteten ein solches Mordsspektakel, dass einem dabei Hören und Sehen verging. Wieso sie bisher geschwiegen hatten, war mir rätselhaft; aber jetzt schienen sie es jedenfalls darauf anzulegen, all jene lautlichen Missfallensäußerungen, das ganze Geschimpfe und Gezetere, das dem Volk der Raben nun einmal eigen ist, in einem einzigen gewaltigen Ausbruch von sich zu geben. Nach all den schrecklichen und unbegreiflichen Dingen, die wir in den letzten Stunden erlebt hatten, sorgte dieses kleine Schauspiel für so etwas wie einen Augenblick komischer Erleichterung, und unwillkürlich stahl sich ein Lächeln auf meine Lippen, wo es jedoch im nächsten Moment sofort wieder erstarb.

Im Weitergehen hatte ich nach oben geblickt, um den Flug der schwarzen Vögel zu verfolgen, und dort, genau in ihrer Bahn, erspähte ich etwas, das mich mit neuem Schrecken erfüllte. Es war ein vages und beim ersten Hinschauen beinahe nicht zu erkennendes Flirren, ein Gleißen von annähernd kugelartiger Form, um das winzige Regenbogen spielten, so wie jene, inmitten derer der Mann ohne Gesicht auf dem Schneefeld gelegen hatte. Eiskristalle! Es waren Eiskristalle, und obwohl nach wie vor nicht der geringste Wind ging, ballten sie sich dort oben zu einer immer dichter werdenden Masse zusammen, in die die ersten Raben nun blindlings hineinflogen. Es dauerte nur Sekunden, da hatte der kugelige Nebel aus Eiskristallen die ganze Rabenschar verschlungen. Von einem Augenblick zum anderen verstummte ihr Gezeter und dann begannen schwarze Fetzen aus dem Himmel herabzuregnen – tote, in Sekundenbruchteilen steifgefrorene Raben, die wie Hagel vor und hinter uns und rechts und links von uns auf den Boden prallten. Einer der Vögel verfehlte Winnetou und mich nur ganz knapp, ein anderer streifte die Hinterhand meines Pferdes, und ein dritter traf Winnetous Pferd knapp hinter dem Nacken und veranlasste es, trotz seiner Erschöpfung hochzusteigen und wie wild loszuwiehern. Zugleich strömte von oben ein Wasserfall eisiger Kälte auf uns herab, der uns trotz unserer Pelzbekleidung durch Mark und Bein drang. Aber uns blieb keine Zeit, weiter darauf zu achten, denn wir hatten ja alle Hände voll zu tun, um unsere Pferde wieder zu beruhigen und sie am Durchgehen zu hindern. Zum Glück hatte der Rabenhagel inzwischen wieder aufgehört, denn ein weiterer Treffer, und die Tiere wären vollends nicht mehr zu bändigen gewesen. Als wir endlich wieder zu Atem kamen und aufblicken konnten, war das Kristallgeglitzer verschwunden.

„Es wird immer ungeduldiger“, sagte Winnetou. „Und es tötet uns nur nicht, weil es uns noch braucht.“

Wie auf ein geheimes Kommando setzten Winnetou und ich uns zugleich in Bewegung und führten die Pferde an den wie schwarze Schneebälle auf dem Boden verstreuten Raben vorbei in den Wald. Ein breiter, anscheinend regelmäßig genutzter und selbst unter dem Schnee mühelos zu erkennender Pfad führte zwischen den Bäumen hindurch, und nach wenigen hundert Schritten tauchte die Blockhütte vor uns auf – ein solides fensterloses Bauwerk aus kräftigen Tannenstämmen, das auch einem Blizzard gut standhielt. Hier nun sahen wir erstmals Zeichen von Leben, denn aus dem Kamin der Hütte stieg ein dünner grauer Rauchfaden auf. Im Innern brannte also ein Feuer, und wo es Feuer in einer Hütte gibt, dort gibt es auch Menschen, die es unterhalten. Also konnten wir damit rechnen, hier Waka-teh und vielleicht auch noch andere Dorfbewohner zu treffen, die uns Auskunft darüber geben würden, was im Lager der Yanktonai denn nun eigentlich geschehen war.

Während wir die letzten Meter bis zur Blockhütte zurücklegten, bemerkte ich aus den Augenwinkeln, wie rechts und links unseres Weges, jedoch in einiger Entfernung, kleine glitzernde Wirbel vom Boden aufstiegen, sich eine Weile in der eisigen Luft drehten und dann plötzlich wieder auf den Grund zurücksanken. Sie erinnerten mich an Staubteufel, wie ich sie vor Jahren einmal in den trockenen Wüstengebieten des Llano estacado beobachtet hatte, nur dass sie eben nicht aus Staub, sondern aus Schnee- und Eiskristallen zu bestehen schienen.

„Nicht gut“, sagte Winnetou, der sie ebenfalls bemerkt hatte. „Wir müssen schnell und entschlossen handeln, sobald die Tür sich öffnet, denn sonst sind wir alle verloren. Vor allem dürfen wir keinen Schnee mit in das Blockhaus tragen – oder jedenfalls so wenig wie möglich.“ Mit diesen Worten schob er seine Silberbüchse in ihr Futteral zurück, schwang es auf den Rücken und begann, sich den Schnee von den Kleidern zu klopfen. Er tat es methodisch und gründlich, auch wenn es sich natürlich nicht vermeiden ließ, dass hier und da ein paar Eiskristalle an unseren Fellstiefeln hängenblieben.

Ohne zu zögern folgte ich seinem Beispiel, denn ich war mir sicher, dass er ganz genau wusste, was er tat. Als ich fertig war, reichte mir Winnetou meine Satteltaschen und schulterte auch seine eigenen. „Die Pferde …?“, fragte ich, aber Winnetou schüttelte nur bedauernd den Kopf. Mir war sofort klar, was er damit meinte: Wir würden sie draußen zurücklassen müssen, da es viel zu viel Zeit gekostet hätte, sie am Zügel in die Hütte zu führen.

„Nun höre genau zu, Scharlih", fuhr Winnetou in seinen Anweisungen fort. „Sobald man die Tür für uns öffnet, stürze ich als Erster hinein. Du folgst mir auf dem Fuße nach, ziehst die Tür hinter uns zu und verschließt sie sofort wieder mit dem Sperrbalken." Noch während er diese Worte sprach, hatte er Aufstellung vor dem Eingang zur Blockhütte genommen.

Ich stellte mich neben ihn und wartete, was er nun unternehmen würde, denn ich war mir keineswegs sicher, dass die Personen, die sich im Innern befinden mochten, uns bereitwillig Einlass gewähren würden.

Winnetou indes schien daran keinerlei Zweifel zu haben. Er trat noch einen Schritt vor, schlug so wuchtig mit der Hand gegen die aus dicken Bohlen gefertigte Tür, dass man dieses ‚Anklopfen' auf keinen Fall überhören konnte, und sprach dann, erneut einen Schritt zurücktretend, mit lauter Stimme: „Höre, Waka-teh! Hier steht Winnetou, der Häuptling der Apatschen, der vor vielen Monden schon einmal in deinem Tipi weilte und den du damals deinen Freund genannt hast. Bei ihm ist ein anderer großer Krieger, nämlich sein weißer Bruder Old Shatterhand, dessen Ruhm auch in diesen Teilen der großen Prärien besungen wird. Öffne uns die Tür, Waka-teh, und lasse uns ein, damit wir dir als Kampfgefährten gegen jenen beistehen können, den du gerufen hast und der nun das Volk der Yanktonai bedroht. Lasse uns ein!"

Wir warteten, aber es erfolgte keine Reaktion.

Da die Yanktonai-Nakotas bekanntlich zum großen Volk der Sioux gehören, hatte sich Winnetou eines Sioux-Dialekts bedient, der auch mir wohlbekannt war. Nun aber fügte er seiner Rede noch einige Worte hinzu, wie ich sie weder aus seiner Kehle noch aus der irgendeines anderen Menschen je zuvor gehört hatte. Es waren gutturale Laute, die einer fernen Vergangenheit anzugehören schienen, einer Zeit, in der die ersten Ureinwohner des amerikanischen Kontinents über die Beringstraße aus Asien herübergekommen waren und von dort ihren Götterglauben und ihre magischen Praktiken mit auf den neuen, jungfräulichen Kontinent gebracht hatten.

Und kaum hatte Winnetou sie ausgesprochen, da ertönten aus dem Innern der Hütte schabende Geräusche, als würde ein Sperrbalken hochgeschoben. Gleich darauf begann die Tür sich langsam und zögerlich einen Spalt weit zu öffnen. Im flackernden Halbdämmer, das in der Hütte herrschte, meinte ich ein spitzes und sehr, sehr junges Gesicht zu bemerken, das ängstlich nach draußen zu uns hinausstarrte.

Mit einem wahren Panthersatz war Winnetou an der Tür, drückte sie etwas weiter – aber nicht sehr viel weiter – auf, stieß den Jungen, der hinter der Tür stand und ihm so, wohl ohne es zu wollen, den Zutritt versperrte, umstandslos zur Seite und war im nächsten Augenblick auch schon irgendwo in den Tiefen der Hütte verschwunden. Wie er es mir befohlen hatte, folgte ich ihm auf dem Fuße. Kaum war ich drin, wirbelte ich herum, schlug die Tür hinter mir zu und klappte den Balken, der als Verriegelung diente, mit einem Ruck wieder herunter.

Die gesamte Aktion hatte nicht mehr als ein paar Sekunden gedauert, aber dennoch wären wir beinahe zu langsam gewesen. In den paar Augenblicken, in denen die Tür offen gestanden hatte, war ein dünner Schleier aus Eiskristallen, der an jene seltsamen ‚Staubteufel' draußen vor der Hütte erinnerte, dicht über der Schwelle hereingeweht. Nun zog er sich mit dem durch unsere Fellstiefel hereingetragenen und von ihnen abgefallenen Schnee zu etwas zusammen, das an eine zum Zustoßen bereite Schlange erinnerte – eine Kobra aus Eis und Schnee, die mit einer eigenen Intelligenz begabt zu sein schien, denn so zielgerichtet bäumte sie sich auf, dass mir mit einem Schlag klar wurde, was ihre Absicht war: hinaufzuschnellen und mir mit ihren rasiermesserscharfen Kristallen das Fleisch vom Gesicht zu schürfen. Jetzt wusste ich, wie der junge Krieger draußen auf dem Schneefeld gestorben und zum ‚Mann ohne Gesicht‘ geworden war. Kein ungeschickter Skalpjäger, kein Bär und auch keine Schar hungriger Raben hatte ihn so unbarmherzig verstümmelt, sondern eine Erscheinung wie diese!

Noch ehe ich diesen Gedanken recht zu Ende gedacht hatte, wirbelte etwas rot Leuchtendes auf mich zu, etwas, das Funken versprühte und Hitze ausstrahlte. Zugleich hörte ich Winnetou etwas ausrufen, das ich nicht verstand, aber ich hätte seiner Worte nicht bedurft, um instinktiv nach dem heranfliegenden Gegenstand zu greifen. Es war ein glimmendes Holzscheit, das Winnetou aus dem Feuer in der Mitte der Hütte gerissen hatte, und ich verbrannte mir tüchtig die Finger daran, als ich es umklammerte und mit aller Macht in die weiße Kobra zu meinen Füßen hineinstieß. Im nächsten Moment war auch Winnetou mit einem brennenden Scheit in der Hand neben mir und tat es mir gleich. Mit einem lauten Aufzischen schmolz das Eis und wurde zu einem harmlosen Rinnsal auf dem festgestampften Lehmboden der Hütte.

Während ich das Scheit fallen ließ und mir die schmerzenden Finger rieb, glaubte ich vor der Hütte ein kurzes Aufheulen des Windes zu hören – einen Laut der Enttäuschung, den die Urgewalt dort draußen von sich gab, weil es ihr nicht gelungen war, mit uns zusammen ins Innere einzudringen.

„Danke, mein Bruder“, sagte ich zu Winnetou. „Du hast mir das Leben gerettet.“

Aber der Häuptling der Mescalero-Apatschen antwortete nicht, sondern wandte sich sofort dem Jungen zu, der – von ihm bei seinem Eintreten zu Boden gestoßen – zitternd auf der kalten Erde kauerte und zu uns aufstarrte. Außer uns schien er der einzige lebende Mensch im Innern der Hütte zu sein. „Wo ist Waka-teh?“, herrschte Winnetou ihn an. „Und sind noch andere hier?“

„Nur Waka-teh.“ Die Worte des Jungen waren kaum zu verstehen. Mit unsicherer Hand deutete er auf ein dickes Bündel aus Fellen auf der anderen Seite des Feuers. „Dort.“

Und tatsächlich – als wir nähertraten, sahen wir, dass das Fellbündel seltsam bebte. Ohne zu zögern schlug Winnetou die obersten Felle beiseite. Darunter kam der Medizinmann der Yanktonai zum Vorschein, ein uraltes, zusammengeschrumpftes Männlein im traditionellen Ornat eines indianischen Schamanen, das am ganzen Körper zitterte und dessen zahnloser Mund unverständliche Worte brabbelte, die jenen ähnelten, wie auch Winnetou sie vorhin gebraucht hatte.

„Was ist das für eine Sprache?“, fragte ich.

„Es ist die Ursprache, die Sprache der Magie. Nur die Medizinmänner sprechen sie noch, und einige wenige Häuptlinge, so wie ich. In ihr werden alle Anrufungen und Beschwörungen an die Geisterwelt gerichtet.“

„Und was sagt er?“

„Er redet irre“, erklärte Winnetou, nachdem er dem Gebrabbel noch eine Weile gelauscht hatte. „Sein Geist ist auf eine sehr weite Wanderung gegangen und findet nicht mehr zurück. Aber vielleicht kann ich ihm den Weg weisen.“ Entschlossen kniete er neben Waka-teh nieder und fuhr dem alten Medizinmann mit leichter Hand über Stirn und Augen. „Ja, es wird möglich sein“, sagte er dann. „Ich werde für ihn singen, und wenn wir Glück haben, wird er zu uns zurückkehren. Wenn nicht ...“ Er musste nicht weitersprechen, denn ich wusste auch so, was er meinte. Waka-teh hatte das Unheil, das uns alle bedrohte, heraufbeschworen, und er allein war es auch, der es wieder bannen konnte. Gelang ihm dies nicht, dann würde die Blockhütte zu unser aller Grab werden.

„Kocht eine dicke Suppe aus Pemmikan“, sagte Winnetou. „Wir alle werden eine Stärkung brauchen, und er am meisten. Und behaltet die Wände im Auge, damit nichts durch die Ritzen zwischen den Stämmen hereindringen kann. – Hat Waka-teh den Rauchabzug mit einem Zauber verschlossen, der den Rauch zwar hinaus, böse Einflüsse aber nicht hinein lässt?“, wandte er sich an den Jungen.

Der nickte nur stumm.

„Dann ist es gut“, sagte Winnetou. Und ohne sich noch weiter um uns zu kümmern, hockte er sich im Schneidersitz hin und fing an, in der ‚Ursprache‘, wie er sie genannt hatte, zu singen, während das unstete Licht des Feuers über sein bronzenes Gesicht zuckte und ihm das Aussehen eines vorzeitlichen Götzenbildes gab.

Während er sang und während wir einen Kessel mit Wasser aus einem Fellschlauch füllten, das Pemmikan hineingaben und beides über dem Feuer zum Kochen brachten, ließ ich mir von dem Jungen berichten, was im Winterlager der Yanktonai geschehen war.

*

Die Geschichte, die er mir erzählte, lässt sich in wenigen Worten zusammenfassen.

Waka-teh hatte – wenn auch in bester Absicht, nämlich um den Stamm vor den Unbilden des herannahenden Winters, der in diesem Jahr besonders streng zu werden versprach, zu schützen – einen entsetzlichen Frevel begangen. Er hatte etwas heraufbeschworen, für das es nur in der Ursprache, nicht aber in der Sprache der Menschen eine treffende Bezeichnung gab. Vielleicht konnte man es als die Urgewalt des Winters bezeichnen, den Geist von Kälte, Eis und Schnee und Sturm.

Tatsächlich hatte er aufgrund seiner Erfahrung geglaubt, diese Macht beherrschen zu können, aber darin hatte er sich tragisch geirrt. Dadurch, dass er sie heraufbeschwor, hatte er nicht etwa Gewalt über sie gewonnen, sondern sie vielmehr zu ungeheurer Wut aufgestachelt. Es war ihr ein Leichtes gewesen, seinen magischen Bann abzuschütteln, und wäre An-sa-na, der Häuptling des Stammes, nicht um so vieles weiser gewesen als sein Medizinmann, dann hätte dies ohne Zweifel zur Vernichtung des gesamten Stammes geführt.

An-sa-na indes waren von Anfang an Zweifel gekommen. Zwar hatte er den altersstarrsinnigen und von seinem Können grenzenlos überzeugten Medizinmann nicht von seinem Plan abbringen können, aber immerhin hatte er einen Exodus seines Stamms unter Führung seiner Söhne befohlen. Wenn die Beschwörung des Medizinmanns gelang, nun, so mochten die Angehörigen des Stamms immer noch zurückkehren, und wenn nicht, dann waren sie wenigstens im nächsten Dorf in Sicherheit. Um aber nicht als Feigling dazustehen, war er zusammen mit seiner Squaw und einem seiner Enkelsöhne, der ihm besonders zugetan war, bei Waka-teh und seinem Lehrling im Lager zurückgeblieben.

Als die Beschwörung scheiterte, hatte Waka-teh sich in die Blockhütte geflüchtet; An-sa-na und seine Squaw jedoch waren der mörderischen Wut des Naturgeists zum Opfer gefallen. Der eben von der Jagd heimkehrende Enkelsohn hatte dies beobachtet und war, da er ihnen ohnehin nicht mehr helfen konnte, vor dem unheimlichen Feind geflohen, ohne ihm aber am Ende entkommen zu können; er war der Mann ohne Gesicht, den wir draußen auf dem Schneefeld gefunden hatten.

Von diesem letzten Akt der Geschehnisse konnte mir der Lehrling des Medizinmanns natürlich nicht berichten, da er sich ja zusammen mit Waka-teh in der Hütte versteckt hatte. Aber natürlich war es mir ein Leichtes, mir jetzt, da ich die Vorgeschichte kannte, auch diesen Teil des Dramas zusammenzureimen.

*

Nachdem der Junge seinen Bericht beendet hatte, ließen wir die Suppe über dem Feuer unbeaufsichtigt weiterkochen und begannen, an den Wänden der fensterlosen Hütte entlang zu patrouillieren. Die Lücken zwischen den Stämmen waren über viele Jahre hinweg so stark mit Moos und Flechten zugewachsen, dass nicht der geringste Lufthauch und damit auch kein Schnee von außen hereindringen konnte, und darum schwanden unsere Befürchtungen sehr bald.

Draußen, wo inzwischen die Nacht hereingebrochen war, herrschte immer noch Grabesstille. Drinnen sang Winnetou unermüdlich in jener fremden, unverständlichen Sprache und versuchte auf diese Weise, den verwirrten Geist des uralten Medizinmanns aus der Dunkelheit zurück ans Licht zu führen. Zwischendurch fütterte er ihn mit Suppe aus einer Schale, die ich ihm reichte, und diese körperliche Stärkung mochte am Ende ebenso viel dazu beigetragen haben, Waka-teh wieder in die reale Welt zurückzuholen, denn nach einer Weile – es müssen Stunden gewesen sein – wurde sein Gebrabbel leiser, seine Augen klärten sich und das Zittern seiner Glieder ließ merklich nach.

Auch Winnetous Gesang veränderte sich nun. War er bisher einschmeichelnd gewesen, ja beinahe liebkosend, schlich sich jetzt so etwas wie Strenge hinein. Offensichtlich *befahl* er Waka-teh nun, aus der Jenseitswelt des Wahns zurückzukehren und sich im Hier und Jetzt den Konsequenzen seines Tuns zu stellen.

Mit einem Mal richtete sich der Medizinmann in seinem Bett aus Fellen auf. Er äußerte ein einziges Wort in der Ursprache und Winnetou neigte in schweigender Zustimmung den Kopf.

„Helft mir“, sagte Waka-teh dann.

Sein Lehrling und ich sprangen hinzu, und gemeinsam mit Winnetou stützten wir ihn, damit er auf die Füße kommen konnte. Er war ersichtlich noch schwach, aber das würde ihn nicht davon abhalten, jenen Weg zu Ende zu gehen, den er nun unweigerlich einschlagen musste. Und in diesem Moment kehrte etwas von der alten Würde und Majestät in diesen ausgemergelten, greisenhaften Körper zurück, die der Medizinmann der Yanktonai-Nakota Zeit seines Lebens ausgestrahlt haben musste.

Wir geleiteten ihn zur Tür, wo er sich noch einmal umdrehte, die Hände mit den Handflächen zusammenlegte und sich vor Winnetou verneigte. Winnetou erwiderte seinen Abschiedsgruß ebenso ernst. „Öffnet die Tür“, sagte er dann, an uns gewandt.

Der Lehrling des Medizinmanns und ich taten, wie der große Häuptling der Mescalero-Apatschen uns geheißen hatte. Die Nacht draußen war sternenklar und Waka-teh schritt in sie hinein, ohne auch nur einen Augenblick zu zögern. Dann schlossen wir die Tür wieder und im nächsten Augenblick brach draußen der Blizzard los. Er tobte die ganze Nacht.

*

Als wir am nächsten Morgen die Tür öffneten, um selbst hinauszugehen, lag der Schnee rings um die Hütte brusthoch und wir mussten uns Stufen in die weiße Masse graben, um sie verlassen zu können. Nachdem wir es endlich geschafft hatten, kletterten wir hinaus und schauten uns mit verwunderten Augen um.

Die gesamte Landschaft schien sich verändert zu haben, denn der Schnee hatte sich wie ein großes Leichentuch über sie gebreitet und ihre Konturen bis zur Unkenntlichkeit eingeebnet und verwischt. Unter der Last des Eises, das sich wie ein tonnenschwerer Panzer um ihre Äste gelegt hatte, waren die Bäume des Wäldchens, in dem die Blockhütte stand, zusammengeknickt, als wären sie nicht mehr als Streichhölzer, und nun lagen sie durcheinandergeworfen wie Mikadostäbchen da und bildeten eine fast undurchdringliche Barriere auf dem Pfad, den wir am Vortag vom Winterlager der Yanktonai zur Blockhütte gegangen waren. Von Waka-teh war nicht die geringste Spur zu entdecken, aber damit hatten wir auch nicht gerechnet. Mir schien es sogar zweifelhaft, dass man seine Leiche finden würde, wenn der Schnee im Frühling wieder schmolz. Die Kadaver unserer armen Pferde hingegen lagen sicherlich jetzt irgendwo unter den Schneemassen begraben. Es würde uns also nichts anderes übrigbleiben, als unseren Weg vorerst zu Fuß fortzusetzen.

„Wie weit ist es bis zu dem Winterlager, in dem dein Volk sich in Sicherheit gebracht hat?“, erkundigte ich mich bei dem Jungen, der immer noch sichtlich unter dem Eindruck der schrecklichen Ereignisse stand, denn es war nicht die Kälte, die ihn am ganzen Leibe zittern ließ.

„Im Sommer einen Tag. Jetzt zwei mit Schneeschuhen.“

„Dann geh und mach alles für die Reise bereit.“

Nachdem er im Innern der Hütte verschwunden war, wandte ich mich zu meinem Freund und Blutsbruder um, den ich in den letzten Tagen und Stunden mit ganz neuen Augen zu sehen gelernt hatte. „*Kundig, aber nicht weise* – Winnetou hatte Recht mit dem, was er über Waka-teh gesagt hat.“

Winnetou nickte beinahe unmerklich. „Er hat den Preis für seinen frevelhaften Übermut bezahlt“, sprach er dann ernst. „Er hat gefehlt, aber er ist gestorben wie ein Mann, und an den Feuern seines Stammes wird man sich an ihn ebenso wie an An-sa-na mit Ehrfurcht erinnern.“ Dann blickte er mich fragend an. „Sag, Scharlih, gibt es auch bei euch ein Wort für das, was Waka-teh zu Fall gebracht hat? In der Ursprache nennen wir es ...“ Und er gab eine Reihe von gutturalen Lauten von sich, die ich an dieser Stelle nicht wiedergeben kann, da dies mit unseren Buchstaben nicht möglich ist.

„So ein Wort gibt es“, erwiderte ich. „Auch in meiner Heimat existiert nämlich eine Art von magischer Ursprache, die nur noch wenige weise Männer beherrschen. Wir nennen diese Sprache ‚Altgriechisch‘, und in dieser Sprache gibt es ein Wort für Waka-tehs Art von Selbstüberhebung.“

„Und wie heißt dieses Wort?“, fragte Winnetou.

„Es lautet *Hybris*.“

Paul Felber

Windigo[1]

In jenem Winter waren wir, mein Blutsbruder Winnetou und ich sowie die Westmänner Sam Hawkens, Will Parker und Dick Stone – auch das Kleeblatt genannt –, Gäste bei den Blackfoot. Es lag viel Schnee in den Bergen Montanas und wir wussten, dass im Winterlager unseres Freundes Häuptling Weißer Büffel Hunger herrschte. Besonders die Frauen und ihre Kinder litten sehr darunter. Unterwegs zu den Rothäuten beschlossen wir deshalb, unser Jagdglück zu versuchen. Dank der Treffsicherheit Winnetous mit seiner Silberbüchse waren wir erfolgreich und erlegten einen Wapitihirsch.

Auf dem Weg zu ihrem Lagerplatz stießen wir auf die toten Indianer. Es waren zwei Blackfoot aus dem Familienclan von Weißer Büffel, wie wir an der zerfetzten, blutbefleckten Lederbekleidung sahen. Beiden Rothäuten fehlten die Köpfe, die Extremitäten und Teile ihrer Oberkörper! Winnetou ging in die Hocke und untersuchte die Leichenteile, während wir stumm daneben standen und fassungslos zuschauten.

Da meldete sich Sam Hawkens: „Vielleicht waren es hungrige Wölfe oder weiße Banditen. Was meint Ihr, Master Shatterhand?“

Ich wunderte mich, dass sein üblicher Spruch „wenn ich mich nicht irre …“ ausblieb.

„Keine Ahnung, Sam“, erwiderte ich ratlos.

[1] Der Autor hat Algernon Blackwoods Fabelwesen „The Wendigo“ aus dessen gleichnamiger 1910 veröffentlichten Erzählung in das Karl-May-Universum übertragen.

Als sich Winnetou wieder aufrichtete, meinte er: „Nein, meine weißen Brüder. Wer auch immer dieses Massaker angerichtet hat – es waren keine Wölfe und auch keine Bleichgesichter!“ Er schwieg einen Augenblick und fuhr dann fort: „Schaut euch diese seltsamen Spuren an, die zu den Wäldern dort drüben führen.“

Als wir gleichzeitig in die gezeigte Richtung blickten, trauten wir unseren Augen nicht. Was wir sahen, war unheimlich! Riesige, weit auseinander liegende Fußabdrücke, die weder menschlicher noch tierischer Natur sein konnten!

„Was für ein Wesen hinterlässt solche Spuren?“ Meine Frage riss Winnetou aus seinen Gedanken.

„Ich bin mir nicht sicher, Scharlih. Aber ich schätze, wir haben es hier mit einem furchtbaren Feind zu tun. Die Anishinabe und Blackfoot nennen ihn Windigo.“

„Windigo?“, fragten wir wie aus einem Munde. „Wer ist das?“

„Ein übernatürliches Wesen“, antwortete der Apatschenhäuptling. „Ein grausamer, hungriger Geist, der nach Menschenfleisch giert! Er schwebt auf den Flügeln der Nacht und jagt bei Vollmond! Kommt! Noch vor der Dämmerung müssen wir im Lager von Weißer Büffel sein. Nur dort, im Schein des Feuers, sind wir vor dem Dämon sicher.“

Er ging zu seinem Rappen, schwang sich auf dessen Rücken und ritt voran. Wir bedeckten die blutigen Überreste der Indianer mit Schnee, und als auch wir unsere Pferde bestiegen und Winnetou folgten, strich ein frostiger Wind über die weite Ebene. Ich hatte plötzlich das ungute Gefühl, dass irgendwo in diesen Wäldern dieses furchtbare Wesen lauerte und auf die Nacht wartete!

Kurz nach Sonnenuntergang erreichten wir das Camp. Als uns der Häuptling mit ausgebreiteten Armen entgegenkam und begrüßte, stiegen wir von den Pferden und überreichten ihm unsere Jagdtrophäe als Geschenk.

Er war sehr überrascht von diesem Zeichen der Freundschaft und sagte: „Weißer Büffel und sein hungerndes Volk danken

Winnetou, dem edlen Häuptling der Apatschen und den weißen Freunden und …"

Wir unterbrachen ihn und berichteten vom grausamen Tod seiner Stammesbrüder. Als wir dabei den Namen Windigo erwähnten, zuckte er zusammen.

Dann fuhr er mit leiser, fast furchtsamer Stimme fort: „Wir Blackfoot haben bereits von diesem bösen Geist der Wälder gehört."

Wenig später, inzwischen war es Nacht geworden und der Vollmond hing am Himmel, saßen wir schweigend um das lodernde Feuer. Neben mir hockten im Schneidersitz Weißer Büffel und der Medizinmann Silberner Bär, der nun aufstand. In seiner knochigen Hand hielt er eine Bärentatzenrassel und schüttelte sie. Dabei stieß er mit monotoner Singsangstimme geheimnisvolle Beschwörungen in den Nachthimmel.

Plötzlich verdunkelte ein großer Schatten den Mond. Ein Flattern, wie die Flügel eines Vogels, erfüllte die Luft.

„Windigo ist hier!", flüsterte der Medizinmann.

Unwillkürlich rückten wir alle näher ans Feuer.

„Nonsense, Indianerzauber, purer Aberglaube!", rief plötzlich Sam hinter mir. „Ich geh' mal zu meiner Mary rüber." So hieß sein treues Maultier.

Er stand mürrisch auf und entfernte sich Richtung Waldrand. Meine Warnrufe ignorierte er.

Kurz darauf vernahmen wir seine Schreie: „Er hat mich! Helft mir! Ich friere! O Gott, sein Herz – es ist aus Eis!" Und immer wieder rief er: „Windigo, Windigo …" – bis sein Echo in den Wäldern Montanas verhallte und nur noch das Flüstern des Windes in den Bäumen zu hören war.

Kai Focke

Wetten unter Gentlemen

Ein seltsamer Fremder ritt in die Stadt. Auf den ersten Blick wirkte er zwar wie ein gewöhnlicher Westmann: weder groß noch klein, weder dick noch dünn. Er trug lange Hosen, die übliche feste Weste, darüber eine kurze Jacke. Alle Kleidungsstücke bestanden aus wasserfesten Gummistoffen, sogar das Hemd, wie dessen bläulich glänzender Stehkragen verriet, der unter der Weste hervortrat. Als Kopfbedeckung hatte der Fremde einen Korkhut mit Nackentuch gewählt, wie er gerne von englischen Offizieren in Ostindien oder anderen heißen Ländern getragen wurde, und das Schuhwerk, echte Mokassins, war das Produkt indianischer Handwerkskunst. Doch bei näherem Hinsehen offenbarte sich: So gewöhnlich die Gestalt, so bizarr war das Gesicht des Fremden. Es war, man konnte es nicht anders benennen, von einer Aura ausgesprochener Dummheit umgeben. Den Ausgangspunkt bildete die Hakennase, welche von links betrachtet weiß und schnabelförmig, von rechts aus gesehen an einen prall gefüllten Fesselballon erinnerte, der farblich irgendwo zwischen rot, grün oder blau lag. Zwei nussbraune Augen schauten ungläubig umher und verstärkten den Eindruck der Beschränktheit. Eingefriedet wurde das Gesicht von einem Kehlbart, dessen feine Haare vom Hals bis über das Kinn reichten.

Erst vor wenigen Tagen hatte er sich in der Nähe des legendären Silbersees von der Gruppe um Old Firehand verabschiedet, denn sein Reiseziel war und blieb San Francisco, und er interessierte sich nicht für das Ausbeuten von Silberminen.

Humply-Bill und Gunstick-Uncle, seine beiden ursprünglich angeheuerten Scouts, hatte er allerdings an die Verlockungen des edlen Metalls verloren, und er hoffte nun hier in Fillmore einen neuen Führer zu finden.

Er stieg beim ersten Saloon von seinem Pferd, hobbelte es an und betrat den Schankraum.

„Ich suche einen Scout“, sagte er ohne weitere Begrüßung, als er an die Theke trat.

Arthur Lewis, der Barkeeper, musterte den Fremden zunächst ausgiebig. „Dafür ist Dagger-Danny der Richtige, Fremder“, meinte er dann und deutete auf einen Trapper, der an einem der Tische am anderen Ende des Saloons saß.

Der Angesprochene nickte nur dümmlich und machte sich mit weit ausholenden Schritten auf den Weg. Bei dem Mann angekommen räusperte er sich verlegen, um dann im Tonfall eines schüchternen Schuljungen zu sprechen. „Sir, ich suche einen Scout, der mich quer durch Nevada und Kalifornien bis zur Küste nach San Francisco führt. Dürfte ich hierfür Eure Dienste in Anspruch nehmen?“

Der Trapper nahm einen kräftigen Hieb aus seinem Whiskey-Becher, bevor er zu dem Fragenden aufblickte. Er trug die für Fallensteller übliche Lederkleidung mit Pelzbesatz sowie ein Paar offensichtlich ausgemusterte Armeestiefel. Auf dem Kopf thronte eine zu groß geratene Biberfellmütze, bei der es schien, als ob lediglich die abstehenden Ohren ihres Trägers deren Halt garantieren würden. Die rechte Gesichtshälfte zierte eine fingerlange, quer bis zum Mundwinkel verlaufende Messernarbe, welche dem steten Grinsen des Mannes die Freundlichkeit nahm und es durch Verschlagenheit ersetzte.

„Nevada kenne ich wie meine Westentasche, und für drei Dollar am Tag führe ich Euch überall hin“, antwortete er in fließendem Englisch mit italienischem Akzent. „Ich heiße Daniele, doch man nennt mich Dagger-Danny, da ich, nebenbei bemerkt, der beste Messerwerfer im ganzen Westen bin.“

„Euer Tagessatz ist hoch, doch für einen fähigen Scout akzeptiere ich ihn, ohne zu feilschen. Jedoch wette ich 15 Dollar, dass es hier einen besseren Messerwerfer gibt als Euch“, sprach der Fremde, dessen Stimme nun deutlich selbstsicherer klang.

„Damn! Wollt Ihr mich beleidigen?“

„Nein. Ich wette nur gern – und unter Gentlemen ist eine Wette keine Beleidigung.“

„Pshaw, ich nehme an. Wer ist der Herausforderer?“

„Ich bin es.“

Der Satz war kaum verklungen, als Danny in schallendes Gelächter ausbrach. Nachdem er sich beruhigt hatte, leerte er seinen Whiskey-Becher in einem Zug und nahm ein Kreidestück von der Anschreibetafel des Barkeepers. Danach drückte er den Becher waagrecht gegen einen der hölzernen Stützpfeiler des Saloons und zog um den Becher einen Kreis, vom Umfang her kaum größer als die Handfläche eines Kindes. Nun maß er sechs große Schritte vom Pfeiler ab und markierte die Distanz auf dem Boden.

Inzwischen hatten die übrigen Gäste, ebenfalls zumeist Trapper, beide Kontrahenten weiträumig umringt und beobachteten interessiert das sich ihnen bietende Schauspiel. Als Danny ein veritables Bowie-Messer zückte, verstummten sämtliche Gespräche. Es sei gesagt, dass bereits das Hantieren mit ausbalancierten Wurfklingen viel Geschick und noch mehr Übung erfordert. Der treffsichere Umgang mit einem Bowie – noch dazu auf diese Entfernung – muss hingegen als Kunst bezeichnet werden.

Es war mucksmäuschenstill, als Danny das Ziel fixierte, langsam ausholte und das wuchtige Messer mit aller Kraft von sich schleuderte. Sekundenbruchteile später bohrte es sich innerhalb der Kreismarkierung zwei Finger tief in den Pfeiler.

„Zounds“, grölten die Umstehenden, „und gleich beim ersten Wurf!“ Sie schlugen dem Trapper, der nun mit triumphie-

render Geste das Bowie seinem Herausforderer in die Hand drückte, anerkennend auf die Schultern.

Nachdem wieder Ruhe eingekehrt war, richteten sich alle Blicke auf den Fremden, der, ebenfalls mit einem Kreidestück bewaffnet, zum Pfeiler marschierte. Dort angekommen fischte er einen Nickel, ein Fünf-Cent-Stück, aus der Innentasche seiner Weste und drückte ihn in die Mitte des bereits vorhandenen Kreises. Mit der Kreide umrundete er die Münze, welche nur unwesentlich größer war als der Daumennagel eines Mannes. Unter den ungläubigen Blicken der Trapper begab er sich dann hinter die Markierung und ließ das Bowie – ohne erkennbares Anvisieren – mit einer ruckartigen Bewegung durch die Luft sausen. Die Ruhe war dahin.

„Devils!“, erklang es aus unzähligen Kehlen, *„Unbelievable!“* und *„All lightnings!“*, denn das Messer steckte horizontal und exakt mittig in dem winzigen Ziel. Zwei Trapper griffen den verdutzten Werfer und trugen ihn johlend auf ihren Schultern einmal durch den ganzen Saloon. Als der Fremde anschließend mit bescheidenen Worten zu einer Lokalrunde einlud, gab es kein Halten mehr. Lob und Gratulationen prasselten von allen Seiten auf ihn ein und sämtliche Gäste begannen ausgiebig zu feiern; ausgenommen Danny, der allein und unbeachtet abseits des Trubels stand. Aber auch gegenüber dem Besiegten bewies der Sieger menschliche Größe, schüttelte er ihm doch die Hand und führte ihn in die Reihen der Feiernden.

„Grämt Euch nicht. Neben dem Tagessatz werde ich Euch 25 Dollar für jedes Abenteuer zahlen, welches wir auf unserer Reise erleben werden. Was haltet Ihr davon?“

Danny wollte gerade antworten, als einer der Trapper den Fremden beiläufig nach dessen Herkunft und Namen fragte.

„Well, ich stamme aus England“, erwiderte dieser, „und mein Name ist Lord Castlepool.“

Danny war äußerst schlecht gelaunt. Gestern hatte er abermals eine Wette verloren, denn zu seinem Ärger war er dem Lord auch beim Gewehrschießen unterlegen. Zwar rentierte sich das Unternehmen trotz der verlorenen Einsätze nach wie vor, nicht zuletzt, da ihm ein erstes gemeinsames Jagdabenteuer großzügig vergolten worden war, dennoch fühlte er sich tief in seinem Stolz verletzt. Neben zahlreichen schlechten Eigenschaften war Rachsucht seine größte Charakterschwäche. Am liebsten hätte er auf der Stelle sein Salär verlangt und danach den merkwürdigen Engländer mitten in der Wildnis sich selbst überlassen.

Dies verhinderte jedoch ein durchaus vernünftiges Arrangement. Nachdem man sich nämlich in Fillmore handelseinig geworden war, hatte Castlepool erklärt, dass er auf Reisen stets nur wenig Bargeld bei sich trage und daher größere Außenstände schriftlich vermerken würde. Damals war es an Danny, dumm aus der Wäsche zu gucken, als der Lord mithilfe weniger Federstriche dessen Konterfei in einem kleinen Buch festhielt. Unter dem Portrait des Trappers wurde fortan der Tageslohn nebst Gratifikationen für Abenteuer notiert. Sollte sein Auftraggeber auf dem Ritt das Zeitliche segnen, konnte – so erklärte der Lord – besagtes Buch bei einem Bankier namens Gabriel Raymond in San Francisco zur Auszahlung vorgelegt werden.

Ob dieses Umstands schmiedete Danny allabendlich, nachdem das Lagerfeuer gelöscht war und die Reisenden sich in ihre Decken gerollt hatten, an einem Plan. Es galt, seinen verletzten Stolz zu rächen, wobei ihm das Buch eine wahrlich diabolische Inspiration bescherte …

Von den ersten Sonnenstrahlen geweckt, hatte das ungleiche Paar nach einem kurzen, aber kräftigen Frühstück, bestehend aus getrocknetem Fleisch und Dörrobst, den Weg durch Nevada fortgesetzt.

Castlepool wirkte gelangweilt. In immer kürzer werdenden Abständen zog er sein Fernrohr heraus, welches in einer quer am Sattel hängenden, röhrenförmigen Blechkapsel verstaut war, um damit den Horizont nach sich vermeintlich anbahnenden Abenteuern abzusuchen.

Danny sah seine Chance – und ergriff sie. „Lord Castlepool, ich habe Euch auf unserer Reise als einen überaus ehrenwerten Gentleman kennen und schätzen gelernt.“

Der Angesprochene steckte das Fernrohr zurück an seinen Platz und schaute den Trapper mit erzdummer Miene fragend an.

Danny lenkte seinen Apfelschimmel näher an den Braunen des Lords heran und begann zu erzählen: „Vor vier oder fünf Jahren habe ich mit einem uralten Waldläufer die eine oder andere Flasche Bourbon geleert. Jener Waldläufer sah seine Zeit gekommen und wollte mir, bevor er in die Ewigen Jagdgründe aufbrach, ein Geheimnis anvertrauen, welches ich jetzt mit Euch teilen werde. Etwa einen halben Tagesritt von hier liegt ein abgeschiedener Canyon: ein von waldigen Berghügeln eingeschlossenes Tal. An dessen westlicher Seite, dort wo die Wände am steilsten sind, befindet sich der Eingang zu einer riesigen Kaverne, die *Grotte der Häuptlinge* genannt wird. Es ist ein heiliger Ort, in dem Generationen von Anführern eines ausgestorbenen und längst vergessenen Indianerstammes beigesetzt wurden. Die Grotte zu erkunden und vielleicht die eine oder andere wertvolle Grabbeigabe zu finden, wäre ein Abenteuer, welches ich gerne mit Euch wagen würde.“

Castlepool zeigte seine Begeisterung britisch unterkühlt. „*Well,* das ist ein Abenteuer nach meinem Geschmack! Aber sagt, seid Ihr selbst nie dort gewesen?“

„Nein. Der Grotteneingang soll etwa auf halber Höhe eines Steilhangs liegen, sodass man sich, um diesen zu erreichen, gut 50 Schritt abseilen muss. Ohne ein zweites Paar Hände zur Sicherung wäre das Unterfangen lebensgefährlich. Zudem könnte ein Mann allein die Schätze nicht bergen, da das Tal keinen natürlichen Zugang besitzt und daher ein Herunterlassen unsinnig wäre. Einer muss die Beutestücke am Seil befestigen, ein anderer diese dann nach oben ziehen."

Am späten Nachmittag erreichten die Reiter aus südöstlicher Richtung den namenlosen, von Strauchwerk und einzelnen Baumgruppen umsäumten Canyon. Der annähernd runde Talkessel durchmaß etwa eine halbe englische Meile und fiel an einigen Stellen bis zu 200 Schritt tief ab. Zwar bot sich ein herrliches Panorama, doch blieb es unbeachtet. Der Lord drängte nämlich abenteuerbegierig darauf, ein Lager aufzuschlagen, um so schnell wie möglich zu der im Westen befindlichen Steilwand zu gelangen.

Das felsige Gelände entpuppte sich rasch als unwegsam, weshalb die Abenteurer ihre Pferde am Lagerplatz zurückließen und nur die zum Abstieg sowie zur Erkundung notwendige Ausrüstung mitnahmen. Ziel des Marsches war ein Bergkamm, von welchem man fast kerzengerade ins Tal hinabschauen konnte. Nur hier und da hatte einfaches, aber zähes Gebüsch den nackten Stein durchsetzt und fristete dort ein karges Dasein.

Über den Abhang gebeugt, deutete Danny auf eine dunkle Stelle, wo er den Eingang zur Grotte vermutete. Selbstverständlich bestand Castlepool darauf, sich als Erster abzuseilen, natürlich nicht, ohne zuvor die für das Abenteuer ausgelobten 25 Dollar in seinem Buch zu notieren. Der Trapper befestigte derweil das Seil an einem größeren Felsbrocken, wobei er darauf achtete, dass es nicht über scharfkantige Steine schleifte. Danach legte er es dem Lord um den Körper und erklärte ihm, wie das Seil zu führen war.

Castlepool ließ sowohl den Korkhut als auch den Revolvergürtel zurück, da ihm beides kaum nützen, ihn jedoch erheblich behindern würde. Danny war verwundert, dass der Engländer keinerlei Höhenangst zeigte. Kaltblütig begab er sich rücklings über den Abhang und bewegte sich entschlossen, wenn auch vorsichtig, auf das angezeigte Ziel zu. Als er es erreicht hatte, war allerdings die Enttäuschung groß: Die dunkle Stelle rührte lediglich vom Schattenwurf eines Felsvorsprungs her, und auch anderenorts war kein Eingang zu irgendeiner Grotte auszumachen.

„Hier ist nichts! Ihr scheint Euch geirrt zu haben", rief Castlepool nach oben.

Da erschien Dannys hämisch grinsendes Gesicht über dem Abhang. „Mein geschätzter Lord: Ihr seid es, der sich geirrt hat! Unser Ausflug hierher ist kein Abenteuer – sondern eine Wette. Ich wette nämlich, dass wir uns nach dem heutigen Tage nicht wiedersehen werden." Daraufhin ließ Danny sein Bowie-Messer im Sonnenschein blitzen.

„Well, that's shocking", entfuhr es dem am Seil Hängenden. Dann fuhr er mit äußerst beherrschter Stimme fort: „Zuvorderst dürft Ihr Euch als entlassen betrachten, da ich keinesfalls einen derartigen Vertrauensbruch tolerieren werde. Ebenso fordere ich Euch höflichst auf, mich wieder nach oben zu befördern!"

Es ergoss sich ein Schwall boshaften Gelächters über den Lord, der nochmals zum Sprechen ansetzte.

„Nun denn, so bleibt mir lediglich, die Wette anzunehmen und den noch ausstehenden Einsatz festzulegen: mein oder Euer Leben!"

„Akzeptiert", lachte Danny – jedoch verging ihm das Lachen schlagartig: Das Antlitz des Lords hatte mit einem Mal wahrlich dämonische Züge angenommen und Danny war vor Schreck wie gelähmt. Selbst als er sah, wie Castlepool blitzartig einen Remington Double-Deringer unter der Weste hervorzog, war er zu keiner Reaktion fähig. Erst ein Schuss aus der kurzläufigen Taschenpistole, deren Kugel eine Handbreit an seinem linken Ohr vorbeipfiff, holte ihn in die Realität zurück.

Ohne nachzudenken schnitt er in das Seil. Dabei erhaschte er einen Blick auf den Lord, welcher zum zweiten Mal den Hahn seiner Waffe zog und abdrückte. Danny spürte einen heißen

Schmerz. Benommen nahm er noch wahr, wie das Seil riss und Castlepool in die Tiefe stürzte. Dann verlor er das Bewusstsein.

Danny erwachte in völliger Dunkelheit. Erst als er sich auf den Rücken drehte, erblickte er die Lichter des Sternenhimmels.

„Ich lebe noch", ging es ihm durch den schmerzenden Kopf, während seine Hände eine inzwischen verkrustete Stirnwunde ertasteten. Der zweite Schuss musste ihn gestreift haben. „*Damn!*", dachte Danny. „Dieser englische Teufel!"

Er selbst trug einen Double-Deringer im Stiefelschaft und galt – zu Recht – als exzellenter Pistolenschütze. Dennoch würde er mit seinem Remington auf über 30 Schritt Entfernung nicht einmal einen grasenden Bison treffen.

„Was bin ich nur für ein Idiot! Anstatt mich nach hinten fallenzulassen und dort das Seil zu kappen, habe ich meine Rübe in die Schusslinie gehalten!"

Da in der Dunkelheit der Rückweg zum Lager zu gefährlich war, hüllte sich der Trapper in seinen Reitermantel und verbrachte den Rest der Nacht im Schutz einer Steinkuhle.

Der nächste Morgen war trüb und unwirtlich, genauso wie es die Albträume waren, an die Danny sich nur bruchstückhaft erinnerte. Nachdem er sich aufgerappelt hatte, kramte er das Fernrohr seines ehemaligen Arbeitgebers hervor. Über den Abhang gelehnt versuchte er, Castlepools Leiche im Talkessel auszumachen. Der Erfolg blieb jedoch aus, da die Talsohle dicht mit Sträuchern bewachsen war, welche den toten Körper offenbar verdeckten. Danny gab die Suche bereits nach wenigen Minuten auf, verstaute das Fernrohr und sammelte auch die übrige Ausrüstung ein. Er sortierte alles Wertlose aus, nahm den Rest an sich und marschierte langsam zum Lager zurück.

Er baute es ab und schleppte sich einige Meilen weit in ein Seitental, wo er im Felsen eine kleine Nische fand, in die er sich verkroch. Dort kämpfte er, dem Tod deutlich näher als dem Leben, tagelang gegen die Auswirkungen seiner Schussverletzung an. Erst nach zahlreichen Fieberschüben, die er nur im Delirium erlebte, war der Wundbrand endlich abgeklungen.

Wieder halbwegs auf den Beinen, verkaufte er in der nächsterreichbaren Siedlung Castlepools Pferd sowie dessen übrige Besitztümer. Das Buch des Lords gab er in Reno in die Hände eines zwielichtigen Kalligrafen, welcher die dort vermerkten Beträge dahingehend ergänzte, dass sie Danny für mehrere Jahre ein luxuriöses Leben ermöglichen würden.

Viele Wochen später ...

Es war ein noch recht warmer, ja fast schwüler herbstlicher Tag, an dem die Vermutung, jemand habe eine riesige Käseglocke über San Francisco gestülpt, äußerst glaubwürdig klang. Die Taschenuhr zeigte High Noon, die Mittagsstunde, als Danny mit am Leib klebenden Kleidern die zum Hafen führende Market Street entlangritt.

Der Trapper musste grinsen: Sein Plan war vollends aufgegangen! Niemand würde zufällig über den Toten – oder was zwischenzeitlich noch von ihm übrig war – stolpern, und falls doch, war die Geschichte vom übermütigen Lord mehr als überzeugend. Zudem hatte er sich seine Rache mit einigen Dollars aus dem Verkauf von Pferd und Sattel versüßt, denen heute noch ein hübscher Batzen folgen sollte.

Er lenkte seinen Apfelschimmel in die Montgomery Street, bis er ein massiges, zweistöckiges Backsteinhaus erreicht hatte. *G. Raymond & Comp.* war auf dem akkurat geputzten Messingschild neben der Eingangstür zu lesen. Danny wischte sich mit dem Hemdsärmel den Schweiß von der Stirn, stieg vom Pferd und betrat das Gebäude.

Am Empfang wurde er direkt an das Sekretariat des Geschäftsführers verwiesen, wo man ihn erneut nach seinem Begehr fragte. Der Sekretär, ein junger rothaariger Mann, staunte nicht schlecht, als der Trapper ihm Castlepools Buch übergab.

Er wurde höflich gebeten, Platz zu nehmen, da man bei Auszahlungen in dieser Höhe Mister Raymond konsultieren müsse. Der Sekretär enteilte und überließ Danny dem stickigen Büro. Dieser schaute sich derweil nach etwas Trinkbarem um, denn die Zunge klebte ihm inzwischen wie angeleimt am Gaumen. Auf dem Schreibtisch stand eine Wasserkaraffe, doch bevor er sich bedienen konnte, sah er den Rotschopf zurückkehren, gefolgt von einem akkurat gekleideten Herrn undefinierbaren Alters.

Lächelnd machte sich Danny auf, den Bankier zu begrüßen und ihm die tragische Geschichte vom Tod des Lords zu erzählen. Doch als der Herr nähertrat, erstarrte Danny – und der Raum begann sich zu drehen. Seine Knie gaben nach und er stürzte zu Boden. Beide Männer beugten sich über ihn. Dann verschwamm die Welt um ihn herum, ausgenommen das Gesicht des Bankiers, welches er erst jetzt klar und deutlich erkennen konnte. Es wurde von einem Kehlbart umrahmt, und über eine äußerst unförmige Nase hinweg starrten ihn zwei nussbraune Augen dümmlich an.

Danny stockte der Atem und absolute Schwärze umfing ihn.

„Exitus“, diagnostizierte Bruder Jakob mit brüchiger Stimme und schloss dem Toten die Augen. Zusammen mit dem Sekretär kniete er neben der Leiche des Trappers.

„Bevor ich dem Weltlichen entsagte, habe ich über zwei Jahrzehnte als Arzt praktiziert. Möglicherweise“, kam der betagte Geistliche einer Frage zuvor, „hat ihn ein nicht vollständig kuriertes Wundfieber von uns genommen.“ Er deutete auf die schlecht verheilte, in unnatürlichem Grün glänzende Stirnnarbe des Leichnams. „Eventuell war es aber auch die drückend-heiße Luft. Vielleicht in Kombination mit zu wenig Flüssigkeit? Oder zu viel vom teuflischen Alkohol?“

Der junge Mann, der nach dem Zusammenbruch des Trappers den deutschstämmigen Kleriker aus dem nahegelegenen Missionshaus zu Hilfe geholt hatte, war noch immer völlig verwirrt. „Es ging alles so verdammt schnell: Erst stand er, dann lag er. Und immer wieder murmelte er dieses unzusammenhängende Zeug: *Hätte nicht herkommen dürfen!* und *Die Wette! Habe die Wette verloren!*"

„Fluche nicht, mein Sohn! Letzten Endes ist es nicht an uns Sterblichen, den Tod zu verstehen."

Bruder Jakob befühlte den Hals des Verblichenen und förderte eine Kette mit Kreuz-Anhänger zu Tage. „Ein Christ", stellte er befriedigt fest. „Mein Orden ist arm, doch werden wir ihm eine anonyme Grablege auf unserem Friedhof gewähren."

„Habt Dank! Zwar ist Mister Raymond – unser Geschäftsführer – nicht zugegen, doch bin ich mir sicher, dass sich die Bank an den Kosten der Beisetzung beteiligen wird."

„Auch ich sehe es als meine Christenpflicht an, meinen Teil dazu beizutragen", meinte da der gutgekleidete Gentleman, der sich bislang im Hintergrund gehalten hatte. „Ich werde den Grabstein stiften. Der arme Mensch hat mich wohl für den Bankier gehalten, weil er auf mich zugegangen ist. Dabei bin ich doch nur ein einfacher Kunde dieses Bankhauses. Ich habe mich noch nicht vorgestellt: Mein Name ist Castlepool – Lord Castlepool."

Tanja Kinkel

Lehrmeister

„Kojote“, sagte das kleine Mädchen zu ihm, „wir müssen Kojote finden, und er wird uns Feuer bringen.“

Zuerst war er nicht sicher, ob er sie richtig verstanden hatte. In den letzten Jahren hatte er sich bemüht, die Sprachen der Indianerstämme zu lernen, in deren Gebiet er zog, aber es war nicht leicht; es gab keine Lehrbücher und keine Verwandtschaft mit irgendeiner europäischen Sprache, die er beherrschte. Ein Kojote war ein Wüstenhund, oder etwa nicht?

„Meine Schwester hat zu viel Vertrauen in Kojoten“, sagte der Junge neben ihr, der nur wenige Jahre älter sein konnte, und starrte ihn misstrauisch an. „In Kojoten jeder Art.“

So, wie er das Wort betonte, klang es wie eine Beleidigung, doch das Mädchen hatte es anders gesagt, wie einen Namen.

Siebers wünschte, er könnte langsam aufhören, immer wieder wie ein Lehrer zu denken.

Er war nach Amerika gegangen, um vor dem Ergebnis seiner Lehren zu fliehen. Sein Glaube daran, ein guter Lehrer zu sein und so den Verstand seiner Schüler von all der Unterdrückung freier Geisteshaltung befreien zu können, dem alten Aberglauben und der Untertanengesinnung: All das war mit der missglückten Revolution von 1848 zerstört worden. Am Ende waren seine Schüler, die seinen Worten gefolgt waren, tot in der Gosse gelegen, erschossen von preußischen Soldaten, ihren eigenen Brüdern aus dem Volk, und wofür? In allen deutschen Kleinstaaten saßen die Fürsten nun sogar noch fester auf ihrem Thron, und ein geeintes Deutschland gab es immer noch nicht. Das ins Leben gerufene Parlament in der Paulskirche, die erste Verfassung für ein freies Deutschland, die eine Vereinigung bewirken sollte: zerstoben, verloren. Alles umsonst.

Ein besserer Mann, dachte Siebers, hätte sich verhaften, gar für seine Träume und seine Verantwortung am Blutbad erschießen lassen. Aber da war die demütigende, kreatürliche Angst vor dem Tod, die ihn überwältigt hatte. Er war geflohen. Geflohen bis in dieses Land, wo ihn die Menschen nicht mehr an sein Versagen und seine Schuld erinnerten, wo er neue Aufgaben finden wollte. Sehr erfolgreich war er bisher damit nicht gewesen. Harte körperliche Arbeit war ihm nicht nur fremd, sie wurde gewöhnlich auch eher Menschen angeboten, die nicht bucklig und schmächtig wie Siebers waren. Stellen als Hauslehrer brachten nicht nur böse Erinnerungen an Verantwortung gegenüber der Jugend mit sich, sie setzten auch ein besseres Englisch voraus, welches er noch nicht besaß. Hier im Westen war man weniger anspruchsvoll, hieß es; daher hatte er seinen Weg hierher gefunden.

Die beiden Indianerkinder starrten ihn an, der Junge misstrauisch, das Mädchen neugierig. Er schätzte sie auf sieben, ihn auf höchstens neun oder zehn Jahre. Zuerst hatte er sie für eine Halluzination gehalten, denn er irrte schon zwei Tage lang durch die Prärie, nachdem man ihn ohne ein Reittier zurückgelassen hatte. „Ein Buckliger, der bringt Unglück, ich hab's schon immer gesagt", hatte der Anführer des Trecks gemurrt, mit dem er unterwegs gewesen war. Siebers konnte nicht widerstehen: ein weiteres Mal beging er den Fehler, zu reden, anstatt zu schweigen, obwohl er nicht sicher war, ob der Mann den Sinn seiner Aussage überhaupt verstand, als er entgegnete: „Wer über einen verkümmerten Körper spottet, offenbart seine verkümmerte Seele; Ihr tut mir leid, Mesch'schurs." Als die Ersten im Treck erkrankten, als Siebers anfing, auch zu husten, da war es das Ende der Reise für ihn gewesen.

Dabei hatte er nichts Schlimmeres als eine leichte Erkältung. Doch nach zwei Tagen mit nur einem winzigen Wasserschlauch und keiner Nahrung mochte sich das geändert haben. Vielleicht waren die Kinder, die er sah, auch nicht real, sondern ein Beweis dafür, dass ihn sein Verstand bereits im Stich ließ. Warum sollten zwei Indianerkinder allein mitten in der Prärie vor ihm auftauchen? Wenn sich ein Indianerlager in der Nähe befände, hätte er gewiss schon früher Rauch gesehen, gerochen oder Geräusche gehört.

„Woher soll denn ein Hund Feuer haben?", fragte Siebers schließlich oder versuchte, es zu fragen, sich mühsam die richtigen Worte zusammensuchend wie ein Huhn sein Korn. Seine Stimme klang krächzend, nicht nur aus Unsicherheit, ob er überhaupt die Sätze richtig verstanden hatte, sondern weil er seit Stunden kein Wasser mehr hatte.

„Kein Hund", berichtigte das Mädchen ihn. „Kojote. Kojote ist gut, und Kojote ist böse. Er hat Macht auf beide Art und Weise, auf die gute und auf die böse. Aber er hat den Menschen das Feuer gebracht, hat es gestohlen für sie. Und die Sonne geht bald unter, und da wird es kalt, sehr kalt."

Prometheus, dachte Siebers fasziniert, das ist die Geschichte von Prometheus. Der Teil von ihm, der an einer deutschen Universität gelehrt hatte, fragte sich, wie das nur sein konnte. Selbst, wenn die kleine Indianerin mit Missionaren in Berührung gekommen sein sollte, was mehr als unwahrscheinlich war, so hatten diese doch gewiss keinen Anlass gehabt, den Indianern griechische Mythen zu erzählen.

„Vor allem ist Kojote ein Feigling", ergänzte der Junge. Das Misstrauen in seinem Blick war nicht verschwunden.

„Ich bin kein Kojote, wer auch immer er ist", sagte Siebers. „Aber ein Feuer kann ich trotzdem machen, solange die Sonne noch am Himmel steht."

„Wie will das Bleichgesicht das tun? Hat es einen Feuerstein? Wir haben keinen."

Er nahm die Brille ab, eines der wenigen Überbleibsel seiner Existenz als etwas anderes denn ein abgerissenes Wrack. Die

Linsen seiner Brille waren einst in Leipzig geschliffen worden. „Hiermit!"

Ein Feuer war bitter nötig. Die Nächte waren seit einer Woche immer kälter geworden. Eigentlich war er schon fast so weit gewesen, dass es ihm gleich war, ob ihm eine Grippe, das Verdursten oder der Hungertod den Garaus machte. Aber da waren nun diese Kinder, die am Ende doch keine Wahnbilder waren, sondern Wirklichkeit. Er konnte keine Kinder sich selbst überlassen, der Nacht und ihren Gefahren, auch wenn er sich nicht vorstellen konnte, was sie hier allein hatte auftauchen lassen.

In weiter Entfernung, so weit, dass er selbst bei guter Verfassung in einer Postkutsche mit sechs Pferden zwei, drei Tage gebraucht hätte, um zu ihren Ausläufern zu gelangen, konnte er hohe Berge ausmachen. Hier dagegen gab es nur Steppe, aber gelegentlich größere Felsblöcke, die den Tag über Hitze in sich einsogen.

Neben einem solchen, der noch Wärme abgab, setzte sich Siebers, nachdem die Kinder und er so viel wie verfügbar abgestorbenes Gras, verholzte Wurzeln und kleine Ästchen von Gestrüpp rund um den Felsblock gesammelt hatten, von denen aber keiner dicker als sein kleiner Finger war. Der Junge hatte sogar ein verlassenes Vogelnest gefunden, mit Tierhaaren ausgefüttert, was bestimmt am ehesten zum Glimmen zu bringen war, und er formte bereits aus Kieseln einen Kreis für eine Feuerstelle.

Siebers schätzte den Winkel der abendlichen Sonne ein, hoffte, dass sein Gefühl, das Richtige zu tun, ihn nicht ganz verlassen hatte, und befahl seinen Händen, nicht zu zittern, während er das stark geschliffene Glas in einem gefühlt richtigen Abstand über das Bündel aus geschmeidigen Grashalmen und dem Flaum aus Tierhaaren brachte. Die Kinder hielten den Atem an, auch der Junge.

„Wie lauten die Namen meiner jungen Freunde?", fragte Siebers, um sie abzulenken.

Das Mädchen öffnete den Mund, wie um einen Namen zu nennen, warf einen Blick auf ihren Bruder, der sie warnend anschaute, und besann sich offensichtlich eines Besseren. Mit einem spitzbübischen Lächeln sagte sie stattdessen: „Wir sind die gefleckten Zwillinge."

Die Mischung aus Grashalmen und Haaren unter Siebers' Brille fing an leicht zu rauchen. Erleichtert atmete er auf und überließ auch sofort dem Jungen das zu glimmen beginnende Vogelnest, als der ihm dies, ohne etwas dazu zu sagen, einfach aus der Hand nahm und zu blasen anfing. Er verzichtete sogar darauf, zu erwidern, dass die beiden ganz gewiss nicht gleich alt sein konnten.

„Warum gefleckt?", fragte er stattdessen.

„Oh, unserer Mutter ist Furchtbares geschehen, als sie uns im Leib trug", entgegnete das Mädchen gerade so ernsthaft, dass es für jemanden, der wie Siebers sein Leben lang mit jungen Leuten zu tun gehabt hatte, offensichtlich war, dass er angelogen wurde, um zu überprüfen, wie leichtgläubig er war. „Ein böser Mann kam und schnitt uns aus ihrem Leib. Meinen Bruder ließ er in der Asche unserer Feuerstelle. Mich brachte er zu einer Quelle und wollte mich dort ertränken. Mein Vater kehrte in das Pueblo zurück, fand die Mutter und bestattete sie vor den Höhlen der Alten auf einem hohen Stelzengerüst, damit die Vögel sie schneller zu Manitou bringen konnten, doch als er zurückkam, da fand er meinen Bruder, den die warme Asche am Leben gehalten hatte."

Der Junge lächelte zum ersten Mal, seit Siebers den Kindern begegnet war, und wirkte dadurch jünger. „Meine Schwester wurde vom Wasser getragen und genährt, aber ihre Haare und Nägel wuchsen, und sie war drauf und dran, sich in einen Frosch zu verwandeln. Ihr Körper war schon voller Flecken. Doch ich hörte ihre Stimme und sie die meine. So fanden wir einander."

Es musste sich wohl um ein Märchen handeln, das die Geschwister gehört hatten und jetzt nacherzählten, obwohl er nicht wirklich sicher war, auch alles richtig verstanden zu haben. Jacob Grimm, dem Siebers begegnet war, als in Deutschland noch alles nach Reformen schrie, wäre begeistert gewesen.

„Dann haben wir unsere Mutter gerettet“, fiel das Mädchen ein. „Wir baten unseren Vater, uns zu zeigen, wo er sie aufgebahrt hatte. Ich stand am Kopf meiner Mutter und mein Bruder zu ihren Füßen. Wir haben Pfeile in die Luft geschossen und riefen: ‚Mutter, Mutter, die Pfeile fallen gleich auf dich, du musst fliehen!‘ Und sie erhob sich, stieg von dem Beerdigungsgerüst herab und war lebendig und rannte mit uns zurück, bis zum Pueblo heim.“

Das bisschen Rauch, das ihr kümmerlich kleines Lagerfeuer hervorbrachte, ließ Siebers husten. Seine ohnehin entzündete Kehle brannte, und ihm stiegen Tränen in die Augen, die er nicht mehr unterdrücken konnte. Er dachte an die Familie seines Lieblingsschülers, die er erst auf seiner Flucht kennengelernt hatte. Sie hatten ihn aufgenommen, ohne zu wissen, wen sie beherbergten, ohne zu wissen, dass der Junge tot war, weil dieser an ihn geglaubt hatte. Tot, und Siebers am Leben.

Die Toten zurückbringen: Wenn es nur möglich wäre. Er würde alles dafür geben.

Erst, als er die Hand des Mädchens zögernd auf seinem Gesicht spürte, wurde ihm bewusst, dass er immer noch weinte.

„Es war nur eine Geschichte“, flüsterte das Mädchen.

„Das Bleichgesicht weint nicht um unsere Mutter“, protestierte der Junge, doch auch er klang verstört. „Kein Bleichgesicht kümmern die Toten eines anderen Volkes.“

Siebers nahm sich zusammen und setzte sich auf, obwohl er nicht verhindern konnte, dass ihm weitere Tränen über sein Gesicht liefen. Wann hatte ihn das letzte Mal jemand in freundlicher Absicht berührt? Es musste Jahre her sein. „Das ist nicht wahr“, sagte er.

Alle Menschen werden Brüder, wo dein sanfter Flügel weilt, hörte er sich in seiner Erinnerung Schiller zitieren und die

Jungen „Freiheit!“ rufen. Alle Menschen: Was hatte er damals schon von der Menschheit gewusst? Er hatte noch nicht einmal einen Franzosen gekannt, ganz zu schweigen von den Bewohnern eines anderen Kontinents.

„Ich wünschte, es wäre möglich“, sagte er schließlich laut. „Dass ihr eure Mutter zum Leben erwecken konntet. Ich wünschte, ihr könntet es mich lehren. Aber da es nicht möglich ist, will ich mein Bestes tun, um den Kindern eurer Mutter zu helfen, die Nacht zu überstehen. Morgen wollen wir versuchen, den Weg zu eurem Pueblo zu finden.“

Mittlerweile war die Sonne fast untergegangen. Ihre rötlichen Strahlen ließen das Gesicht des Jungen dunkler wirken, während er Siebers betrachtete. Schließlich sagte er und klang nicht länger misstrauisch, sondern nur sachlich: „*Wir* werden dem Bleichgesicht helfen, die Nacht zu überstehen. Wir werden dich mit uns zu unserem Pueblo nehmen. Du sprichst mit Winnetou, dem Sohn Intschu tschunas, und seiner Schwester Nscho-tschi. Wie lautet der Name des weißen Mannes?“

Er wollte ihn nennen, doch wie das Mädchen vor ihm hielt er inne. Siebers war ein schlechter Lehrer gewesen, der seine Schüler im Stich gelassen hatte, als die Soldaten die meisten kaum bewaffneten Idealisten bereits getötet hatten. Wenn er wirklich ein anderer Mensch werden wollte, ehe er starb, dann konnte er es nicht als Siebers tun. Andererseits wollte er die Kinder auch nicht anlügen und einen falschen Namen nennen.

„Ich habe keinen Namen mehr“, sagte er daher leise und hustete erneut. „Ich muss mir erst wieder einen verdienen.“

Zu seiner Überraschung akzeptierten sie das ohne Weiteres. Der Junge sagte, dass die jungen Krieger seines Stammes auch allein in die Prärie gingen, um sich ihre wahren Namen zu suchen. „Du bist recht alt dafür“, fügte er mit einem Unterton von Neugier dazu.

„Es ist nie zu spät, um nach der Wahrheit zu suchen“, entgegnete Siebers unwillkürlich und stellte fest, dass er tatsächlich glaubte, was er da sagte. Warum auch immer ihn das Schicksal mit diesen Kindern zusammengeführt hatte, es schien, als gäbe es für ihn noch etwas zu erkennen.

„Vielleicht solltest du dann Suchender heißen", sagte das Mädchen. „Wir haben auch etwas gesucht. Deswegen haben wir das Pueblo verlassen."

Sie hatten, so stellte sich heraus, in einer Nacht denselben Traum gehabt, der sie in die Steppe rief, um dort die Rettung ihres Volkes zu finden. Das wenigstens erzählten sie Siebers, der nicht wusste, ob sie dabei von einem weiteren Märchen inspiriert worden waren. Eines jedoch war klar: Sie waren beide gut genährt, und die Kleidung, die sie trugen, war nicht abgerissen, sondern bestand aus fein gegerbtem und gut genähtem Leder. Kinder armer Nomadenindianer sahen anders aus; ihr Vater musste ein bedeutender Krieger bei seinem Stamm sein.

Als es dunkel genug war, um die Sterne auszumachen, versuchte Siebers, Konstellationen zu identifizieren, die er kannte. Sie liebten offenbar Märchen, also erzählte er ihnen, was ihm an Mythen zum Großen Bären einfiel, nur um energisch belehrt zu werden, das sei alles ganz anders gewesen.

„Es war ein Mädchen, das mit anderen Kindern spielte und vorgab, ein Bär zu sein. Aber dann wurde sie wirklich zu einem Bären und tötete mehr und mehr vom Volk. Kein Jäger konnte sie erlegen, bis Kojote kam. Er wusste, was sie getan hatte, um ein Bär zu werden. Sie hatte ihr Herz herausgenommen. Nur so geht es. Also fand er ihr Herz da, wo sie es versteckt hatte, weil ihm eine Maus verraten hatte, wo es war. Und er schnitt es in Stücke. Es ist in Stückchen da oben am Himmel: das zerteilte Herz des Bärenmädchens!"

„Ich glaube", sagte Siebers und schaute zu den Sternen empor, „dass es sehr leicht ist, zu einem Ungeheuer zu werden, das anderen den Tod bringt. Aber sehr, sehr schwer, wieder ein Mensch zu werden und Leben zu bringen. Hat Kojote deshalb nicht versucht, den Bären wieder zu einem Menschen zu wandeln?"

„Er ist Kojote und ein Feigling“, gab der Junge entschieden zurück. „Sonst hätte er mit dem Bärenmädchen gekämpft, statt das Herz zu zerschneiden.“

„Er war listig und klug!“, protestierte seine Schwester. „Aber – dass er dem Mädchen hätte helfen können, wieder zum Menschen zu werden, hätte er ihr das Herz zurückgegeben, daran habe ich gar nicht gedacht!“

Siebers seufzte. „Niemand denkt an den schwierigeren Weg, wenn es einen leichteren gibt.“

Im schwachen Schein des Feuers sah er, wie der Junge die Stirn runzelte und in die Flammen starrte, als denke er über Siebers' Worte nach. Ein altes, sehr vertrautes Gefühl erwachte in Siebers: Einen jungen Geist zu berühren, ihn dazu zu bringen, zu hinterfragen, was die Welt ihn lehrte – das war es gewesen, was seinem Leben einst Sinn gegeben hatte.

Konnte, sollte er es noch einmal wagen? Noch einmal Lehrer werden, diesmal mit besseren Lehren?

In der Ferne hörte er Tiergeheul. „Kojoten, es mögen auch einige wilde Hunde dabei sein“, sagte der Junge sachlich, und es war klar, dass er von keinen Märchenfiguren sprach.

„Sind sie gefährlich?“

„Kojote ist gut und böse“, sagte das Mädchen überrascht. „Das habe ich doch schon erzählt. Vielleicht tötet er uns heute Nacht, und vielleicht bringt er uns neues Feuer. Wir brauchen bald welches.“

Es stimmte; das zusammengetragene Material war dabei, demnächst zur Gänze zu Asche zu zerfallen, und in der näheren Umgebung gab es nichts mehr.

Siebers dachte an die Westmänner, die den Treck beschützen sollten, mit dem er gereist war. Sie waren bis an die Zähne bewaffnet gewesen, doch so oft, wie sie betrunken waren, hatte er sich durch ihre Anwesenheit eher gefährdet als beschützt gefühlt. Dennoch: Gerade jetzt wäre er dankbar für eine Waffe gewesen und für die Anwesenheit eines Mannes, der sie gebrauchen konnte. Selbst, wenn dieser Mann sich über ihn und seinen Buckel lustig machte, wie es die Männer auf dem Treck nahezu täglich getan hatten.

Das Heulen klang um einiges näher. Manchmal glaubte er gleich mehrere glühende Augenpaare zu sehen. Es musste sich nicht nur um ein oder zwei Tiere, sondern um ein ganzes Rudel handeln, da war er sicher. Er wünschte sich, er hätte wenigstens einen starken Ast als Fackel, der Raubtiere abhalten würde. In der letzten Nacht war es ihm noch völlig gleich gewesen, ob sie ihn anfielen; in der letzten Nacht war aber keines der Tiere nähergekommen, die er gehört hatte. Vielleicht hatten sie die Krankheit in ihm gerochen. Aber jetzt waren zwei gesunde Kinder hier. Die Vorstellung, Hunde, Wölfe, Kojoten oder eine Gruppe solcher Tiere würden über seine Schützlinge herfallen, verursachte ihm Übelkeit.

„Winnetou hat ein Messer", sagte der Junge, als könne er Siebers' Gedanken lesen. „Er wird seine Schwester und das Bleichgesicht beschützen."

Fliehen Sie, Professor, hörte Siebers seinen Studenten rufen. *Fliehen Sie! Ich werde die anderen beschützen!*

Er hätte die Jungen nie im Stich lassen dürfen.

„Gib mir das Messer", sagte Siebers.

Der Junge protestierte, doch er war noch jung genug, um der Anweisung eines Erwachsenen, den er nicht als Feind einstufte, schließlich Folge zu leisten.

„Bleib hier mit deiner Schwester", ordnete Siebers an. „Ich werde versuchen, das Rudel von euch fortzulocken."

„Wir sind leichtere Beute, ohne Waffen", sagte Winnetou, und das Misstrauen kehrte in seine Stimme zurück. „Will das Bleichgesicht fliehen und uns den Tieren überlassen?"

Es schnürte Siebers fast die Kehle zu, dass er sich nicht zu Unrecht verdächtigt fühlen konnte, denn in der Vergangenheit hatte er genau auf diese Weise seine Schüler im Stich gelassen, nachdem er sie erst in Gefahr gebracht hatte. Damals war er schuldig im Sinn dieser Worte geworden.

„Es gibt eine Möglichkeit, um sicherzustellen, dass die Tiere mir folgen und nicht euch“, sagte er heiser, nahm das Messer, holte tief Luft und ritzte sich den linken Vorderarm auf. Er durfte nicht schnell sterben, also achtete er darauf, keine Hauptarterie zu verletzen, aber das Blut sollte fließen. Die Tiere mussten es riechen, würden es riechen. Er warf Winnetou das Messer zu und rannte los, lief in die Nacht hinein, so geräuschvoll wie möglich, geradewegs auf das Heulen zu.

Sein Herz hämmerte. Dunkelheit, der kupferne Geruch von Blut, Keuchen und schließlich der scharfe Gestank von Fell. Schweiß lief über Siebers' Rücken, und seine Lunge brannte, doch er zwang sich, weiterzulaufen. Dann verfing sich sein Fuß in einem Erdloch und er stürzte zu Boden. Seine Stirn schlug gegen Stein, etwas blitzte hinter seinen Augen auf, und in der Sekunde, ehe er das Bewusstsein verlor, betete er, dass sein miserabler Körper den Tieren genügen möge.

Sein Kopf schmerzte. Ein dröhnendes Pochen, und um ihn war nicht länger Dunkelheit, sondern ein dumpfes, rotes Glühen. Vor ihm stand eine Gestalt, die er nur als schwarzen Umriss ausmachen konnte. Die Zeichnungen in den Reiseberichten über Ägypten hatten so ausgesehen: lange Beine und Arme, aber ein Tierkopf.

Ich bin vom Volk. Ich bin Codi, sagte eine Stimme, hell und scharf. Er hörte sie in seinen Ohren, hörte sie in seinem Herzen. Sie war überall. *Ich bin Kojote.*

Das musste ein Traum sein, ein letztes Aufflackern von Fieber, während ihn die Tiere zerfleischten. Ja, so musste es sein. Trotzdem ertappte sich Siebers dabei, wie er flehte: „Schone die Kinder! Lasse sie leben!“

Was willst du mir dafür geben? Das ist nicht dein Land. Du bist nicht vom Volk. Du bist kein Krieger. Du hast keinen Besitz. Was willst du geben?

Siebers kam sich vor, als ertränke er. Die Geschichten, die Nscho-tschi erzählt hatte, formten ein Seil, nach dem er griff;

er versuchte, es zu sich zu ziehen. Sein Leben hatte er bereits angeboten, als er losgerannt war. Etwas anderes war gefragt; oder das gleiche Angebot, auf eine andere Weise.

„Mein Herz“, sagte er schließlich. „Du kannst mein Herz haben.“

Dein Herz für das Volk?

„Für die Kinder“, sagte Siebers zu der schwarzen Gestalt. „Es ist nicht das Herz eines guten Mannes. Aber es ist alles, was ich noch habe, und es steckt voller Wissen. Das will ich geben.“

Die Gestalt schritt auf ihn zu. Der Kopf war wirklich der eines Wolfes, eines Wolfes mit gelbbraunem Fell und größeren Ohren, als Siebers sie von den wenigen Wölfen kannte, die er in der Alten Welt gesehen hatte. Die Augen waren gelb und brannten.

Der Handel ist geschlossen, knurrte das Wesen und griff geradewegs in Siebers' Brust. Der Schmerz, allumfassend, zwang Siebers in die Knie, während er ungläubig auf sein pochendes Herz in den Händen eines Albtraumwesens starrte.

Sie sollen leben, solange du mir dein Herz gibst, Lehrmeister, stieß das Geschöpf hervor, und Siebers fiel abermals in tiefe Bewusstlosigkeit.

Feuchtigkeit netzte sein Gesicht und er spürte die Berührung von kleinen Händen, zum zweiten Mal.

„Wird die Feuchtigkeit aus dem Kaktus reichen, um ihn wiederzubeleben, mein Bruder?“, hörte Siebers die Stimme des Mädchens fragen.

„Meine Schwester mag es weiter versuchen. Der weiße Mann hat uns in der Nacht gerettet. Nun ist es an uns, das Gleiche für ihn zu tun!“

Siebers öffnete die Augen. Die beiden Kinder knieten neben ihm; Nscho-tschi musste ein Stück ihrer Kleidung abgerissen und es irgendwie mit Wasser getränkt haben, denn ein feuchtes Tuch lag ihm zwischen den Lippen, an dem er unwillkürlich sog. Seine ausgedörrte Kehle dankte es ihm. Mühsam bewegte er den Kopf.

Kojoten oder andere Tiere waren nirgendwo zu sehen. Dafür machte er drei Pferde aus, die gerade auf sie zukamen und vor ihnen hielten. Auf einem saß ein erwachsener Indianer, der ihn mit ernstem Gesicht betrachtete.

„Das ist er, mein Vater“, sagte Nscho-tschi, die sich weder überrascht noch erleichtert gab, und zu diesem gewandt wies sie auf ihn. „Das ist unser Retter, der Suchende.“

Der Reiter saß ab, während Siebers versuchte, sich zu erheben. Zuerst flirrte die Luft vor seinen Augen. Dann beruhigte sich sein Herzschlag wieder.

Sein Herzschlag.

Natürlich besaß er sein Herz noch. Was hatte er erwartet? Und doch, wie erklärte es sich, dass er blutend direkt in ein Rudel voller wolfsartiger Tiere hineingelaufen und unversehrt geblieben war? Er hob seinen linken Arm. Der blutverkrustete Schnitt war noch vorhanden. Das zumindest hatte er nicht geträumt.

„Intschu tschuna dankt dem Suchenden für das Leben seiner Kinder“, sagte der Indianer. „Er möge bitten, um was er will; wenn es keinen Verrat an Ehre und Leben des Volkes bedeutet, so will der Häuptling der Apatschen es dem Suchenden geben.“

Siebers fasste einen Entschluss. Traum oder nicht, er hatte gemeint, was er sagte, als er in der letzten Nacht sein Herz darbot. In der Welt der Weißen hatte er nur Schaden angerichtet und Grausamkeit erfahren, sowohl im Großen als auch im Kleinen, wenn er an den alltäglichen Spott im Treck dachte. Dagegen war die kleine Nscho-tschi der erste Mensch seit Jahren gewesen, der ihm Mitleid gezeigt hatte, obwohl sie keinen Grund dazu besaß. Ihr Bruder Winnetou war bewaffnet gewesen, hätte ihn in seiner Bewusstlosigkeit töten und skalpieren können, was angeblich alle Rothäute mit Weißen machten, nach den Geschichten, die von den Westmännern erzählt wurden. Stattdessen hatte er Siebers sogar sein Messer ausgehändigt, ohne zu wissen, wofür er darum bat. Winnetou und Nscho-tschi hatten ihn gerettet, wogegen seine Begleiter ihn ausgesetzt hatten. Wer waren hier die Wilden? Er öffnete den Mund und stellte fest, dass er wieder sprechen konnte, wenngleich nur stockend und mühsam.

„Ich suche nicht länger. Ich habe gefunden. Wenn Intschu tschuna es mir gestattet, so will ich bleiben und die Kinder der Apatschen lehren, was ich vermag. Denn das ist es, was ich bin: ein Lehrmeister."

Der Häuptling neigte sein Haupt.

Winnetou musste aufgefallen sein, dass Siebers immer noch Schwierigkeiten hatte aufzustehen, denn er nahm seine rechte Hand, während Nscho-tschi seine linke ergriff. Mit ihrer Hilfe gelang es Siebers schließlich, sich zu erheben. Dabei fiel ihm auf, dass er seine Jacke nicht mehr trug und selbst sein Hemd zerrissen war. Er schaute an sich herunter. Auf seiner Brust war rot, wie eine frische Brandnarbe, doch ohne zu schmerzen, der Abdruck einer Tierpfote zu sehen.

„So sei es, Lehrmeister", sagte Intschu tschuna, und das Wort in der Sprache der Apatschen erfasste den Mann, der Siebers gewesen war, und erfüllte ihn ganz: Klekih-petra.

Holger Marks

Begegnung mit einem Scout

Nun, da mir sicher scheint, dass mein Lebenslicht langsam erlischt, möchte ich ein letztes Geheimnis lüften. Mein Leben war lang und ich habe viele Abenteuer überstanden, manche jedoch nur mit Glück überlebt. Ein erfahrener Westmann wird gerne zugeben, dass zu einer überstandenen Heldentat auch manch Quäntchen Glück gehört. Aber bei diesem Abenteuer war es nicht nur Glück oder eine zufällige Fügung des Schicksals, die mir und meinen Kameraden das Leben rettete.

Die Ereignisse waren so seltsam und ungeheuerlich, dass ich es bislang vorgezogen habe, eine Version der Geschichte zu erzählen, die zwar ebenso abenteuerlich war, die aber nur einen Teil der phantastischen Rettungstat enthielt. Es sind seitdem einige Jahrzehnte vergangen, und ich hoffe, dass die Welt mittlerweile dem Übernatürlichen aufgeschlossener gegenübersteht. Wir haben oft im Familien- oder Freundeskreis über dies Ereignis gesprochen. Und jedes Mal, wenn ich davon erzählt habe, wunderte ich mich, wie groß der Glaube an die Fähigkeiten und das Vermögen eines großen Westmannes doch sind. So groß, dass ihm auch Taten ohne Murren zugetraut werden, die ein normaler Mensch selbst mit viel Glück nicht zu Wege bringt. Doch selbst Glück und große Erfahrung ermöglichen es einem einzelnen Menschen nicht, sich mit einem Baumstamm beladen unbemerkt in ein Lager der Konföderierten zu schleichen, mit dem Bowie-Messer ein Loch in das Dach einer armseligen Hütte zu schneiden und eine Gruppe von gut zwanzig unerfahrenen Yankees nicht nur zu befreien, sondern auch unbemerkt wieder hinter die feindlichen Linien zu führen.

Ihr werdet erraten, auf welches Ereignis ich anspiele. Es fand zu Beginn des amerikanischen Bürgerkriegs statt. Ich wohnte damals mit meinem Vater in Poplar Bluff im Butler County ganz in der Nähe der Grenze zu Arkansas. Wir waren keine Freunde der Sklavenhalter, und mein Vater überzeugte mich, mich einer Gruppe von Freiwilligen anzuschließen, die die Armee der Nordstaaten unterstützen wollte. Mir war nicht wohl bei dem Gedanken, in den Krieg zu ziehen. Aber gleichzeitig war ich voller Abenteuerdurst und auch von dem Wunsch und Verlangen beseelt, ein wenig die Luft der weiten Wildnis zu schnuppern. Da meine beiden Freunde, Stephan Jacob, der sich nun Steven nannte, und Will Richardt, ebenfalls dabei waren, fiel mir der Abschied von meinem Vater und meiner Familie gar nicht so schwer. Ihr müsst bedenken, ich war damals jung und brannte für die Sache der Unionisten.

Wir wurden über die Grenze geschickt und sollten uns den Truppen von General Curtis anschließen. Aber wir kamen zu spät. Curtis' Truppen waren schon weit in den Westen gezogen und lieferten dort bei der Schlacht am Pea Ridge einen heldenhaften und siegreichen Kampf gegen die Konföderierten.

Unser Unternehmen verlief dagegen weniger glücklich. Unser Trupp bestand aus knapp fünfzig Männern, ein paar erfahrene Kämpfer waren dabei, aber auch eine große Zahl von Greenhorns, wie ich damals eines war. Von Poplar Bluff aus hielten wir uns südwärts und erreichten schon am Abend des ersten Tages den Black River. Am Morgen des zweiten Tages, es war Mitte Februar, kalt und neblig, überquerten wir den Fluss vorsichtig mit einigen am Vorabend gezimmerten Flößen. Durch den Nebel konnten wir das andere Flussufer kaum erkennen. Die Feuchtigkeit kroch mir durch den hochgeschlagenen Kragen des Mantels. Wie viele andere hatte ich in der Nacht wenig und schlecht geschlafen. Zum Glück erlaubte uns der Black River eine gefahrlose Überfahrt. Aber wir waren missmutig und zitterten vor Kälte, als wir auf der südlichen Flussseite angekommen unsere Reittiere besteigen konnten.

Wir kamen allerdings kaum dazu, die Tiere zu zügeln, da waren sie auch schon über uns. Ein Trupp der Konföderierten, drei Mal so stark wie wir, hatte anscheinend die Nacht auf ihrer Seite des Flusses verbracht und war auf uns aufmerksam geworden, als wir den Fluss überquerten.

Wir wehrten uns nach Kräften. Selbst als alle Pistolen und Flinten leergeschossen waren, arbeiteten wir mit Kolben und Messer weiter. Ich hielt mich mit Steven und Will eng bei unseren Pferden. Gegenseitig gaben wir uns Deckung und erwehrten uns der Feinde, so gut es ging. Die Sezessionisten wurden immer erboster und liefen mit immer größerer Wucht gegen unsere Verteidigungslinie. Auch wenn ihre Verluste dadurch nur noch höher wurden, hatten sie schließlich Erfolg. Nach erbittertem Kampf streckten wir die wenigen noch funktionsfähigen Waffen und ergaben uns in ein ungewisses Schicksal.

Alle, die noch laufen konnten, wurden von den Konföderierten gebunden. Dann zogen sie uns unsanft vom Flussufer fort tiefer in ihr Territorium hinein. Ich hatte einen Streifschuss am Arm erhalten. Aber sie kümmerten sich ebenso wenig um meine Wunde wie um den blutenden Oberschenkel von Will, der mit schmerzverzerrtem Gesicht schweigsam neben mir her humpelte. Ich hatte nicht mehr die Kraft, ihn aufzumuntern. Denn ich machte mir wegen unserer Gefangennahme und der rauen und ruppigen Behandlung selbst größte Sorgen.

Wir marschierten bis in den frühen Nachmittag. Meine Wunde schmerzte immer mehr, und zusammen mit Steven musste ich Will fast unentwegt stützen, damit er mithalten konnte. Daher waren wir mehr als froh, als der Kommandant der Konföderierten bei einer Farm Halt machen ließ. Das Farmhaus war unbewohnt, die Bewohner anscheinend vor den Unbillen des Krieges geflohen.

Die feinen Herren Offiziere machten es sich im Farmhaus gemütlich. Die Truppe musste sich mit Heuschober und Stall begnügen. Wir wurden in das kleine Gebäude der Zuckerpresse gepfercht. Immerhin hatten mit mir und meinen beiden Kameraden über zwanzig der Gefährten den hinterhältigen Angriff überlebt. Die kleine Zuckerpresse bot nicht sehr viel Raum für unsere Gruppe. Einige versuchten, einen halbwegs gemütlichen Platz auf dem Presswerk zu finden, andere lehnten sich ermattet an die Holzwand des kleinen Gebäudes. Zumindest ein Fass mit Wasser wurde in eine Ecke des kleinen Raumes gestellt.

Als es dämmerte, postierten sich vier Grauröcke an jeder Seite des Gebäudes. Wenn wir bislang wenig bis gar nicht gesprochen hatten, so blieben wir jetzt noch stiller und hörten uns bedrückt und sorgenvoll die Hasstiraden und Drohungen an, die die vier austauschten. Auch den Dümmsten unter uns wurde schnell klar, was sie mit uns vor hatten. In derben und höhnischen Worten erklärten sie uns immer wieder, wie sie uns am nächsten Tag über die Klinge springen lassen würden, um ihre toten Kameraden zu rächen. Und es schien sie wenig zu kümmern, dass sie damit gegen das Kriegsrecht verstießen und einen vielfachen Mord begingen.

Unsere Lage wurde immer verzweifelter.

„Vielleicht sollten wir in der Nacht die Posten überwältigen und zu fliehen versuchen“, schlug einer der älteren Kameraden vor. Er war unverletzt geblieben und kämpfte schon seit Beginn des Krieges auf Seiten der Union. Aber auch er konnte uns nicht sagen, wie wir das bewerkstelligen sollten. Wir waren eingesperrt, das Tor war fest von außen verschlossen, und einige von uns waren immerhin so stark verwundet, dass sie eher Hilfe brauchten, als selber eine sein zu können.

„Aber wir können uns doch nicht einfach von denen füsilieren lassen“, raunte Steven mir zu. Zu dritt hatten wir uns ganz in die westliche Ecke unserer Behausung zurückgezogen. Wir hatten so viel Platz geschaffen, dass Will sich setzen und sein verwundetes Bein entlasten konnte.

„Ich bin auch nicht erbaut von dieser Aussicht“, gab ich ebenso leise zurück, „aber ich habe auch keinerlei Idee, wie wir hier herauskommen können. Von der Übermacht der Grauröcke draußen ganz zu schweigen. Die warten ja nur auf eine Gelegenheit, uns auszuradieren.“

„Vielleicht kommt ja Hilfe“, sagte Will leise und matt. Immerhin schien er keine Schmerzen mehr zu haben, während mein Arm mir immer mehr Kummer bereitete. Wir antworteten nicht. Natürlich wollte niemand von uns die Hoffnung auf Rettung aufgeben. Aber wir wussten auch, dass keine Unionstruppen in der Nähe waren. Wer sollte uns also helfen? So blieb uns nichts anderes übrig, als uns schweigend in unser Schicksal zu ergeben.

Für jemanden, der noch nie in einer solchen Situation war, mag es seltsam erscheinen, wie ruhig wir das alles hinnahmen. Ich versuchte, an meine Lieben zu Hause zu denken und dabei den zunehmend pochenden Schmerz zu ignorieren, der von meinem linken Unterarm ausging.

Nachdem die Sonne untergegangen war, setzte ein starker Regen ein. Die Konföderierten, die sich noch draußen aufgehalten hatten, flüchteten in die wenigen kleinen Wirtschaftsgebäude. Die Lagerfeuer erloschen. Ein paar regengeschützt aufgestellte Fackeln spendeten noch für kurze Zeit ein mageres Licht. Die vier Wachposten allerdings blieben uns erhalten. Schnell stellte sich heraus, dass das Dach der Zuckerpresse löchrig war wie eine verrottete Satteldecke. Es war kaum möglich, den Regentropfen, die durch das Dach drangen, auszuweichen. Dadurch wurde unsere Situation noch unangenehmer. An Schlaf war nicht zu denken. Um uns zur Nacht zu betten, fehlte uns der Platz. Soweit es möglich war, hockten wir auf dem Boden und zogen die Mäntel über den Kopf.

Irgendwann musste ich doch eingedöst sein. Ich erwachte, als mir feiner Holzstaub ins Gesicht rieselte. Ich lag seitlich an die Wand gelehnt. Der Mantel war heruntergerutscht, sodass die Holzsplitter in mein Gesicht fallen konnten.

Dann gab es plötzlich einen lauten Krach und ein Teil des Dachs stürzte auf meine Kameraden. Natürlich sprangen jetzt alle auf. Einige fluchten erschrocken, verstummten aber, als von oben leise, aber deutlich eine heisere Stimme uns zur Ruhe aufforderte: „Mesch'schurs, haltet um Gottes willen Ruhe. Es soll Euch nichts geschehen. Ich bin hier, um Euch zu retten. Aber das gelingt nur, wenn Ihr keinen Laut von Euch gebt."

Während dieser Worte erweiterte unser geheimnisvoller Retter das Loch im Dach. Von dem Mann, der so hoffnungsvolle Worte gesprochen hatte, war nichts zu sehen. Es war so dunkel, dass wir die genaue Position des Lochs nur durch den eindringenden Regen feststellen konnten.

Dann geschah einige qualvolle Minuten nichts mehr. Wir fürchteten schon, unseren Retter hätte der Mut verlassen, oder schlimmer noch, er wäre entdeckt worden. Doch dann wurde von oben ein dünner Baumstamm in unser Gefängnis herabgelassen. Wir spürten mehr, als dass wir es sehen konnten, wie ein Mensch an den Aststummeln des Stammes herabkletterte.

Und dann roch es plötzlich nach dem Tabak der dicken Zigarren, die mein Vater damals so gerne rauchte.

„Wenn Ihr mögt, können wir ein wenig Licht wagen, damit ich Euch meinen Plan erörtern kann", hörten wir wieder die heisere Stimme.

Ein Streichholz zischte und entzündete eine kleine Laterne. Das Licht schwebte im Raum, gehalten von einer unsichtbaren Hand. Ich dachte, meine Augen, die lange der Dunkelheit ausgesetzt waren, spielten mir einen Streich. Aber den anderen ging es ebenso. Die Laterne erleuchtete den Raum nur schwach und erzeugte eine kleine Aureole in der enormen Wolke aus Zigarrenrauch, die nun die Mitte der Zuckerpresse füllte.

„Hey, Mister, so zeigt Euch doch!", forderte einer der älteren Kameraden.

„Verdammt, wie macht er das?", hörte ich Steven neben mir flüstern.

Dann sahen wir, wie sich der Rauch langsam auflöste und eine Gestalt dahinter bemerkbar wurde. Ein furchtbar langer und furchtbar dürrer Körper, auf dem sich ein Kopf befand, der mehr einem Totenkopf als einem menschlichen Gesicht ähnelte.

„Entschuldigt, Mesch'schurs, die Umstände meines Auftretens", verlautbarte dieser Kopf. „Uns bleibt keine Zeit für lange Erklärungen. Vertraut mir einstweilen, so wie ich Euch vertrauen muss. Ich musste mich eines mächtigen Tricks der Wa-Sha-She bedienen, um unbemerkt durch die Linie der Feinde und zu Euch zu gelangen. Häuptling Lange Hand hat mir vier seiner fähigsten Medizinmänner an die Seite gestellt, damit wir Euch befreien. Sie sorgen gerade mit ihrer Zauberkunst dafür, dass Eure Flucht vorerst unentdeckt bleiben wird. Aber es muss schnell gehen. Der Zauber wirkt nicht sehr lange, und dann werden uns die Wachen bemerken."

Mit einer schroffen Handbewegung und einer entschlossenen Miene unterband der geheimnisvolle Fremde jede Bemerkung unsererseits.

„Mit wie vielen Seelen habe ich es denn hier zu tun?", fragte er und wandte sich dabei direkt an mich.

„Insgesamt 22 von uns haben den Kampf am Black River überstanden. Einige sind verletzt, aber alle können gehen, denke ich."

„Ihr gehört selbst zu den Verletzten, wie ich sehe. Haben die Grauröcke nicht einmal genug Anstand gehabt, Eure Wunden zu verbinden. Diese Schweinehunde dachten wohl, es sei überflüssig, wenn sie Euch ohnehin morgen umbringen."

Er holte aus den weiten Taschen seines Mantels eine kleine hölzerne Box und öffnete sie. „Ich habe nicht genügend für alle. Eine muss für zwei reichen. Nehmt die Zigarren, steckt sie an und pafft, was das Zeug hält. Der Rauch verbirgt nicht nur Eure Gestalt, sondern schützt auch weitgehend vor Entdeckungen. Nur vermeidet allzu großen Lärm, das könnte den Zauber brechen."

Er sah zu, wie die Holzkiste herumging und wir die Zigarren nahmen und anzündeten. Die Zuckerpresse füllte sich schnell mit dem süßlichen Duft, der mehr enthielt als nur Tabakrauch.

„Wir werden die Farm südwärts verlassen", kündigte unser kauziger Retter an, „um uns dann nach Osten und schließlich nach Norden ins Buschwerk zu schlagen. Hoffen wir, dass unser Verschwinden möglichst lange unentdeckt bleibt. Die Pferde müssen wir zurücklassen. Am besten, Ihr fast Euren Vordermann am Gürtel, damit wir uns nicht verlieren."

Will neben mir hatte mittlerweile unsere Zigarre angesteckt und tat einen ersten tiefen Zug. Als er den Rauch ausblies, verblasste sein Gesicht und bald darauf seine Gestalt. Ich konnte im schwachen Schein der Laterne die Wand hinter ihm sehen. Rasch streckte ich meine Hand aus, um nach ihm zu fühlen.

„He, warum schlägst du mich ins Gesicht?", fragte er und gab mir leise lachend die Zigarre.

Wir müssen ein sonderbares Bild abgegeben haben, wie wir im Gänsemarsch und stetig bemüht, den Vordermann nicht zu verlieren, und dabei gleichzeitig an den Zigarren ziehend, die provisorische Leiter hinaufkletterten, um dann ebenso mühsam den Weg vom Dach der Zuckerpresse zurückzulegen.

Die vier Wachposten standen immer noch an jeder Ecke des Gebäudes. Sie rührten sich nicht, obwohl sie unter normalen Umständen unsere Flucht längst bemerkt haben sollten. Dann sah ich um ihre Gestalten ebenfalls ein rauchiges Wabern und bekam eine Ahnung davon, was unsere indianischen Freunde gerade leisteten.

Jedes Geräusch vermeidend gingen wir langsam und vorsichtig nach Süden. Es ging nur schleppend voran, da wir vielen Hindernissen ausweichen mussten und unsere unfreiwillige Formation nur ein langsames Schritttempo zuließ. Ich bin immer noch froh, dass uns dabei niemand gesehen hat.

Aber es gelang uns, die Farm unbemerkt zu verlassen. Nach einer Weile bemerkte ich, wie Steven, mein Vordermann, die Richtung änderte und wir uns nach Osten und schließlich nach

Norden wandten. Das Gelände war jetzt eben, weshalb wir uns rascher bewegen konnten. Allerdings waren auch die Zigarren nahezu ausgeraucht, und da die Dämmerung nahte, konnte ich bald die ersten Konturen meiner Kameraden vor dem schwarzblauen Nachthimmel sehen. Wir kamen jetzt schneller voran. Und da hinter uns alles ruhig blieb, eilten wir im Laufschritt durch ein hügeliges und mit Buschwerk reich bestandenes Gelände. Auf diese Weise hatten wir vielleicht zwei Meilen zurückgelegt, als unser Retter in einen langsameren Tritt fiel. Er kam zu jedem, um sich nach dem Befinden zu erkundigen.

„Wie heißt Ihr, Sir?“, fragte er mich als Erstes.

„Georg Lange aus Poplar Bluff.“

„Ihr scheint mir noch recht jung für einen Soldaten. War es Eure erste Schlacht?“ Ich bejahte. Unser Retter ging ein paar Schritte voran, um ein Gebüsch zu umgehen. Dabei schnellte plötzlich ein Ast zurück und traf mit empfindlicher Härte meinen verwundeten Arm. Ich konnte einen Schmerzensschrei nicht unterdrücken, was selbstverständlich auch unserem geheimnisvollen Retter nicht entging.

„Dachte ich mir“, sagte er dann. „Man muss schon ein ziemlicher Esel und ein absolutes Greenhorn sein, um sich nicht um eine solche Wunde zu kümmern. Wasser gab es letzte Nacht doch wahrlich genug. Ihr hättet den Ärmel mit Wasser aufweichen und ihn dann vorsichtig von der Wunde abziehen können. Nehmt einstweilen das Wasser aus meiner Feldflasche. Und dann sucht nach ein paar Wegerichpflanzen. Der Saft wird die Wunde kühlen und den Wundbrand bekämpfen.“

Es war mir furchtbar peinlich, von dem Mann als blutiger Anfänger entlarvt worden zu sein. Aber zu dem Zeitpunkt wusste ich noch nicht, wem ich unsere Befreiung zu verdanken hatte.

Während wir langsam in den Morgen marschierten, half er mir, ein paar der Heilpflanzen zu finden und einen provisorischen Verband um die Wunde zu legen.

Ich nutzte die Gelegenheit, um endlich die Frage zu stellen, die mir schon seit Stunden das Gehirn zermarterte: „Sagt, Mister, was ist das für ein Zauber, der einen Menschen im Rauch verschwinden und unsichtbar werden lässt?“

„Ja, ich denke, ich schulde Euch eine kleine Erklärung“, erwiderte der kauzige Waldläufer. Denn dass er einer war, war nur allzu deutlich zu erkennen. Auch wenn seine Lederkluft lose um seinen mageren Körper schlotterte, so zeugten doch seine selbstbewusste Art und das ganze Auftreten von einem Mann, der stets in der Lage war, sich seiner Haut zu wehren. Dafür sprachen auch die doppelläufige Flinte auf dem Rücken sowie die Pistolen und das schwere Bowie-Messer in seinem Gürtel. Seine Haut war vom Wetter gegerbt und seine Augen spiegelten den hellen Schein der nun aufgehenden Sonne.

„Ich durfte einen uralten Zauber der Osagen anwenden. Sie nennen sich selbst Wa-Sha-She. Ihre Medizinmänner sind mit diesem Land hier und mit allem, was es beherbergt, auf Du und Du. Sie sprechen mit der Erde, der Luft und auch dem Wasser. Und sie haben die uralte Kunst nicht verlernt, die Elemente zu beeinflussen. Der Tabak, den ich Euch gab, war viel mehr als nur Tabak. Das habt Ihr wohl mittlerweile erraten. Die Tabakblätter wurden in dem Wasser des Black River gewaschen. Sie sind in der Erde Missouris gewachsen und haben die gute und frische Luft genossen, die dort nun mal durch die Täler und über die Berge zieht. Dann werden kleingeschnittene Tabakblätter in einige große derart eingewickelt und mit einem Harz verklebt, dass eine Zigarrenform entsteht. Durch Gebete und bestimmte Prozeduren, die Euch kein Osage auch unter der schlimmsten Folter jemals verraten wird, erhält der Tabakrauch die Fähigkeit, die Luft um den Raucher zu beeinflussen. Ihr dürft mich nicht fragen, wie das möglich ist. Dass der Zauber wirkt, habt Ihr ja am eigenen Leib erfahren dürfen.“

„Aber, Sir, wenn ich mir die Frage erlauben darf: Wir hatten doch eine stockfinstere Nacht. Ihr dürftet doch genauso wie wir kaum Eure eigene Nasenspitze gesehen haben. Da scheint mir ein Zauber, der unsichtbar macht, wenig sinnvoll zu sein!“

In das Gesicht des alten Kauzes schlich sich ein leichtes Grinsen. „Ihr scheint mir ein schlauer Mann zu sein. Doch seid mir nicht böse, wenn ich Euch mitteile, dass der Inhalt Eurer Frage von der Unbedarftheit eines Greenhorns zeugt. Ich allein freilich wäre in der Lage, selbst in einer hellen Mondnacht unbemerkt in das Lager der Grauröcke zu gelangen, mein Geschäft zu verrichten, was immer es auch sei, und dann das Lager wieder unbehelligt zu verlassen. Schließlich sind die konföderierten Soldaten meist selbst noch blutige Greenhorns. Nicht zu vergleichen mit einem Sioux-Indianer, der das leiseste Geräusch schon erahnt, bevor Ihr es fabriziert habt. Aber wie hätte ich Euch befreien sollen? Ihr seid ein Trupp von mehr als zwanzig Mann. Wie soll ich da mit einem Baumstumpf bewaffnet in ein Lager schleichen, ein Dach zerschneiden und mit der ganzen Gruppe unbemerkt das Weite suchen? In der dunkelsten Kammer der Hölle kann es nicht so finster sein, dass selbst ein Graurockposten nicht Lunte riecht. Er hätte im Nu das Bataillon alarmiert, wir wären ohne Pferde nicht weit gekommen, und Euer vorbedachtes Schicksal wäre Euch sicher gewesen ...“

„Ihr habt sicherlich Recht – aber ...“, versuchte ich seine Rede zu unterbrechen.

„Natürlich habe ich Recht!“ Wieder sah er mich mit einem spöttischen Grinsen an. „Aber auch Ihr habt Recht. Eure eigentliche Frage habe ich noch nicht beantwortet. Und ich fürchte, ich bin dazu auch nicht in der Lage. Die Zauber der Wa-Sha-She sind ein großes Geheimnis, und es fordert viel Zeit, großen Aufwand und starke Willenskraft, um sie zu bewirken. Die Zigarren, die ich Euch gab, waren die letzten, die die Osagen noch besaßen. Häuptling Lange Hand ist ein großer Freund der weißen Männer, aber ich habe einen großen Gefallen eingefordert und ich fürchte, bei unserem nächsten Zusammentreffen wird er nicht mehr so freundlich sein. Aber nun zu Eurer Frage. Ihr kennt sicherlich den Spruch ‚Aus dem Auge, aus dem Sinn'. Das ist es, was der Zauber bewirkt. Er macht Euch nicht nur unsichtbar, er lässt den Feind vergessen, dass es Euch gibt. Solange Ihr vom Rauch umgeben wart, haben die Grauröcke nicht mehr an Euch gedacht. Nur so konnten wir dem Lager entfliehen. Und jetzt können wir nur hoffen, dass wir den Black River und damit die Grenze nach Missouri erreichen, bevor die Konföderierten uns einholen. Denn verfolgen werden sie uns, so wahr ich Old Death heiße."

Nun war es heraus! Wenn in den vergangenen Stunden nicht langsam schon ein Erahnen in mir Platz gegriffen hätte, wären mein erstauntes Gesicht und mein weit geöffneter Mund wohl noch auffälliger ausgefallen.

„Ihr seid es wirklich!", rief ich aus. „Es ist mir eine Ehre, von Euch gerettet zu werden. Nun bin ich sicher, dass wir heil wieder nach Hause kommen."

Auch die Kameraden hatten vernommen, wem wir unsere wundersame Rettung zu verdanken hatten. Alle kamen mit großem „Hallo!" und „Welch eine Freude"-Rufen angerannt, umarmten den Westmann und hieben ihm auf die Schulter, dass er einem fast schon leid tun konnte. Er ließ es eine kurze Weile mit sich geschehen, dann befreite er sich mit einer entschiedenen Geste von dem Ansturm.

„Mesch'schurs, lasst mich gefälligst am Leben. Danken könnt Ihr mir später. Noch sind wir nicht in Sicherheit. Es ist noch gut eine Stunde bis zum Black River, wenn ich mich nicht irre. Erst wenn wir den überquert haben, dürfen wir uns halbwegs in Sicherheit wähnen. Die Konföderierten werden Euer Verschwinden mittlerweile bemerkt haben und bald angeritten kommen. Wir sollten uns sputen, den Fluss zu erreichen."

Obwohl wir alle nach dem gestrigen Kampf, dem Aufenthalt in dem ungemütlichen Gefängnis und der anstrengenden Flucht am Rand der Erschöpfung waren, trieb uns der alte Westmann unerbittlich zur höchsten Eile an. Wir liefen um unser Leben. Der Gedanke half uns, nicht aufzugeben. Trotzdem hätte es beinahe nicht gereicht.

Wir sahen die Linie des Flusses sich schon vor uns durch die Landschaft ziehen, als sich von hinten eine Staubwolke bedrohlich schnell näherte. Die Grauröcke waren uns auf den Fersen. Sie hatten unsere kleine Gruppe im Visier, und der Zorn über unsere Flucht trieb sie zu einem ungeheuren Tempo an. Sie ließen ihre Pferde weit ausgreifen, und mit beängstigender Geschwindigkeit näherten sie sich.

Obwohl wir das Ziel vor Augen hatten, war uns jetzt klar: Wir würden den Fluss nicht rechtzeitig erreichen, den wir ja außerdem noch schwimmend durchqueren mussten. Der Feind würde uns vorher überrennen, und unser letztes Stündlein hätte am Ufer des Black River geschlagen, kurz bevor wir die Grenze nach Missouri erreichten. Und selbst wenn wir eine Überquerung schaffen würden, war zu befürchten, dass der berittene Trupp uns sogar auf Unionsterritorium folgen würde.

Ich stolperte mehr, als ich rennen konnte, zusammen mit Steven und Will, dessen Wunde am Bein sich zum Glück als nicht so gravierend erwiesen hatte, dem Ufer entgegen. Wir waren unbewaffnet und am Ende unserer Kräfte. Sollten uns die Grauröcke einholen, war an Gegenwehr nicht mehr zu denken. Uns blieb nichts anderes, als uns in unser Schicksal zu ergeben und auf einen gnädigen und schnellen Tod zu hoffen.

Old Death war überall. Er half, wo er nur konnte. Mit wilden Gesten und harschen Worten malte er aus, was die Grauröcke mit uns machen würden, um uns zum Weiterlaufen zu bewegen. Aber er war auch bei denen, die stolperten und fielen. Er reichte jedem seine Hand, half ihm auf und zerrte ihn mit sich fort, immer in Richtung Fluss und Freiheit. Ich habe keine Ahnung, woher er diese Kraft und Ausdauer nahm. Er war ein zäher Westmann, aber an diesem Tag leistete er Übermenschliches.

Aber schließlich sah auch er ein, dass wir es nicht schaffen würden. Das Bataillon der Konföderierten war bis auf wenige hundert Meter heran. Noch wenige Minuten und sie hatten uns eingeholt. Dabei lag das verheißungsvolle Band des Flusses in greifbarer Nähe.

Da es nun unausweichlich war, gönnte Old Death sich und uns eine Verschnaufpause. Sein Blick ging umher, hektisch suchte er nach einer Ausweichmöglichkeit oder einem Versteck.

Zwischen uns und dem schmalen Saum aus Bäumen und Büschen entlang des Black River erstreckte sich jedoch nur offenes Land, das uns keinen Schutz bieten konnte.

Ich stand direkt neben Old Death und konnte sehen, wie der Gesichtsausdruck des alten Westmanns immer verzweifelter wurde. Fast glaubte ich, eine Spur von Panik darin zu erkennen. Alle Entschlusskraft war von ihm abgefallen. Seine sonst hohe aufrechte Gestalt wirkte gebeugt und geschlagen. Die Last, versagt zu haben, war ihm körperlich anzusehen. Er hatte hoch gepokert und war nun dabei, alles zu verlieren.

Erneut fiel sein Blick auf die westliche Biegung des Flusses. Und plötzlich veränderte sich das eben noch so verzweifelte und ermattete Gesicht und der gewohnte entschlossene Ausdruck kehrte zurück. Seine Gestalt straffte sich und mit fester Stimme sagte er: „Meine Herren, mir scheint, wir bekommen doch noch eine Chance, unsere Häute ein paar Jährchen länger auf unseren Knochen zu tragen. Aber folgt mir schnell. Wir müssen nah am Fluss sein, bevor *sie* hier sind.“

„Aber vor den Reitern werden wir es nicht schaffen ...“, sagte ich immer noch atemlos.

„Nicht die Reiter, Greenhorn!“ Das Gesicht des Waldläufers versprühte solch eine Freude, dass ich die erneute Beleidigung überhörte. „Die Büffel meine ich. Die Büffel kommen aus dem Westen und werden unseren Verfolgern den Weg abschneiden oder sie über den Haufen rennen. Was mir in unserer augenblicklichen Lage einerlei sein soll.“

„Büffel“, rief ich erstaunt, „gibt es in dieser Gegend doch kaum noch. Und schon gar nicht im Februar. Das wäre ein Wunder ...“

„Dann nennt es ein Wunder. Soll mir ebenfalls einerlei sein. Hauptsache es rettet uns. Aber kommt jetzt. Wir haben lange genug gezögert und sollten uns der Herde besser nicht in den Weg stellen.“

Und tatsächlich war das Donnern der Büffelherde nun nicht mehr zu überhören. In einer gewaltigen Stampede näherten sich die Tiere mit einer unglaublichen Geschwindigkeit. Wir nahmen unsere Beine in die Hände und hasteten zum Fluss.

Ob es nun ein weiteres unglaubliches Zauberkunststück der Osagen war oder ein großer Zufall, der die Büffelherde zum richtigen Zeitpunkt zwischen uns und unsere Verfolger führte, habe ich nie erfahren. Auch vom Schicksal unserer Verfolger weiß ich nichts. Ob sie nun von der Herde niedergetrampelt wurden oder sich rechtzeitig in Sicherheit bringen konnten, wollte und konnte auch der alte Scout nicht in Erfahrung bringen. Er brachte uns sicher über den Fluss und übergab unseren kleinen Trupp dann einer vorbeireitenden Kompanie von General Curtis’ Soldaten, die auf dem Rückweg von der Schlacht am Pea Ridge erfreut über die Verstärkung waren.

Am Tag des Abschieds überschütteten wir Old Death mit unseren Dankesbezeugungen und waren mehr als traurig, als er mit festem Schritt von uns schied, um neuen Heldentaten entgegenzugehen. Ich bin ihm später noch zweimal begegnet, doch wir fanden dabei nicht die Gelegenheit, über dieses seltsame Abenteuer noch einmal zu reden. Aber ich habe Euch von diesem Abenteuer alles erzählt und nichts verschwiegen. Ich denke, dass Ihr nun auch versteht, warum ich so lange gezögert habe, den wahren Ablauf der Ereignisse zu verraten. Doch selbst wenn Ihr mir nicht glaubt, so kann ich Euch versichern, dass jedes Wort wahr ist.

Jacqueline Montemurri

Durchs wilde Ernstthal

Die Mai-Sonne schien warm auf mich herab. Ich mäßigte meinen Lauf, denn meine Beine wurden mir schwer und meine Lungen brannten. Der Anstieg zum Oberwald hatte mich doch sehr angestrengt und mein Puls raste. Das Herz klopfte mir bis in den Hals. Hatte ich die Häscher der Justiz abhängen können? Ich lauschte. Es war kein verdächtiges Geräusch zu vernehmen, kein Knacken von Zweigen unter schwerem Tritt, kein rollendes Gestein losgetreten von Polizeistiefeln. Gedämpftes Geläut der Ernstthaler Glocke war zu hören – unten aus dem Tal. Doch die Bäume ringsum verwehrten mir den Blick auf den Ort meiner Kindheit. Ich schüttelte die Erinnerungen ab, die mich zu übermächtigen versuchten. Nach kurzem Verschnaufen rückte ich den Rucksack zurecht und trat in den stillen und geheimnisvollen Wald ein.

Die Äste der Bäume wölbten sich über mir, und die zarten grünen Blätter filterten das Sonnenlicht. Ich lenkte meine Füße in den Hohlweg des Pechgrabens. Die Stimmen der Vögel waren wie Musik in meinen Ohren, und mein wildes Herz begann sich zu beruhigen. Eine Amsel saß auf einem Zweig und trällerte ihr Frühlingslied. Weiter entfernt von der Höhe des Kiefernbergs her drang das Tock-tock-tock eines Spechts zu mir herunter. Der Warnruf eines Eichelhähers ließ mich zusammenzucken. Meine Muskeln spannten sich wie die eines Pferds vor dem Sprung. Mit angehaltenem Atem blickte ich mich um. Doch da war niemand. Mir wurde gewahr, dass ich selbst der Eindringling war, vor dem der Vogel warnte.

„Greenhorn!“, titulierte ich mich selbst und lachte in mich hinein. „Pshaw! Diesmal sollen sie mich nicht erwischen. Ins Arbeitshaus nach Zwickau kehre ich auf keinen Fall zurück.“

Weiter wanderte ich durch das romantische Tal, lauschte dem Gesang der Vögel und dem leisen Plätschern der Wasser des Pechgrabens. Bald vereinten sie sich mit denen des Schindelgrabens. Nun wusste ich, dass das Ziel nicht mehr fern war. Ich setzte zum Sprung an und landete wohlbehalten auf der anderen Seite. Dichtes Buschwerk verdeckte dem unwissenden Wanderer den Blick in den Hohlweg. Ich bahnte mir einen Durchgang und endlich tat sich vor mir der Schlund der Eisenhöhle auf. Furchtlos trat ich in das Dunkel des Berges. Es sollte mein Schutz sein, mein Unterschlupf, bis sich die erregten Gemüter beruhigt hatten. Dann würde ich weiterziehen. Doch vorerst schlug ich hier mein Lager auf.

Wenn auch nur im Geiste meiner Phantasie, so war ich doch ein geübter Westmann, der sich nicht vor den Herausforderungen der Natur fürchtete. Ganz im Gegensatz zu den Herausforderungen eines gutbürgerlichen Lebens, denen ich mich zum wiederholten Male nicht gewachsen sah. Doch sei gewiss, lieber Leser, dass ich auch diese eines Tages meistern werde. Fehlt mir doch einfach nur das Ziel meines Lebens und Zeit. Zeit, meiner Bestimmung zu entsprechen. All das zu Papier zu bringen, was schon lange in mir schlummerte. Doch die Zeit war ein unbarmherziger Sklaventreiber, der die Karawane der Ereignisse durch die Wüste des Lebens trieb. Und so war ich immerzu damit beschäftigt gewesen, mir Teller und Krug zu füllen, anstatt die leeren Seiten, die ich stets bei mir trug. Dies wollte ich nun ändern.

Aus dem Rucksack kramte ich einige Kerzen. Ich strich das Zündholz über den Stiefelschaft, und die winzige Flamme erschuf ein kleines Stück Welt um mich herum. Sobald sie auf den Docht der Kerzen übergesprungen war, hatte sich diese Welt noch ein wenig vergrößert. Einige Baumscheiben nahe der bergmännisch behauenen Felswand boten mir einen geeigneten Platz, um mich niederzulassen. Zuerst prüfte ich meine Vorräte an Zwieback und Speck. Ich wünschte, ich hätte behaupten können, Vorräte an getrocknetem Büffelfleisch bei mir zu tragen. Doch derlei Dinge befanden sich nur in meinem Kopf. Eine Decke aus grauer Wolle ersetzte das gegerbte Bärenfell. Nun fühlte ich mich frei.

Ich zog die Weinflasche aus dem Rucksack und stellte sie neben die Kerze. Dann holte ich den Papierstapel hervor. Das war der Beginn. In Zwickau hatte ich endlich Zeit gefunden, all die Ideen zu den Geschichten aufzuschreiben, die sich in mir breit gemacht hatten. Ich quoll über vor Ideen und musste sie endlich aus mir befreien. Die Liste an Titeln und Sujets in meinem *Repertorium* war lang. Doch wo beginnen?

Ich legte den Bleistift und ein Stück jungfräuliches Papier auf den provisorischen Tisch neben die Kerze. Mit etwas Anstrengung drehte ich den Korken aus der Flasche und setzte sie an den Mund. Der Stift zuckte in meiner Hand. Ein weiterer Schluck. Ich starrte auf das Papier. Es war noch immer weiß. Der Schein der Kerzen tanzte auf dem nackten Gestein. Schatten von Kanten und Wölbungen narrten mich mit grinsenden Gesichtern. Das Licht flackerte, die Schatten huschten vor meinem getrübten Blick vorbei wie Raubvögel über den blauen Himmel der Prärie. Der Fels fing an sich zu bewegen, zu verschwimmen. Das Kerzenlicht formte sich zu einem runden Fleck. Ein Mond über dunklem, weitem Land. Oder war es Wasser? Es mutete an, als ob der Fels der Höhle die Oberfläche eines Sees sei. Beschienen vom silbernen Mondlicht – ein Silbersee.

Ich sank in mich zusammen.

Jemand rüttelte mich an meiner Schulter. Langsam kam ich zu mir. Licht fiel durch meine geschlossenen Augenlider. Es musste heller Morgen sein und die Sonne genau durch den Höhleneingang scheinen. Mein Kopf war schwer und ich hörte ein Rauschen und Brausen wie von einem Mühlbach. Wieder rüttelte mich jemand. Die Augen waren mir ebenfalls schwer und es gelang mir nicht, sie zu öffnen. Ich befürchtete, dass es nur die Polizei sein konnte, die mich nun doch gestellt hatte.

Ich vernahm ein Schnauben. Das Schnauben eines Pferdes – eines Polizeipferdes? Eine frische Brise wehte in die Höhle. Sie roch nach Gras und Pferd. Mir wurde gewahr, dass das Rauschen nicht von einem Mühlbach kam, sondern in meinem Kopf wohnte. Es musste die Folge des Weingenusses sein.

Nun, dachte ich resigniert, dann soll es so sein. Eine weitere Verhaftung.

Endlich fand ich die Kraft meine Augen zu öffnen. Ein Gesicht war über mich gebeugt. Edle Züge, fein geschnitten, bronzene Haut, dunkle Augen und langes schwarzes Haar.

„Mein Bruder", sprach mich der Wilde an. „Weilst du wieder im Land der Lebenden? Ich hatte schon befürchtet, dass diese Bleichgesichter dich in die Ewigen Jagdgründe zu Manitu befördert hätten."

Blinzelnd blickte ich mich um. Wo war ich?

Die Höhle war verschwunden. Ich lag im goldglänzenden Gras der Great Plains. Das konnte nicht sein! Wie sollte ich hierhergekommen sein?

Ungläubig blickte ich den Indianer an. Er lächelte. Ich erkannte ihn. Denn schon seit Langem geisterte er in meinem Kopf herum, und er war mir so vertraut. Eigentlich sollte er ein Trugbild sein, ein Gespinst meiner Phantasie. Doch nun stand er vor mir, ganz lebendig.

„Winnetou, mein Bruder ...", stammelte ich.

„Die Kugel ist an deiner Schläfe entlanggefahren und hat eine nicht sehr tiefe Wunde gerissen. Aber du scheinst noch verwirrt, Scharlih", fuhr mein Blutsbruder fort.

Ich fasste mir an den Kopf und spürte warmes Blut an meiner Hand. Dies konnte kein Traum sein.

„Das Greenhorn lebt, wenn ich mich nicht irre. Hihihi", hörte ich plötzlich eine weitere Stimme. Ich wendete umständlich den Kopf. Auf einem Maultier sitzend blickte ein

Mann mit wirrem Bart und völlig deformiertem Filzhut aus winzigen klugen Augen auf mich herab. Seine Nase war gewaltig. Ein übergroßer flickenbesetzter Jagdrock verhüllte den Rest der Gestalt und ließ nur ein paar ausgefranste Leggins herausschauen, über die ein paar zu groß geratene Stiefel gestülpt waren. Ich erkannte ihn sofort. Es war mein treuer Gefährte Sam Hawkens, zu Fleisch und Blut geworden wie Winnetou.

„Wollt Ihr den ganzen Tag verschlafen, Old Shatterhand? Oder wollen wir nun endlich diesen Santer verfolgen! Wir müssen vor ihm am Nugget-Tsil ankommen, wenn ich mich nicht irre. Hihihi“, setzte er mir weiter zu.

Ich ließ mich auf das Spiel ein. Denn was hatte ich für eine Wahl? Sollte es ein Traum sein, konnte mir nichts Böses widerfahren. Waren diese Figuren tatsächlich echt, so musste auch ich echt sein – Old Shatterhand.

Winnetou streckte mir die Hand entgegen. Ich ergriff sie beherzt und er zog mich auf die Beine. Dann bestieg mein Bruder seinen Hengst Iltschi und ich meinen treuen Hatatitla. Auf ins Abenteuer!

Wir folgten der Fährte der Banditen durch die Prärie. Die Hufe ihrer Pferde hatten einen verräterischen Pfad hinterlassen. Selbst für ein Greenhorn, das noch unerfahren im Spurenlesen war, hätte die Verfolgung der Fährte keine Herausforderung dargestellt.

So kamen wir dem Höhenzug näher, der das Gold der Apatschen barg. Und noch etwas war hiermit verbunden. Ich sah es in Winnetous Gesicht und spürte es in meinem Herzen. Wir kehrten an den Ort zurück, an dem Winnetous Vater Intschu tschuna und seine Schwester Nscho-tschi einst den Tod fanden. Ihr Mörder kehrte an den Ort des Verbrechens zurück und wir waren ihm auf den Fersen. Winnetou würde endlich Rache nehmen können, wie er sie der sterbenden Nscho-tschi versprochen hatte. Diese Gedanken verwirrten mich, denn ich grübelte über Dinge, als wären sie bereits geschehen, obwohl ich sie noch nicht zu Papier gebracht hatte. In diesem Universum jedoch gehörten sie schon der Vergangenheit an.

Ein Zweig peitschte mir ins Gesicht, als wir durch den Wald ritten, und riss mich aus den Grübeleien. Zu beiden Seiten des Weges erhoben sich bewaldete Höhen. Sie rückten allmählich enger zusammen, bis sie eine Schlucht bildeten, in die sich nur wenig Tageslicht verirrte. Der Boden war mit Geröll bedeckt. Die Hufe der Pferde hatten Mühe, den rechten Halt zu finden. Doch wir konnten keine Rücksicht darauf nehmen. Diesmal sollte der Mörder uns nicht entkommen. Der Mörder des Mädchens, das meine Frau hatte werden wollen und dafür in den Tod gegangen war.

Ein Stöhnen entfuhr meiner Brust bei diesem Gedanken. Winnetou musste es wohl vernommen haben, ließ sich jedoch nichts anmerken. Auch ihm war das Herz schwer. Das konnte ich an seinem Gesicht und seiner Haltung erkennen. Seine Miene wirkte nicht nur ernst, wie gewöhnlich, sondern regelrecht versteinert. Seine Haltung mochte für einen Fremden aufrecht und stolz wirken. Doch ich sah sehr wohl, dass er bedrückt war. Selbst der Wald schien den Atem anzuhalten, denn es war kein Vogel zu vernehmen.

Jedoch hörte ich Hufschlag. Als wir die Anhöhe erreicht hatten, fanden unsere Reittiere wieder sicheren Tritt im Gras des lichten Waldes. Wir trieben sie an und jagten zwischen den Stämmen hindurch.

Endlich wurden wir vor uns der Flüchtigen gewahr. Sie preschten zielstrebig auf eine Höhle zu, deren Eingang uns drohend entgegengähnte. Furchtlos ritt ich ihnen hinterher und setzte mich an die Spitze unseres kleinen Trupps.

„Mein Bruder“, rief Winnetou mir nach, „halte ein!“

Ich zügelte sofort meinen Rappen und hielt an. Die Hufschläge der Pferde von Santer und seiner Kumpane hallte im Bergesinnern wider.

Mein Blutsbruder war dicht an mich herangeritten und hatte die Hand auf meine Schulter gelegt. „Scharlih, reite du ihnen hinterher. Sam Hawkens und Winnetou werden ihnen auf der anderen Seite auflauern."

„Du kennst den Weg zum Ausgang?"

„Ja, mein Bruder."

„Vortrefflich. So sitzen sie in der Falle."

Winnetou nickte mir bejahend zu, deutete Sam an, ihm zu folgen, und trieb sein Pferd zum Galopp an. Sam guckte etwas verdutzt, folgte dann aber dem roten Häuptling.

So stand ich allein vor dem gähnenden Schlund des Berges. Ich lauschte. Die Hufschläge waren verklungen. Entweder waren die Banditen außer Hörweite geraten oder stehengeblieben, um uns einen Hinterhalt zu legen. Ich hatte keine Zeit, mir darüber Sorgen zu machen, sondern trieb Hatatitla vorwärts. Das Pferd bäumte sich auf. Zum ersten Mal wollte es mir nicht gehorchen. Witterte es Gefahr? Ich drückte meine Absätze fester in seine Flanken. Das Tier schnaubte nervös, ging aber vorwärts. So traten wir in die Dunkelheit des Berges ein.

Das Licht, welches durch den Eingang drang, wurde schnell schwächer, je weiter ich ins Innere vordrang. Und dann umgab mich undurchdringliche Dunkelheit. Wie sollte ich den Weg finden? Es dauerte eine geraume Zeit, bis sich schließlich meine Augen an die Finsternis gewöhnt hatten. Hatatila war in langsamem Schritt weitergegangen. Anscheinend hatte er eine bessere Sehkraft als ich, oder er orientierte sich an etwas anderem. Ich jedenfalls erblickte nun ein Flimmern und Glimmern im Fels. Es umgab mich wie ein gewaltiger Schwarm Glühwürmchen. Bei näherem Betrachten begriff ich, dass es die Goldadern waren, die in dem Dunkel leuchteten. Fast so, als wolle der Berg selbst mir den Weg weisen.

Auf einmal krachte es, dass ich meinte, der gesamte Fels würde auf mich herniederstürzen. Ich ließ mich von meinem Pferd fallen und rollte mich in eine Felsnische. Vorsichtig lugte ich nach vorn. Etwa zwanzig Schritte voraus sah ich einen Pistolenlauf funkeln. Da hockten also diese Banditen, um uns aufzulauern.

„Santer!“, rief ich. „Wenn Ihr nicht den gesamten Berg zum Einsturz bringen wollt, solltet Ihr aufhören zu schießen.“

Ein verächtliches Lachen war die Antwort. Es hallte von den Wänden wider, als käme es aus hundert Kehlen. „Was ist? Hat Old Shatterhand Angst? Ist er zu Old Schlotterhemd geworden?“

Diese Beleidigung hätte mich wütend machen sollen, doch ich schluckte meinen Zorn hinunter und versuchte einen Plan zu schmieden, diese Banditen dingfest zu machen. Ich wusste nicht, wie lang die Höhle war und ob meine zwei Freunde das andere Ende schon erreicht hatten. Auf jeden Fall durfte ich diese Bande nicht entkommen lassen. Also setzte ich mich wieder auf Hatatitla, fasste den Bärentöter am Lauf und schwang ihn wie eine Keule. Ich preschte auf die vier Banditen los, die verdutzt über meinen plötzlichen Angriff reglos dastanden. Zwei der Gauner konnte ich mit dem Kolben niederstrecken. Der dritte hastete in eine Felsspalte, wohin ich ihm nicht zu folgen vermochte. Santer, der Mörder, war auf sein Pferd gesprungen und versuchte erneut zu fliehen. Doch ich holte ihn ein, spannte meine Muskeln und sprang ihn von hinten an. Dabei riss ich ihn vom Pferd und wir stürzten auf den Höhlenboden. Mein Kopf krachte unglücklich auf einen Felsvorsprung und ich verlor das Bewusstsein.

Ein Schrei des Entsetzens ließ mich wieder zu mir kommen. Ich spürte Santers Körper unter mir. Er wand sich wie von Sinnen und wollte sich von meinem Körper, der ihn an den Boden fesselte, befreien. Er rutschte in spürbarer Panik unter mir hindurch. Im letzten Moment konnte ich noch seine Füße greifen und ihn an der Flucht hindern.

„Lass mich los, du Teufel!“, brüllte er. „Was für eine Zauberei ist das?“ Seine Stimme überschlug sich.

Zauberei?, dachte ich. Was konnte dieser Mörder meinen? Ich blickte mich um und erstarrte. Die Höhle, in der wir uns befanden, war nicht mehr die im Nugget-Tsil. Wir befanden uns wieder in der Eisenhöhle nahe Ernstthal. Ein kalter Schauer glitt mir über den Rücken.

Meine Schockstarre ausnutzend befreite sich Santer und stürzte dem Ausgang entgegen. Ich setzte ihm nach. Draußen blendete mich das Licht der tiefstehenden Mai-Sonne, die ihre Strahlen durch das junge Blätterdach des Waldes schickte. Schemenhaft erkannte ich, dass der Bandit auf ein Pferd sprang und davonpreschte.

Ich blickte mich Hilfe suchend um. Und da stand er: Hatatitla, mein Rappe. Rasch schwang ich mich auf seinen Rücken und trieb ihn zum Galopp an. Ich holte den Flüchtigen schnell ein, doch war es nicht möglich, ihn zu stellen. Zu schmal war der Hohlweg, den er hinabsprintete. So blieb ich ihm nur dicht auf den Fersen. Die Sonne neigte sich schon dem Horizont zu und die Schatten wurden länger. Endlich erreichten wir ein Feld. Zartes Grün spross aus dem Boden und wurde von den Hufen unserer Pferde niedergetrampelt. Unsere Pferde flogen mit uns über den Höhenzug. Ich sah die Kirchturmspitze von Ernstthal im letzten Licht des Tages leuchten. Der Mond erhob sich aus den Äckern und tauchte das Land in silbriges Licht. Santers Pferd glänzte schweißnass im bleichen Schein. Auch Hatatitla troff schon der Schaum aus dem Maul. Gleich würde ich den Mörder haben!

Vor uns auf dem Feld sah ich einen Weiher. Das Wasser glänzte silbern. Ein Silbersee, schoss es mir durch den Kopf. Ich konnte meine Worte selbst nicht deuten. Und dann geschah etwas Seltsames. Der kleine glänzende See schien sich zu verformen. Aus dem ovalen Weiher wurde eine weiße viereckige Fläche. Santer flog mit seinem Pferd genau darauf zu. Er wich nicht zur Seite aus. Ich meinte, er wollte über das Wasser springen, was mir völlig unmöglich erschien. Und so war es auch. Sein Pferd setzte zum Sprung an und landete mitten in dem Tümpel – oder in dem weißen Etwas, das sich daraus geformt hatte. Noch während ich darüber nachdachte, welche Zauberei hier am Werk sein konnte, machte auch Hatatitla einen Satz und ich landete mit ihm in dem Gebilde. Wie ein Ozean aus Milch sog es mich auf und verschlang mich.

Panik ergriff mich. Ich schlug um mich, ruderte mit den Armen, versuchte mich von Hatatitlas Rücken nach oben zu stoßen. Doch das Pferd war verschwunden. Ich sah nichts außer blendendem Weiß. Es drückte mir schwer auf den Schultern.

Ich riss den Kopf hoch und saugte Luft in meine Lungen. Jemand hatte meine Schultern gepackt.

„Haben wir dich!“, brüllte eine Stimme.

Ich blinzelte. Im Dämmerlicht der Eisenhöhle sah ich drei Polizisten, die mich umstellt hatten. Die Knöpfe ihrer Uniformen glänzten silbern, wie die Beschläge von Winnetous Silberbüchse. Ich roch den Wein. Die Flasche stand geöffnet vor mir auf dem provisorischen Tisch. Daneben lag der Bleistift sichtlich kürzer – und darunter ein Stapel weißer Blätter Papier. Sie waren viereckig und leuchteten silbrig, wie der Weiher, in dem Santer verschwunden war und Hatatitla. Der Weiher? Ich blickte das Papier genauer an. Es war nicht mehr leer und jungfräulich, sondern über und über beschrieben.

Ein unbeschreibliches Glücksgefühl übermannte mich. Ich lächelte. Und während die Polizisten mich hochzogen, um mich abzuführen, griff ich nach den Blättern und steckte sie in die Innentasche meines Mantels.

So waren sie gut bewahrt an meinem Herzen: Winnetou, Sam Hawkens, Old Shatterhand ...

Tim Piepenburg

Der Shatterhand Security Service

Schüsse hallten wider von der steilen Felsformation inmitten der Prärie. Die Erde zitterte und Donner rollte grollend heran. Unter der Erschütterung fingen einzelne Sandkörner zu tanzen an.

In mörderischem Tempo preschten die Pferde um die Biegung entlang der Felsen. Unter den schlagenden Hufen wurde der Präriesand wie Staub aufgewirbelt. Die Peitsche zischte und knallte. Stehend feuerte der Postkutscher seine Zugpferde an. Schweißgetränkt, keuchend und mit weit aufgerissenen Augen zogen die Pferde voran. Nur wenige Pferdelängen dahinter folgte eine Horde Apatschen, wild feuernd und in voller Kriegsbemalung, allerdings mehr zur Verbreitung von Panik als um tatsächlich gezielt zu schießen.

Die Postkutsche brauste mit gefährlich ächzenden Achsen dahin. Nur eine Person und mit ihr eine einfache Information wurde transportiert und war doch die wertvollste Fracht.

Über zwei Jahre hatte es gedauert, einen Beweis zu erhalten, der auch vor Gericht standhalten würde. Gerüchte hatten schon lange die Runde gemacht. Zuerst ganz leise, dann immer nachdrücklicher. Doch zunächst hatte niemand glauben wollen, dass es bei Old Shatterhands Security Service nicht mit rechten Dingen zuging. Lieferungen gingen verloren, zahlreiche Postkutschen verschwanden spurlos samt Kutscher und Pferden, und zwar nur solche, die nicht auf Old Shatterhands Lohnliste standen.

Doch dann hatte sich Treskow, der erfahrene Detektiv, der Sache angenommen.

Die Taten Winnetous und seines Blutsbruders Old Shatterhand waren im ganzen Westen bekannt. Aber von Ruhm allein konnte man sich nicht ernähren. Er half auch bei der Altersvorsorge herzlich wenig. Das ständige Wohltätigsein hatte einen leeren Geldbeutel zurückgelassen. Seit Winnetou tot war, hatte sich Old Shatterhand deshalb neuen Aufgaben zugewandt. Er versprach Siedlertrecks, Postkutschen und Warenlieferungen Sicherheit mit dem Ruf seines guten Namens. Doch ohne Winnetou wollten die Geschäfte nicht richtig laufen, und so musste Old Shatterhand etwas nachhelfen. Sein Geschäftsmodell etwas anpassen. Er stellte Versicherungen aus, die vor Indianerüberfällen schützen sollten. Und er begann konkurrierende Postkutschenlinien zu übernehmen. Ein kleiner Überfall, ein neuer Anstrich, ein hastig angebrachtes Firmenzeichen, und schon war die Flotte erweitert.

Stein für Stein hatte Treskow das herausgefunden. Er konnte nicht umhin, Old Shatterhands Phantasie zu bewundern, der seine Apatschen als aus dem Nichts auftauchende Kämpfer einsetzte. Etwas Mystisches und Unheimliches beschworen die Rothäute mit ihren Tänzen und Rauchzeichen herauf. Das Kriegsbeil war längst wieder ausgegraben, aber der Krieg hatte eine neue Form angenommen. Die Ahnen und die Ewigen Jagdgründe waren hinzugezogen worden. Sand, Feuer und Wasser schienen ihnen zu gehorchen.

Der wirtschaftliche Erfolg sprach für sich.

Mit den Indianern tobte ein Sandsturm heran und hatte die Kutsche schnell erreicht. Sand peitschte auf der Haut und brannte in den Augen. Und wie auf den Windböen des Sturmes schien ein einzelner Reiter dahinzugaloppieren.

Staunend riss der Kutscher die Augen auf. Er konnte nicht sagen, ob Old Shatterhand ihn bereits erwartet hatte oder ob der Sturm ihn mit einer Sandverwehung eben erst dort abgesetzt hatte. Tatsache war, er versperrte ihm auf Hatatitla und mit gehobenem Gewehrlauf den Weg.

Unter dem wütenden Wiehern der Pferde konnte der Kutscher gerade noch abbremsen, und die Kutsche blieb mit einem kleinen Satz abrupt stehen.

Keine Worte, nur ein Blick. Alle wussten, was folgen würde. Treskow stieg aus. Die Andeutung eines Nickens bei Old Shatterhand und eine Spur von Bedauern in den Augen.

Der Abzug des Henrystutzens klickte.

Kai Riedemann

Unter der Teufelskanzel

Unter ‚Devils Pulpit' versteht der Indianer einen heiligen Ort, an welchem die Häuptlinge beraten und das Ergebnis dann durch einen Sprecher den versammelten Stämmen verkünden lassen. Ich hatte eine solche ‚Teufelskanzel' bereits mehrfach gesehen und dabei ihre geheimnisvollen akustischen Eigenschaften kennengelernt. Der Blick in die kleine Seitenschlucht, die wir jetzt erreicht hatten, war mir also vertraut.

Reichenbach parierte sein Pferd, deutete hinab in die Tiefe und sagte mit scharfer, dünner Stimme: „Alle Wetter! Das ist doch Menschenwerk! Findet Ihr nicht, dass die Form dieses Kessels einer perfekten Ellipse gleicht?"

„Sie wird ‚Kanzel des Teufels' genannt", antwortete ich. „Wir stehen am höchsten Teil der Felsenwand, die bei allen solchen Orten fast senkrecht in die Tiefe fällt."

Ich sprang aus dem Sattel und untersuchte das Geröll. Es wurde mir nicht leicht, die Spur zu entdecken. Ich fand sie aber doch. Sie führte in die Schlucht hinab. Wir mussten den Pferdestapfen nur noch folgen, um endlich unser Ziel zu erreichen.

„Charles, Ihr wollt mich doch nicht glauben machen, dass wir uns hier unbemerkt den Roten nähern können? Welch ein unbegreiflicher Unsinn, welch ein …" Der Zeitungsschreiber aus der sächsischen Heimat, der mir bei dieser Reise in den Westen nicht von der Seite wich, hielt mitten im Satz inne, vergaß aber den Mund zuzumachen.

Uns bot sich nämlich plötzlich ein Anblick von allerhöchstem Interesse dar. Auf dem sonst vollständig ebenen, ellipsenförmigen Boden der Felsenschlucht gab es zwei künstlich hergestellte Erhöhungen, welche ganz das Aussehen von Inseln hatten, die aus einem steinernen See hervorschauten. Neben der westlichen dieser Inseln erblickten wir jetzt eine ganze Anzahl von Indianern, die umgehend mit geheimnisvollen Beschäftigungen begannen. Ihre Pferde standen ringsumher auf den Steinplatten, mit denen der ganze Boden belegt war. Nur im Westen des Kessels herrschte dieses rege Treiben. Fast schien es, als würden Mensch und Tier ein Drittel der Ellipse ängstlich meiden, während man es den anderen beiden Dritteln gleich beim ersten Blick ansah, dass sie einem zeremoniellen Zweck dienten.

Wir traten eilig ein paar Schritte zurück, damit uns die Indianer nicht entdecken konnten, wenn sie einmal zur Höhe emporschauen sollten. Sie waren zwar vollauf mit ihren Vorbereitungen beschäftigt, aber ein Westmann geht freilich kein Wagnis ein, wenn er es vermeiden kann.

„Höchst sonderbar“, sagte Reichenbach und sprang ebenfalls von seinem Pferd. „Ihr habt Euch bestimmt genug unter den Indianern umhergetrieben, um ihre Bräuche zu kennen. Was, glaubt Ihr, geht dort unten vor?“

„Dieser Ort ist jedem roten Mann heilig. Er ist für Zusammenkünfte bestimmt, die zwischen verschiedenen Nationen abgehalten werden.“

„Ah – wirklich? Danach sieht ihr Treiben aber nicht aus.“

„Was man sich von solchen Kanzeln erzählt, ist viele hundert Jahre alt. Hier hört Gott, wie der Teufel spricht. Glaubt Ihr daran?“

„Nein, sicherlich nicht.“

„Ich selbst habe jedenfalls erlebt, dass man auf der einen Erhöhung hören kann, was auf der anderen gesprochen wird, auch wenn die Entfernung zu groß ist, um die Gesichter zu erkennen.“

Obwohl ich vermutete, dass auch diese Teufelskanzel ein akustisches Geheimnis besaß, so galt es jetzt doch zuerst zu erfahren, was sich bei den Indianern im Talkessel tat. Wir hätten ihr Handeln beobachten können, aber da wir so klug waren, uns nicht ganz vor an die Brüstung zu wagen, konnten wir nur wenig entdecken.

„Soll ich mich über den Pfad dort zwischen den Bäumen den Roten nähern?“, fragte Reichenbach.

„Das lasst hübsch bleiben. Oder wollt Ihr noch heute Eure vortreffliche Haarpracht verlieren?“ Als ich das sagte, hörten wir plötzlich Schüsse krachen. Ein schreckliches Geheul klang aus der Tiefe der Teufelskanzel zu uns herauf. Wieder ein Schuss und noch einer. Es klang wie Winnetous Doppelgewehr. Was unmöglich war, denn selbiges trug ich zerlegt und gut verpackt in meinen Satteltaschen.

Jetzt galt es, keine Zeit zu verlieren. Ich eilte los, nicht zu Pferd, sondern zu Fuß. Das Gelände war nämlich schwierig und ich musste Acht geben. Reichenbach versuchte mir zu folgen. Der wackere Zeitungsschreiber aus Radebeul gab sich zwar jegliche Mühe, gegen einen erfahrenen Westmann jedoch, sei er auch hohen Alters, hatte er es schwer, und er blieb schon bald zurück.

Nun rannte ich nicht nur, sondern ich schnellte förmlich weiter, in weiten Sätzen, wie ein Puma, der sich auf seine Beute werfen will. Ich übersprang einen Bach, der sich zwischen den Bäumen hindurchschlängelte und schließlich in Kaskaden direkt in die Tiefe stürzte.

Wieder krachten Schüsse. Einige Augenblicke später erscholl ein Schrei, der mir wie ein Messer durch den Körper drang. Es war der Todesschrei der Apatschen. Ich konnte dem Pfad in den Talkessel leider nicht in der geraden Richtung folgen, sondern musste einen ganz ansehnlichen Bogen schlagen. Das hatte ich nicht berechnet und mich darum zu der irrigen Ansicht verleiten lassen, die Teufelskanzel wäre schneller zu erreichen.

In der Tiefe angekommen, musste ich zunächst innehalten, um Atem zu holen. Es war ein erstaunlicher, ein überaus erstaunlicher Anblick, der sich mir bot. Die Schlucht war leer, vollständig leer. Ich suchte nach den Spuren der so schnell Verschwundenen, doch da der Boden aus sehr fest zusammengefügten Steinplatten bestand, fand ich nichts.

„Alle Wetter! Sind wir jetzt wirklich völlig übergeschnappt?" Der vom ungewohnten Laufen ermüdete Reichenbach holte tief Atem. Seine Beine begannen zu zittern. Er stand nur wenige Schritte von mir entfernt und schaute mit großen Augen um sich.

„Wo sind sie denn hin?", rief er aus.

„Hm, ich habe so meine Ahnung."

„Charles, Ihr macht mich wahrlich neugierig."

„Soll ich einmal so kühn sein zu raten?"

„Allerdings."

„So kommt mit mir."

Wir befanden uns im westlichen Teil der Ellipse, auf welchem sich eine der beiden Inseln erhob. Sie war ebenso vollständig kahl wie der von Platten bedeckte Boden. Eine Reihe von Stufen führte hinauf. Oben gab es in der Mitte einen hohen steinernen Sessel und rund um ihn einen Kreis von niedrigeren Sitzen.

Wir stiegen hinauf. Es war nicht das Geringste zu sehen, was uns als beachtenswert erschienen wäre.

„Nun?"

„Seid nicht so ungeduldig. Wartet nur noch einen einzigen Augenblick." Was ist der Mensch doch für ein sonderbares, unbegreifliches Geschöpf! Ich hatte in Wahrheit keine Ahnung; diesem Greenhorn gegenüber versuchte ich dennoch, meine Autorität geltend zu machen. Ich suchte jeden Fußbreit des umliegenden Platzes ab. Wenn das Geheimnis, welches ich hier vermutete, wirklich vorhanden war, musste es auf der Anwendung eines höchst einfachen Naturgesetzes fußen.

„Sonderbar. Ihr werdet gleich sehen, dass ..."

Bei diesen Worten hörte ich plötzlich ein kurzes, aber scharfes Knirschen unter mir. Ein wildes Flammenzucken ging von dem erhöhten Sessel auf der Teufelskanzel aus. Es blitzte und flimmerte im Spiegel des Himmels. Goldglühende Wölkchen stiegen empor und hüllten uns ein, der Boden ringsumher zitterte. Wir standen reglos da, während immer mehr dunkle Schleier die Sicht verstellten. Der Kreis von niedrigen Sitzen begann sich zu drehen und verschwand in einem Wirbel, welcher alles in einen Abgrund zog, zermalmte, zerrieb und zerpulverte.

Ich hatte plötzlich eine undurchdringliche Dunkelheit vor mir und sank nieder.

Als ich erwachte, fühlte ich die Qualen eines tausendjährigen Schlafs in mir. Oh, meine Brust, wie schmerzte sie! Ich erhob mich mühsam von der Erde, drehte mich nach rechts, nach links, schließlich ganz um mich herum, schüttelte mich, dass alle Knochen wackelten. Mir bot sich ein sonderbarer Anblick dar. Wo erst vor kurzer Zeit der liebe, warme Sonnenschein strahlte, erhellte jetzt ein diamantenes Funkeln die Umgebung. Ganz ebenso wie ein Edelstein besaßen die Wände eine leuchtende Kraft. Der Himmel war einer steinernen, ebenso funkelnden Decke gewichen. Ich blickte mich mit ängstlichem Interesse um.

Sicherlich befand ich mich in einer unterirdischen Kammer, welche direkt unter der Teufelskanzel liegen musste. Sie war nicht eine natürliche Höhle, sondern durch menschliche Hand in das Gestein gehauen worden. Den felsigen Fußboden hatte man mit Platten belegt, die wie flüssiges Metall glänzten; ebenso waren die Wände etwas über einen Meter hoch davon bedeckt. Am Boden, genau in der Mitte, stand ein steinerner Altar, über welchem sich auf einer dicken Lage weißer Felle eine Anzahl von Büchern breiteten. Nirgends eine Tür, ein Fenster, eine Öffnung oder sonst etwas dem Ähnliches!

Nur die große Müdigkeit, welche ich fühlte, vermochte mich davon abzuhalten, mit geballten Fäusten auf die Wände einzuschlagen. In dem engen, abgeschlossenen Raum fühlte ich mich ganz dumm im Kopf; denn wer seine Tage in der Unendlichkeit der freien, offenen Prärie zugebracht hat, kann sich nur schwer an die Abgeschlossenheit einer solchen Kammer gewöhnen.

Während ich nur Augen und Ohren für die funkelnden Wände ringsumher hatte, erklang hinter mir ein leises, aber scharfschneidiges Geräusch, wie wenn gleichzeitig zwei Glastafeln aneinander reiben. Das klang unheimlich. Ich drehte mich um und erschrak, als es einen neuen donnerähnlichen Krach tat. Die Erde bebte und die ganze Umgebung schien in Bewegung zu sein. Aus dem Boden schoben sich gewaltige Spiegel, welche den Altar kreisförmig zu verdecken begannen. Diese Spiegel waren gewiss fünf Meter hoch. Ich kann ganz und gar nicht behaupten, dass ich mich dabei noch als tapferer Westmann fühlte. Etwas Geisterhaftes, Gespenstisches ging hier vor sich.

Ich trat vorsichtig an den ersten Spiegel heran. Seine Glätte wurde von keinem einzigen Punkt getrübt. Aus der polierten Fläche schaute mich angstvoll mein Reisegefährte Carl Ludwig Reichenbach an. Er trug denselben armseligen Anzug, welcher ihm bereits bei unserem langen Ritt durch die Prärie gute Dienste geleistet hatte; allerdings wirkte der Ausdruck seines Gesichts befremdend und die Augen lagen tief in den Höhlen.

Ich hob meine rechte Hand, und Reichenbach hob seine linke Hand. Ich schloss mein linkes Auge, und Reichenbach schloss sein rechtes Auge. Es sah wahrlich so aus, als ob er in jeglicher Hinsicht ein Spiegelbild meiner Person war. Weshalb und mit welchem Zauber diese Übereinstimmung? Das war die Frage, der ich nachzuspüren hatte, wenn ich den Anspruch erhob, für einen scharfen und zuverlässigen Beobachter zu gelten.

„Unternehmt doch was!“, rief Reichenbach ärgerlich aus. „Ich dachte, Ihr seid Old Shatterhand?“

„So nannte man mich. Warum?“

„Warum? Das fragt Ihr noch? Seht Ihr denn nichts, gar nichts? Wisst Ihr denn nicht, wie lange es her ist, seit ich hier in diesem Gefängnis stecke?“

Er schaute mich plötzlich hasserfüllt an. „Bin ich denn wahrlich nur ein Teil Eures Selbst, damit Ihr Eure Überlegenheit zur Geltung bringen könnt? Wie traurig, wie unendlich traurig.“

Mit eiligen Schritten entfernte ich mich und trat vor den zweiten Spiegel. Plötzlich wurde mir mein Herz wieder leicht. „Das ist Winnetou! Mein Winnetou!“, rief ich aus.

Und da hörte ich Winnetous weithin schallende Stimme: „Ja, das ist Winnetou. Das ist seine Seele!“

Tausend Erinnerungen tauchten auf, alle mit dem Namen meines roten Bruders verknüpft. Seine Mokassins waren ebenso wie damals mit Stachelschweinsborsten und die Nähte seiner Leggins und des Jagdrocks mit feinen, roten Nähten geschmückt. Er trug den Medizinbeutel am Hals und das Kalumet dazu. Winnetou hatte das blauschimmernde Haar wieder zu einem Schopf aufgewunden, aber ohne es mit einer Feder zu schmücken. Es war so lang, dass es dann noch schwer auf den Rücken niederfiel. Sein Gesicht war fast noch edler, als ich es in meinem Gedächtnis bewahrt hatte.

„Mein Bruder hat damals leichtfertig gehandelt“, tadelte mich der edelste der Indianer. „Winnetou wünscht sich nichts sehnlicher als …“ Seine Lippen bewegten sich weiter, doch hörte ich die Worte nicht, die ihnen entschlüpfen sollten. Ich mühte mich, etwas zu verstehen, doch es klang wie ein Hauch, der keine Bedeutung hat.

Hierauf wendete sich Winnetou von mir ab und schritt davon, in den Nebel hinein, in welchem er verschwand.

Ich eilte weiter zum nächsten Spiegel und erblickte einen alten, guten Bekannten von mir, namens Max Pappermann. Der Präriejäger wurde von jedermann ‚der blaue Maksch‘ genannt. Er hatte nämlich auf einem seiner Streifzüge durch den Westen das Unglück gehabt, sich die linke Seite des Gesichts durch explodierendes Pulver zu verbrennen. Die von dem Pulver getroffene Hälfte hatte sich für immer blau gefärbt.

Ich hob wieder meine rechte Hand, und Max Pappermann hob seine linke Hand. Doch mit Schrecken bemerkte ich, dass er in selbiger eine Taschenuhr schwenkte. Er schwenkte sie hin und her und ließ dabei ein höhnisches Gelächter erklingen. Dann verzerrte sich seine blaue Gesichtshälfte, und ich schaute plötzlich in die Augen von Tom Muddy. Das war jener Schurke, von dem Pappermann den niederträchtigen Schuss in das Gesicht bekam, der ihn für das ganze Leben entstellte und verbitterte. Diese gespensterhafte Verwandlung im Spiegel ging weiter, mit einem Mal erkannte ich den Mörder Santer, dann wieder einen Wilderer aus meinen „Erzgebirgischen Dorfgeschichten", bis ich mich schließlich selbst erblickte.

Der Spiegel zeigte allerdings, wohl infolge des geheimnisvollen Zaubers, anstatt der Felsenwände meines Gefängnisses hier, mein altes Arbeitszimmer in Radebeul. Man denke sich mein allerhöchstes Erstaunen, als ich sah, dass alles vorhanden war. Ich wendete mich nach links und erblickte den Löwen, das Fell des Bären, die kostbaren Teppiche an den Wänden und so weiter. Hierauf wendete ich mich nach rechts und schaute auf die Bücher, welche mir so oft in früherer Zeit zur Hilfe gedient hatten.

Es verstand sich ganz von selbst, dass ich alle Vorsicht anwendete, um nicht verrückt zu werden vor Verwunderung. Warum und wozu? Welchem unheimlichen Zweck mochte dieser Zauber entspringen? Kein noch so scharfes und noch so kompliziertes Nachdenken konnte mir eine einwandfreie Antwort auf diese Fragen bringen.

Ich näherte mich dem Spiegel weiter, doch so, dass ich ihn zum Schutz nicht berührte; dann ließ ich ein gellendes Geheul hören. Ich kam mir verändert vor. Es war ein hässlicher, ein überaus hässlicher Anblick. Ich glich mit einem Mal einem Dämon, einem bösem Geist, dessen Betrachtung für sterbliche Augen unerträglich ist.

Oh, meine Brust, wie schmerzte sie, wie unbegreiflich schmerzte sie! Jetzt vergaß ich alle Vorsicht und griff direkt in den Spiegel. Meine rechte Hand verschwand wie in einem Nebel, ebenso mein rechter Fuß. Etwas kam auf mich zu, legte beide Arme um mich, zog mich an sich und rief aus: „Meine Sehnsucht ist erfüllt. Ich wusste, dass du kommen würdest." Alte, gute Augen strahlten vor Freude, dann wieder glühten sie vor Hass und Wut. Es packte mich fester und fester und ließ mich nicht wieder los. Der Gedanke daran, dass man irgendwann seine inneren Dämonen erblickt, bevor man das unbekannte Wasser des Todes mit kühn schwimmendem Arm zerteilt, dieser Gedanke ging mir fortwährend durch den Kopf.

Ich lächelte, denn ich hatte nun mein letztes Abenteuer, mein größtes Abenteuer vor mir.

Rainer Schorm

Old Undeath

Ich fühlte mich hier nicht wohl. Ganz und gar nicht!

Old Shatterhand war vor Anbruch der Nacht aufgebrochen. Der alte Westmann hatte sein Pferd gesattelt und die Reisegruppe verlassen. Wir alle, Joshua Samuels, Van Bronken, die beiden Gambusinos und sogar der alte Indianer waren froh gewesen – auf sonderbare Weise. Es ist immer traurig zu sehen, wie eine Legende stirbt. Und er wusste es! Es stand in seinem Gesicht geschrieben, in seinen Augen. Er hatte von damals erzählt, wie alte Männer dies häufig tun.

Wir befanden uns in der Nähe von Uhlmanns Bonanza, wo vor vielen Jahren Koscha-pehve sein Ende gefunden hatte – eine andere Legende aus vergangenen Tagen. Dann hatte er sich verabschiedet und war gegangen. Wir hatten schweigend dagesessen, noch beeindruckt von seiner bewegenden Geschichte. Das Feuer hatte still vor sich hin gebrannt, rauchlos, und die Nacht hatte sich über uns gelegt wie ein schwerer, schwarzer Mantel.

Dann, eine scheinbare Ewigkeit später, hatte sich der alte Indianer, ein ungepflegter Chimarra, dessen Haar in langen fettigen Strähnen auf eine ebenso fettige Wolldecke fiel, die auf seinen krummen Schultern lag, plötzlich ein wenig aufgerichtet und geflüstert: „Er hat euch nicht alles erzählt!“

Joshua Samuels, der sich von uns allen sicher am längsten in den Plains herumtrieb, hatte sich nach vorn gebeugt und leise gefragt: „Also ist es wahr, was man sagt?“

Der Alte sah ihn unwillig an.

Samuels lehnte sich zurück und machte ein aufforderndes Zeichen.

Der Indianer nickte zufrieden und öffnete den Mund, dass man zwei Zahnreihen erkennen konnte, deren meiste Mitglieder durch Abwesenheit glänzten. Dann begann er zu erzählen. Davon, dass hier in der Gegend so viel Tabak gestohlen wurde wie nirgendwo sonst – hauptsächlich Kautabak. Und andere unglaubliche Dinge.

Als er geendet hatte, lehnte er sich zurück und schwieg. Wir wussten, er würde um nichts in der Welt noch ein Wort sagen. Also begaben auch wir uns zur Ruhe.

Bis auf mich, denn mir fiel die erste Wache zu, worüber ich zunächst nicht böse war, denn ich hätte kein Auge zutun können. Also saß ich in der lastenden Dunkelheit, ein sanfter Wind aus Südost fuhr raschelnd durch das hohe Gras, die Büsche und die Bäume des nahen Waldes, wo eine tiefe Schlucht in den Kalkfelsen schnitt, und mein Unwohlsein wurde stärker und stärker.

Dann, es war weit nach Mitternacht, ließ mich ein leises Geräusch aufhorchen. Es war vertraut, und doch gehörte es nicht hierher. Nicht zu dieser Zeit. Es war das leise, gedämpfte Klirren großer Sporen.

Ich schob mich vorsichtig durch das schützende Gebüsch nach vorn. Und ich begann zu schnuppern. Das Geräusch war unheimlich, der Gestank, der zu mir herüberwehte, war noch viel schlimmer. Ein stechender, betäubender Geruch, der zum Würgen reizte. Eine Mischung aus Schwefelwasserstoff und Ammoniak. Es kostete mich einige Mühe, ruhig zu bleiben.

Dann sah ich ihn. Eine endlos lange Gestalt, dürr, einem Skelett gleichend. Die Füße in langschäftigen Stiefeln, aus einem einzigen Stück Pferdeleder geschnitten. Ein Jagdhemd, das die Unterarme beinahe völlig freiließ, sodass man Elle und Speiche sehen konnte. Ein gewaltiger Sombrero saß auf einem fleischlosen Totenschädel, in dem dunkle, gebrochene Augen saßen.

Die Gestalt flüsterte in einem fort leise vor sich hin, und ich verstand zunächst kein Wort. Die grausige Erscheinung drehte sich und schnüffelte. Dann verschwand sie, um keine Minute später zurückzukehren. Ich sah, wie sie etwas zum Mund führte und sogleich zu kauen begann. Dann hörte ich sie wieder murmeln. Diesmal verstand ich, was sie sagte, bevor sie wieder im Dunkeln verschwand: „Es kann nicht sein. Es ist unmöglich. Ich kalkuliere, es ist ein Irrtum."

Das Grauen packte mich.

Er war es tatsächlich: Old Death, der alte Scout, der hier vor unzähligen Jahren irrtümlich erschossen wurde. Getroffen von einer Kugel, die nicht für ihn bestimmt gewesen war. Ich erinnerte mich daran, was der alte Chimarra gesagt hatte: Koschapehve war kugelfest. Kein Geschoss hatte ihm etwas anhaben können, bis zu diesem unglückseligen Moment.

Und nun wusste ich, warum er niemals wirklich gestorben war, warum der Unglückliche immer noch durch die Prärie schlich, auf der ewigen Suche nach Kautabak und Opium, das er daruntermischte.

Er konnte nicht glauben, dass er tot war. Er konnte es einfach nicht glauben!

Anja Stürzer

Old Onehand

Im Jahre 1898 führte mein Weg mich in Geschäften nach Dresden. Als großer Bewunderer des Reiseschriftstellers Dr. Karl May beschloss ich, bei dieser Gelegenheit auch die Villa Shatterhand in Radebeul zu besuchen, ja, wenn möglich, gar deren berühmten Bewohner persönlich kennenzulernen. Tatsächlich öffnete man auf mein Klingeln und hieß mich bereitwillig durch den mit Reiseerinnerungen geschmückten Flur in das Empfangszimmer treten, wo der Hausherr mich wohlwollend begrüßte.

Im Verlauf unserer Unterredung bat ich ihn, doch einmal den legendären Henrystutzen und den Bärentöter sehen zu dürfen, und so führte er mich in das angrenzende, mit Diwanen, orientalischen Lampen sowie Schränken mit arabischen Tassen, Vasen, Tongefäßen und Pfeifen angefüllte Arbeitszimmer, dessen Boden ein stattliches Löwenfell zierte. Lächelnd bat May mich, kurz zu warten, und verließ den Raum, nur um wenig später zurückzukehren, die zwei Gewehre in der Hand und darüber hinaus unverkennbar gekleidet als Old Shatterhand, der berühmte Westmann: Über ausgefransten Leggins trug er ein ebenso an den Nähten ausgefranstes Jagdhemd; in dem aus einzelnen Riemen geflochtenen Gürtel steckte ein Bowiekneif; an den Beinen hatte er lange Stiefel, welche er bis über die Knie emporgezogen hatte, und auf dem Kopf einen breitkrempigen Filzhut, in dessen Schnur ...

„Aber lieber Herr Doktor May!“, rief ich aus, der ich die Beschreibung Old Shatterhands genau aus seinen Büchern

kannte. „Wo sind denn die Ohrenspitzen der vielen Grauen Bären, die Sie erlegt haben?“

Nachdenklich nahm May den Hut vom Kopf und strich mit dem Zeigefinger darüber. „Es ist wahr“, entgegnete er, „dass ich diesen Jagdschmuck früher zu tragen pflegte. Allerdings gibt es einen Grund dafür, dass ich mich heutzutage nicht mehr mit derlei Trophäen schmücken mag.“

Begierig bat ich ihn, mir diesen Grund zu nennen.

„Diese Geschichte“, hob er an, „habe ich bislang noch niemandem erzählt, und wenn ich jetzt mein Schweigen breche, so muss sie unter uns bleiben, denn sie ist so unglaublich, dass ich als der größte Hochstapler unter der Sonne gälte, würde sie jemals in der Öffentlichkeit bekannt.“

Nachdem ich ihn meines Stillschweigens versichert hatte, begann May folgendermaßen:

Zu jener Zeit, als die Union Pacific Railroad den Arkansas River erreicht hatte und die letzten großen Planwagenzüge auf dem Santa Fé Trail unterwegs waren, trieb im Grenzgebiet von Wyoming und Montana ein Westmann sein Unwesen, dessen Taten ihm zu einem äußerst zweifelhaften Ruf verholfen hatten. Zwar war er keines Verbrechens schuldig gesprochen worden, und er galt als fähiger Trapper und Jäger, doch war es gefährlich, ihm in die Quere zu kommen, und so mancher, der sich mit ihm angelegt hatte, hatte dies dem Hörensagen nach mit dem Leben bezahlt. Es hieß, er sei groß und stark wie ein Grizzly, fast ebenso behaart und genauso unberechenbar. Dabei fehlte ihm aber die linke Hand, was ihn verbittert und menschenscheu gemacht habe. Aus diesem Grund, und weil niemand seinen Namen kannte, wurde er allgemein nur „Old Onehand“ genannt.

Ich war diesem Mann noch nie begegnet, obwohl sich unsere Wege oft nur um ein Weniges verfehlt hatten, und ich hegte, wenngleich ich doch neugierig war, einmal einen derartigen Riesen leibhaftig zu sehen, ob seines Rufs nicht das Bedürfnis, mich auf die Suche nach ihm zu begeben. Das Schicksal wollte es aber, dass ich als einziger Mensch, der dies überlebte, erfahren sollte, was es mit dem Verlust seiner Hand auf sich hatte.

Zu jener Zeit hielt ich mich in St. Louis auf und plante, als Begleiter eines Trecks nach Santa Fé und von dort aus weiter zum Mount Hancock zu reiten, um Winnetous Grab zu besuchen. Kurz vor unserem Aufbruch erreichte mich jedoch eine postlagernde Botschaft, die mich aufs Höchste in Erstaunen versetzte. In ungelenken Blockbuchstaben geschrieben enthielt sie – ohne weitere Begründung – die Bitte, in drei Wochen in Fort Lyon, dem ehemaligen Handelsposten Bent's New Fort, mit Old Onehand zusammenzutreffen. Offensichtlich wusste dieser gut über meine Angelegenheiten Bescheid, denn jener einsame Außenposten der US-Armee, der wenige Jahre zuvor im Zuge des Sand Creek Massakers an 163 wehrlosen Indianern – Frauen, Kindern und Alten – traurige Berühmtheit erlangt hatte, lag genau auf meinem Weg. Da meine Pläne mich also ohnehin in diese Richtung führten, beschloss ich, der Bitte zu folgen, und brach am folgenden Tag auf.

Der Ritt durch die östlichen Prärien Colorados verlief ereignislos und so war ich noch vor dem angegebenen Zeitpunkt im Fort. Ich quartierte mich ein und begab mich in den Schankraum der angeschlossenen Wirtschaft, wo ich mir eine ruhige Ecke suchte und ein gutes Bier bei dem deutschstämmigen Wirt bestellte. Der Lärm war beträchtlich, denn es war Zahltag und bald jeder Tisch besetzt mit trinkenden Gesellen. Das Bier und die geschäftigen Geräusche machten mich schläfrig, sodass ich mich zurücklehnte und die Augen schloss.

In der Wildnis genügt schon das Brechen eines Zweiges, um den Westmann hellwach werden zu lassen – hier aber, unter all diesen Leuten, war es die plötzliche Stille, die mich hochfahren ließ. Der Grund für das allgemeine Schweigen war unübersehbar: Gegen das Licht der geöffneten Tür hob sich die gewaltige Silhouette eines, so schien es zunächst, auf den Hinterbeinen stehenden Bären ab. Doch erkannte ich sogleich meinen Irrtum, als der massige, vollbärtige Mann – denn ein solcher war es – suchenden Blicks in den Schankraum kam. Er war sicher noch um einen Fuß größer als der hünenhafte Old Firehand, hatte dunkle Haut und indianische Züge, war dabei jedoch kräftiger und vor allem haariger als die Indsmen, die jegliche Körperbehaarung aufs Sorgfältigste auszuzupfen pflegen. Der linke Arm steckte in der Tasche seines Jagdrocks; in der rechten Hand hielt er eine Biberfellmütze, die schon bessere Tage gesehen hatte.

Um diesen verwahrlost aussehenden Gesellen, der zweifellos Old Onehand sein musste, hatte sich ein leerer Raum gebildet, alle Welt war vor ihm zurückgewichen und gaffte ihn an. Ich wollte mich schon erheben, um mich zu erkennen zu geben, da ertönte draußen ein lauter Ruf: „Er ist's! Ergreift ihn – er hat meinen Vater auf dem Gewissen!"

Sogleich stürmten an die zehn Uniformierte durch die Tür und warfen sich auf den Riesen. Obgleich dieser sich heftig wehrte und dabei mehrere Männer so durch den Raum warf, dass sie zu Boden stürzten, wobei einige Knochen brachen, wurde er binnen Kurzem überwältigt und von der schieren Menge der Gegner zu Boden gedrückt. Das Kampfgeschehen dauerte kaum eine Minute, dann wurde er gefesselt abgeführt. Beim Hinausgehen fand er jedoch meinen Blick, und für einen kurzen Moment bildete ich mir ein, in seinen kleinen, schwarzen Augen einen so abgrundtiefen Hass aufschimmern zu sehen, dass ich tatsächlich ein wenig erschrak.

Wenig später lachte ich jedoch über mich und beschloss, der Sache auf den Grund zu gehen. Nachdem ich gezahlt hatte, machte ich mich also auf die Suche nach der Arrestzelle, wohin man Old Onehand zweifellos gebracht hatte. Von den davor postierten Wachen, die eher der Abwehr der Schaulustigen dienten als der Sicherung des hinter armdicken Gitterstäben Eingesperrten, erfuhr ich, dass seine Schuld zweifelsfrei erwiesen sei und er bei Tagesanbruch exekutiert werden solle.

„So gab es also bereits eine Gerichtsverhandlung?“, fragte ich.

„Nicht nötig“, beschied mich ein Soldat. „Wir haben einen Augenzeugen, dessen Leumund über jeden Zweifel erhaben ist. Im Übrigen weiß jeder hier, dass Onehand den Tod mehr als einmal verdient hat!“

So handelte es sich also um Lynchjustiz. Zugegeben, wir befanden uns im Wilden Westen, wo man wenig zimperlich war, wenn es darum ging, Recht und Ordnung herzustellen. Dennoch konnte ich ein derartiges Vorgehen keinesfalls gutheißen. Ich nahm mir daher vor, zu später Stunde auf eine heimliche Unterredung mit dem so vorschnell Verurteilten wiederzukommen, und begab mich vorerst auf mein Zimmer.

In den frühen Morgenstunden erhob ich mich, packte meine Sachen für einen raschen Aufbruch und wollte gerade ungesehen zur Arrestzelle, als sich draußen ein Geschrei erhob: „Wo ist der Scout? Der Scout?“ Kurz, Old Onehand war entkommen! Ich eilte hinzu und sah mit eigenen Augen die niedergeschlagenen Wachen und die verbogenen Gitterstäbe. Welch unglaubliche Körperkraft dieser Mann besitzen musste!

Sogleich stellte man eine Truppe zusammen, um die Verfolgung aufzunehmen. Doch der herbeigerufene Arapaho-Scout verschränkte die Arme und weigerte sich, die Fährte zu suchen. Seine schwarzen Augen glitzerten im ersten Morgenlicht. Fast hätte man Furcht in seinem versteinerten Gesicht lesen mögen. Das einzige Wort, was aus ihm herauszubringen war, lautete: „Whoth!“

„Ihr da!“, rief mich in diesem Moment jemand an. Es war der kommandierende Sergeant. „Ihr seid doch ein Trapper und versteht Euch aufs Spurenlesen?“

„Ein wenig“, entgegnete ich lächelnd.

„So tut uns doch den Gefallen und begleitet uns. Helft Ihr uns, den Flüchtigen wieder einzufangen, so soll es sich für Euch lohnen!“

„Was hat er denn getan?“

„Er hat den alten Bärentöter auf dem Gewissen!“

„Den Bärentöter? Doch nicht Baumann, genannt Mato-poka?“

„Eben den! Hier steht sein Sohn Martin, der es bezeugen kann!“

Überrascht drehte ich mich um und gewahrte einen breitschultrigen, dunkelblonden Mann mit blaugrauen Augen, in dem ich nur mit einiger Mühe den jungen Martin wiedererkannte, dem wir vor Jahren im Yellowstone begegnet waren. Die Zeit hatte ihre Spuren in sein Gesicht gegraben und ein Zug von Bitterkeit lag um seinen Mund. Um den Hals hing an einem Lederriemen die hölzerne, inzwischen fast völlig abgegriffene Puppy, die er stets als Erinnerung an sein kleines, in jungen Jahren von einem Bären getötetes Schwesterchen bei sich trug. Jetzt hatte er also auch noch den Vater verloren. Ernst trat er herbei und wir begrüßten einander.

Es war nun für mich eine Selbstverständlichkeit, mich an der Verfolgung von Old Onehand zu beteiligen. Ohne Mühe fanden wir seine Fährte, die er sich nicht die Mühe gemacht hatte zu verwischen, und hefteten uns an seine Fersen.

Am Abend des darauffolgenden Tags lagerten wir am Purgatoire River, und dort erzählte Martin mir, wie es zu dem schrecklichen Tod des Vaters gekommen war. Die beiden Bärenjäger hatten eine Grizzlyfährte verfolgt, die schnurgerade vom Ufer eines Bachs auf eine Felswand zuführte. An deren Fuß angekommen, entdeckten sie eine Spalte, die tief in den Berg hineinführte. Sie trennten sich, um beiderseits der Schlucht den Fels zu besteigen und den Grizzly, den sie darin vermuteten, von oben zu erlegen. Kaum hatte Martin die Steigung erklommen, da hörte er einen Schuss, dessen Echo in den Felsen widerhallte. Auf der anderen Seite des Abgrunds, kaum 30 Fuß entfernt, stand Old Onehand und versperrte Mato-poka, der sein Gewehr auf ihn gerichtet hielt, den Weg.

„Dies sind meine Bären, hörst du? Meine! Du wirst sie nicht anrühren!“, drohte der Riese.

Der Bärentöter lachte verächtlich. „Ich jage, wann und wo ich will, und wenn mir ein Grizzly über den Weg läuft, so hat er sein Leben verwirkt! Aus dem Weg, sonst fängst du dir eine Kugel!“

Anstatt sich zu trollen, warf sich Old Onehand mit einem dumpfen Grollen auf ihn. Die beiden Männer rangen miteinander, hielten sich dabei jedoch so eng umschlungen, dass Martin nicht schießen konnte, ohne seinen Vater zu gefährden. Ein Messer blitzte auf und dann sah Martin den Bärentöter stürzen: Old Onehand hatte ihn mit einer blitzschnellen Bewegung von sich weg und hinab in die Tiefe gestoßen.

„So war es jedenfalls kein Mord“, befand ich, „denn es war Euer Vater, der zuerst seine Waffe auf ihn gerichtet hat.“

„Und doch ist es seine Schuld!“, entfuhr es Martin, dem der Schmerz um seinen Verlust jedes vernünftige Maß raubte. „Dafür wird er hängen! Ich schwöre, dass ich nicht eher ruhen werde, als bis …“

„Schwört nicht!“, unterbrach ich ihn ernst. „Es mag Euch noch reuen.“

Martin sah mich an, dann schüttelte er den Kopf, erhob sich und verschwand in der Dunkelheit. Ich aber beschloss, ein Auge auf ihn zu haben.

Wenige Tage später erreichten wir die ersten Ausläufer der Rocky Mountains. Auf dem felsigen Grund war es kaum möglich, der Fährte zu folgen. Immer wieder mussten wir absteigen und zeitraubend suchen. Ich war mir jedoch sicher, dass wenigstens ich Old Onehand bald zu Gesicht bekommen würde – schließlich musste es einen Grund geben, weshalb er mich zum Stelldichein gebeten hatte. Auch war er keineswegs so schnell vorangekommen, wie man es von einem einzelnen Reiter erwarten konnte, was darauf schließen ließ, dass er absichtlich in unserer Nähe blieb. Ich beschloss daher, eine List anzuwenden, um den Lauf der Dinge zu beschleunigen.

An jenem Abend errichteten wir unser Lager in einem lieblichen Hochtal unweit des Buffalo Creek, wo wir, ganz gegen unsere Gewohnheit, auf mein Geheiß hin ein großes Feuer anzündeten. Während die Kavallerie den Anschein eines normalen Lagerlebens erweckte, schlichen Martin und ich uns in entgegengesetzte Richtungen davon und legten uns außerhalb des Lagers auf die Lauer. Der Feuerschein bot uns ein ausgezeichnetes Ziel, sodass wir zuversichtlich waren, jede Annäherung zu bemerken. Bald wich die Dämmerung jener sternenübersäten Finsternis, wie sie nur in den Weiten des Westens oder in der Wüste Arabiens zu finden ist. Zikaden zirpten, eine Eule schrie; sonst blieb alles ruhig. Schon glaubte ich, mich geirrt zu haben, als ich aus dem Augenwinkel einen großen, bewegten Schatten sah. Zwischen mir und dem Feuer zeichnete sich für einen kurzen Moment eine riesenhafte Silhouette ab – doch schien es nicht diejenige eines Mannes, sondern eines Bären!

Erschrocken fuhr ich hoch, bereit, die anderen vor der Gefahr zu warnen, und griff nach meinem Messer – da fühlte ich mich auch schon unter einem erdrückenden Gewicht begraben, und heißer, stinkender Atem fuhr mir ins Gesicht. Wie erstaunte ich aber, als ich plötzlich eine raue Stimme an meinem Ohr hörte: „Kein Wort, Sir, oder Ihr seid des Todes!“

Ich lag still; es blieb mir auch gar nichts anderes übrig, so vollkommen wehrlos lag ich unter der Masse Old Onehands – denn dieser war es zweifellos. Mein Gegner verharrte ebenfalls. Als er sich vergewissert hatte, dass alles ruhig blieb, riss er mich hoch, hielt mir mit seiner mächtigen Pranke den Mund zu und schleppte mich zu einer Douglastanne, die einsam auf einem großen Felsblock stand. Hier droben würde so leicht niemand über uns stolpern.

Ich gestehe, dass mir zu diesem Zeitpunkt mulmig wurde. Ich hatte mich schon aus so mancher verzweifelten Lage befreien können, doch hatte ich keine Ahnung, was Old Onehand mit mir zu schaffen hatte. Dennoch fiel es mir nicht ein, etwa um Hilfe zu rufen, denn dann, dessen war ich mir sicher, war mein Leben verwirkt.

Old Onehand packte nun mit seiner einzigen Hand die Kette mit Bärenkrallen, die ich um den Hals trug, und riss sie herunter. „Die sind wohl von Eurem ersten Grizzly?“, sagte er abschätzig mit einer Stimme, die so tief war, dass sie fast wie ein Brummen klang. Ich schwieg, denn er schien keine Antwort zu erwarten. Old Onehand besah sich die Kette mit einem Blick voller Abscheu und warf sie sodann in weitem Bogen fort.

„Ihr fragt Euch sicher, warum ich Euch hierher bestellt habe“, fuhr er fort. „Und ich will es Euch erzählen, nun, da wir uns in Ruhe unterhalten können. Ihr sollt wenigstens wissen, warum Ihr sterben müsst …“ Er hielt kurz inne, lauschte und fuhr dann fort:

„Wenn Ihr mir Euer Ehrenwort gebt, dass Ihr nicht zu fliehen versucht, so sollt Ihr auch Eure faire Chance haben, mich im Zweikampf zu besiegen. Niemand soll je behaupten können, Old Onehand habe hinterrücks getötet.“

Ich nickte zustimmend, worauf der Hüne seine Umklammerung löste. Tatsächlich war ich darüber mehr als froh, denn er hätte mir nicht nur beinahe die Rippen gebrochen, auch sein Geruch war dermaßen überwältigend, dass mir fast die Sinne vergangen waren. Überdies war ich erleichtert: Ein Zweikampf, das war etwas, dem ich mich durchaus gewachsen fühlte, selbst, wenn es gegen diesen Hünen galt.

„Ich will, dass Ihr Euch Eurer Schuld bewusst seid, wenn Ihr die Ewigen Jagdgründe betretet“, begann Old Onehand nun erneut. „Ihr sollt mich verstehen. Darum muss ich ein wenig ausholen. Ihr erinnert Euch sicher an Mato-Poka, den Bärentöter, der kürzlich sein verdientes Ende gefunden hat. Ich schätze, Ihr würdet Euch seinen Freund nennen; zumindest seid Ihr mit seinem Sohn gut bekannt?“

Ich bejahte.

„Nun, er ist es, dem Ihr Eure gegenwärtige Lage verdankt. Als ich noch ein Junges war, geriet ich nämlich mit der Hand in eine seiner Bärenfallen.“ Er hob seinen Armstumpf in die Höhe. „Ihr kennt diese fürchterlichen Gerätschaften: ein

Tellereisen mit fingerlangen Spitzen, die bei der geringsten Berührung zuschlagen. Mein Bruder und ich pflegten zu jener Zeit in den Tälern der Beartooth Mountains umherzustreifen. Wir hatten noch keine Bekanntschaft mit Trappern gemacht und waren sorglos. Die Falle schnappte zu und die eisernen Spitzen gruben sich so tief in meinen Arm, dass die Knochen zerbrachen und Sehnen zerrissen. Vor Schmerz und Entsetzen schrie ich laut nach meiner Mutter. Es dauerte lange, bis sie kam, und ich verlor viel Blut. Endlich hörte ich ihren Tritt im Unterholz. Doch kaum war sie herangekommen, als zwei Schüsse fielen und sie tödlich getroffen zu Boden stürzte. Man hatte mich als Lockvogel benutzt."

Old Onehand trug diese erschütternde Erzählung ganz sachlich, beinahe wie ein Unbeteiligter vor. Dennoch spürte ich den tiefen Schmerz, der ihn erfüllte und der seine Rede an dieser Stelle stocken ließ. Endlich fuhr er fort: „Mein Bruder hatte sich unterdessen vor Schreck im Gebüsch verborgen. Es gab nichts, was er tun konnte. Während ich langsam verblutete, musste er mitansehen, wie die Leiche unserer Mutter geschändet wurde. Man häutete sie und hackte ihre Hände ab. Aber er hat Rache an der Familie des Mörders genommen …"

Bei diesen Worten stellten sich meine Haare zu Berge. Ich glaubte zu wissen, worauf Old Onehand anspielte. Aber war das möglich?

„O ja", fuhr dieser fort, mir in die Augen blickend. Ich sah nun, dass die seinigen vollkommen dunkel waren, ohne jedes Weiß um die braune Iris. „Als er erwachsen war, tötete er die Frau und die kleine Tochter des Mörders, obwohl er selbst dabei das Leben lassen musste. Nur Vater und Sohn entkamen."

„Und Ihr? Wie erging es Euch?", begehrte ich zu wissen, denn die Frage, die ich eigentlich auf der Zunge hatte, wagte ich für mein Leben nicht zu stellen.

„Ich wurde für tot liegengelassen. Als ich erwachte, stand mein Bruder mir bei. Es gelang ihm, mich zu befreien, indem er die Reste meiner Hand abbiss."

Old Onehand schwieg und ich tat es ihm gleich. Was konnte man auch sagen, das den Tod seiner Mutter und den Verlust seiner Hand wettgemacht hätte? Es gab nichts, und ich verstand seine Bitterkeit.

Nach einer ganzen Weile fuhr Old Onehand fort, und jetzt hatte seine leise grollende Stimme auf einmal etwas ungemein Bedrohliches: „Aber meine Geschichte ist noch nicht zu Ende. Auch Ihr spielt darin eine Rolle.“ Sein Blick fiel auf meinen Bärentöter, der unterhalb des Felsens am Boden lag, und ein Schauder lief über meinen Rücken.

„Einige Jahre später begabt Ihr Euch zum Jagen in die Rocky Mountains. Dort gibt es ein Tal, das Kui-erant-yuaw heißt, das Bärental …“

Ich erinnerte mich gut an das Abenteuer, auf das er anspielte. In jenem Bärental hatten wir an einem einzigen Tag sage und schreibe vier Grizzlys erlegt. Es galt, das Leben Old Surehands zu retten, der in die Gefangenschaft der Utah unter dem Häuptling Tusahga Saritsch gefallen war und sich mit den Bärenpelzen auslösen musste. Nun wurde es mir tatsächlich unheimlich zumute.

„Der Name Bärental kommt nicht von ungefähr, denn seit jeher lebten dort Angehörige meines Volkes, der Ani-Tsa-gu-hi. Diese abgeschiedene Wildnis in den Bergen des Yellowstone war unser Rückzugsgebiet, das auch von den First People respektiert wurde. Jedenfalls so lange, bis Ihr Weiße gekommen seid und die Indianer immer weiter in die Wildnis zurückgedrängt habt.“ Er mahlte mit den Kiefern. „Auch meine Familie lebte dort. Mein Weib. Ihr wart es, der sie erschossen hat. Ich fand ihren verstümmelten Körper, als ich von der Jagd zurückkehrte. Und den meines erstochenen halbwüchsigen Sohnes…“

„Schweigt!“, rief ich entsetzt aus. „Nicht weiter! Ihr könnt doch nicht im Ernst sagen wollen, dass diese von uns erlegten Bären ...“

Als Antwort stieß er mich zu Boden und sprang geduckt zurück. Der Mondschein glitzerte auf seinem langen Haar und zeichnete seine Umrisse deutlich nach, die auf einmal merkwürdig zu wachsen und an Masse zuzunehmen schienen.

„Nun sagt mir", grollte er, „ob ich nicht das Recht habe, mich zu rächen an jenen, die meine Familie ermordet haben?" Bei diesen Worten richtete er sich hoch auf und begann nun, sich vor meinen Augen zu verwandeln: Der Kopf sank tiefer in die Schultern, der mächtige Nacken wuchs in die Höhe, die Arme wurden länger, und nach kaum einer Minute gewahrte ich, der ich schreckensstarr zurückgewichen war, soweit der begrenzte Raum auf dem Felsen es zuließ, vor mir einen ausgewachsenen Grauen Bären!

„Haltet ein, haltet ein!", unterbrach ich May an dieser Stelle lachend. „Ihr wollt doch nicht allen Ernstes behaupten, Old Onehand hätte sich tatsächlich in ein Tier verwandelt?" Bis hierhin hatte ich Old Shatterhands Erzählung gebannt gelauscht, doch nun konnte ich mich des Eindrucks nicht erwehren, dass er gerade dabei war, mir einen buchstäblichen Riesenbären aufzubinden.

May jedoch entgegnete ernst: „Hört nur zu Ende, dann mögt Ihr urteilen, ob das, was ich sage, nicht der Wahrheit entspricht. Aber ich sagte Euch ja schon, diese Geschichte ist so unglaublich, dass sie auf keinen Fall in der Öffentlichkeit bekannt werden darf. Wollt Ihr nun erfahren, was weiter geschah?"

Ich bejahte und May fuhr in seiner Erzählung fort:

Vor mir richtete sich also der Grizzly auf, oder vielmehr der Shapeshifter, denn um einen solchen handelte es sich zweifelsohne. Ich kannte natürlich die Legenden, die man sich an den Lagerfeuern der Indianer erzählte, von Deer-Woman, Eulengeistern und den gefürchteten Skinwalkers, doch hätte ich nie für möglich gehalten, ein derartiges Wesen könne tatsächlich existieren. Nun aber stand es aus Fleisch und Blut vor mir und hatte es überdies auf mein Leben abgesehen. Mein Bärentöter lag außer Reichweite, aber ich trug mein Bowiemesser im Gürtel. Es ziehen und zustoßen war eins. Zugleich schwang ich meine Rechte und legte alle Kraft in den Hieb, mit dem ich ein ausgewachsenes Pferd zu Boden strecken konnte. Allein, es nützte mir nichts. Mit einer Gewandtheit, die man dem Koloss kaum zugetraut hätte, wich er dem Angriff aus und versetzte mir seinerseits einen Hieb mit seiner verbliebenen Pranke, dass mir Hören und Sehen verging.

„Nun, Sir“, knurrte er, „wie schmecken Euch die Bärentatzen jetzt?“ Und voller Ingrimm stürzte er sich abermals auf mich, der ich noch immer am Boden lag. Der Prankenhieb hatte mir das halbe Gesicht aufgerissen und das strömende Blut nahm mir die Sicht.

Kurz, die Geschichte hätte sicher kein gutes Ende genommen, wäre nicht in diesem Moment ein Schuss gefallen, der meinen Gegner niederstreckte. Old Onehand, dessen Umriss sich gegen den mondhellen Himmel deutlich abzeichnete, hatte ein leichtes Ziel für Martin Baumann geboten, der das fauchende Brummen des angriffslustigen Bären, welches er unter hundert anderen Geräuschen erkannte, gehört hatte. Nun sprang Martin herbei, um mir zu helfen, mich von dem Gewicht zu befreien, das auf mir lastete. Doch kaum hatte er mich erreicht, als er einen Ruf der Überraschung ausstieß: „Zounds! Das ist ja gar kein Bär!“

Ich wischte mir das Blut aus den Augen und sah, dass er Recht hatte: Vor uns lag Old Onehand. Er stöhnte und hielt sich mit dem Stumpf seiner Hand die rechte Schulter, die von Martins Kugel zertrümmert worden war.

„Ich wagte nicht, tiefer zu zielen, aus Angst, Euch zu treffen!“, bemerkte Martin. „Old Onehand! Umso besser! So ist unsere Falle doch noch zugeschnappt, und der Mörder soll seiner gerechten Strafe nicht entgehen. Morgen früh wird er hängen!“

Diese Worte lösten ein großes Unbehagen in mir aus. Old Onehands Erzählung hatte einen tiefen Eindruck bei mir hinterlassen. Konnte man jemanden Mörder nennen, der nichts weiter getan hatte, als sein Volk zu verteidigen? Schon nach Martins Bericht war ich überzeugt gewesen, dass Old Onehand kaum mehr Schuld an dem Tod des Bärenjägers trüge als dieser selbst. Nun aber, da ich die ganze tragische Verkettung der Ereignisse kannte, war ich mehr denn je davon überzeugt, dass es Unrecht war, Old Onehand hinzurichten. Ja, er hatte mir nach dem Leben getrachtet. Doch wenn seine Geschichte wahr war, dann waren seine Bitterkeit und seine Rachlust nur allzu verständlich.

Für den Moment blieb mir allerdings nichts anderes übrig, als mich von Martin, der Old Onehand ohne viel Federlesens an die Tanne gefesselt und ein Signal ins Tal hinab gegeben hatte, zum Lager bringen zu lassen. Der Blutverlust hatte mich geschwächt und die in Fetzen hängende Haut musste genäht werden.

Hier unterbrach May seine Erzählung kurz, um mir die rechte Gesichtshälfte zuzuwenden. „Seht selbst", sagte er. „Dies sind die Narben, welche die Krallen Old Onehands hinterlassen haben."

In der Tat konnte ich bei genauerem Hinsehen vier blassweiße, parallel verlaufende Linien erkennen, die sich vom Haaransatz herab bis zum Mundwinkel zogen. Sollte tatsächlich etwas Wahres an dieser phantastischen Geschichte sein? Doch konnten die Narben auch von einer wirklichen Bärenbegegnung stammen, deren May ja auf seinen abenteuerlichen Reisen etliche gehabt hatte.

Dann fuhr er wieder fort:

Nachdem der Feldscher mich recht ordentlich zusammengeflickt hatte, legte ich mich abseits nieder, um auszuruhen und einen Plan zu schmieden. Es war klar, dass ich mit der geplanten Lynchjustiz nichts zu schaffen haben wollte. Doch konnte ich Old Onehand, nach allem, was ich gehört hatte, nicht einfach seinem Schicksal überlassen. Ich fasstc also cinen Plan und begab mich alsbald zu Martin Baumann, der unweit des gefesselten Old Onehand Wache hielt und diesem immer wieder voller Genugtuung grimmige Blicke zuwarf.

„Ihr tut Unrecht daran, diesen Mann kaltblütig zu töten", wandte ich mich an Martin. „Und im Grunde Eures Herzens ahnt Ihr dies. Wollt Ihr es Euch nicht noch einmal überlegen und den Gefangenen wenigstens einem ordentlichen Gericht zuführen?"

Martin lachte auf. „Ein ordentliches Gericht? Hier im Westen gilt das Faustrecht, das wisst Ihr besser als ich." Er warf mir einen scharfen Blick zu. „Und Ihr wisst auch, dass auf so einer Reise viel geschehen kann. Nein, er hat den Tod verdient, und beim ersten Tageslicht wird er sterben. Allerdings werden wir ihn erschießen müssen, denn es findet sich kein passender Baum, der sein Gewicht tragen könnte."

„So will ich mit dieser Sache nichts mehr zu schaffen haben und gehe meiner Wege. Das Blut eines Unschuldigen mag ich nicht an meinen Händen kleben haben."

Martin lachte spöttisch. „So zimperlich seid Ihr geworden? Wo Ihr doch so manchen Indsman eigenhändig in die Ewigen Jagdgründe befördert habt?"

„Nur, wenn es sich nicht vermeiden ließ. Es tut mir leid, Euch so verbittert zu sehen. Ich hoffe, Ihr werdet es nicht bereuen. Unsere Wege trennen sich hier und jetzt."

Mit diesen Worten ließ ich ihn stehen. Kaum eine Viertelstunde später verließ ich das Lager und ritt, so schnell das steile Gelände und die Nacht es zuließen, nach Osten, der Ebene zu. Ich war mir sicher, dass man mir folgen würde, um sich zu vergewissern, dass ich tatsächlich fort war. Umso mehr war Eile geboten, wenn ich noch rechtzeitig vor Tagesanbruch zurück sein wollte, um Old Onehand zu befreien. Zum Glück schien der Vollmond hoch am klaren Himmel, es war beinahe taghell, und so konnte ich davon ausgehen, dass man sich damit begnügen würde, meinen Weg aus einiger Entfernung zu beobachten. Kaum hatte ich eine kleine Prärie erreicht, so hielt ich im Schutz eines Felsens an und sprang hastig vom Pferd. Jenseits befand sich ein Wäldchen, in dessen Mitte, so erinnerte ich mich, eine Quelle entsprang. Ich zog den Bärentöter aus dem Futteral und befestigte ihn so am Sattel, dass er aufrecht stand. Eilig band ich meine Decke und Satteltaschen daran fest und krönte das Gebilde mit meinem Filzhut, in dessen Schnur damals tatsächlich noch etliche Ohrenspitzen des Grauen Bären steckten. Nun sah das Ganze leidlich so aus, dass man es im Mondschein mit einem Reiter verwechseln konnte. Ich gab meinem treuen Hatatitla einen leichten Klaps auf die Kruppe und schickte ihn mit dem Befehl *Idzúút'i*, was auf Mescalero so viel heißt wie „Geh fort!", voran über die mondbeschienene Grasfläche, die sich in einem leichten Wind wiegte. Ich wusste, dass er bei der Quelle auf mich warten würde.

Sodann machte ich kehrt und eilte, so schnell es meine angeschlagenen Kräfte erlaubten, im Schutz der Felsen zurück zu dem Tal, wo wir unser Lager aufgeschlagen hatten. Ich brauche Euch nicht zu erzählen, welche Mühe mir dieser Weg machte. Ich glaube, ich bin nie in meinem Leben so nahe daran gewesen aufzugeben wie bei diesem Anstieg. Die frischen Wunden brannten und brachen wieder auf, als ich meinen Weg in der Dunkelheit durch das Astwerk bahnte. Es war unmöglich, meine Spur zu verwischen, doch darauf kam es nicht an, es war Eile geboten, höchste Eile, wollte ich Old Onehand noch retten.

Ich erreichte das Lager gerade noch rechtzeitig, gut eine Stunde vor Sonnenaufgang. Noch war alles still. Die Feuer waren niedergebrannt, der Tau fiel. Old Onehand saß zusammengesunken dort, wo ich ihn verlassen hatte; er schien sich die ganze Zeit über nicht bewegt zu haben. Unweit von ihm saß auch Martin Baumann mit gesenktem Kopf; ob er schlief oder seinen Gedanken nachhing, war unmöglich zu erkennen. Mit äußerster Vorsicht und unter Aufbietung meiner letzten Kräfte schlich ich mich von hinten an den Baum heran, an den man

Old Onehand gefesselt hatte, und schnitt die Stricke durch, die schmerzhaft in sein Fleisch schnitten. Dann beugte ich mich vor und raunte ihm ins Ohr: „Wir sind quitt. Und Ihr mögt mir glauben, dass es mir leid tut um Eure Familie."

Er machte keinerlei Anstalten, dass er mich gehört hatte, und rührte sich nicht. Entweder war er bereits zu schwach oder er besaß die Geistesgegenwart, zu warten, bis sein Retter Zeit gehabt hatte, zu verschwinden. So oder so, mehr konnte ich nicht für ihn tun. Ich zog mich also ebenso vorsichtig zurück, wie ich gekommen war, und erreichte glücklich den hinter Brombeerranken versteckten Felsspalt, den ich mir vorher als sichere Deckung auserkoren hatte.

Von hier oben hatte ich nun freie Sicht auf das Lager, in dem sich die ersten Schläfer zu rühren begannen. Der Morgen dämmerte. Da, plötzlich, ertönte ein entsetzter Schrei: „Ein Bär! Ein Bär im Lager!" Und wirklich, da stand ein ausgewachsener, zottiger Grizzly gerade vor Martin Baumann, der ihm kaltblütig entgegenschritt. Doch dieser Bär erhob sich nicht auf die Hinterbeine, wie der erfahrene Bärenjäger es wohl erwartet hatte. So aufgerichtet hätte Martin ihn mit dem Gewehr, das er im Anschlag hielt, direkt ins Herz treffen können. Stattdessen sprang der graue Riese mit tödlicher Geschwindigkeit vor und schlug mit seiner Vorderpranke nach dem Schießeisen, schlug es Martin aus der Hand, eben in dem Moment, in dem der Schuss losging, und warf sich dann auf ihn, um ihm mit einem Biss seiner gewaltigen Kiefer den Schädel zu zermalmen.

May hielt inne und seufzte. Die Erschütterung, die diese Erinnerung in ihm wachgerufen hatte, war ihm auch nach so langen Jahren noch immer anzusehen. Er griff nach dem alten Filzhut, den er auf dem Schreibtisch abgelegt hatte, und strich sorgsam die Krempe glatt.

„Nun wisst Ihr jedenfalls, warum ich die Ohrenspitzen des Grauen Bären nicht mehr in der Hutschnur trage. Der Schuss

Martin Baumanns war tödlich. So haben sich diese beiden unerbittlichen Gegner am Ende gegenseitig das Leben genommen. Ich aber trage meine Schuld und werde das Geräusch der berstenden Knochen mein Lebtag nicht vergessen."

Er wandte sich zum Fenster und sah hinaus in den Garten, wo sich auf einem kleinen künstlichen Gebirge ein chinesischer Pavillon erhob. Die Abendsonne stand schon tief und ließ das Rot der Rosen aufglühen wie Blut. Ich hatte auf einmal das Gefühl, ein Eindringling zu sein. Still verließ ich den Raum und die Villa Shatterhand und ging, verwirrt und zugleich zufrieden, meiner Wege.

Karla Weigand

Das Geisterpferd

„Welcher Teufel hat mich nur geritten, den üblichen Begleitschutz abzulehnen?“, knurrte Bill Bulcher wütend.

Um vor seinen Freunden als Held dazustehen, hatte er darauf verzichtet, obwohl ihm ein dreitägiger Ritt durch unheimliches Waldgelände zu Sam Hawkens' Lager bevorstand, um die Tierfelle abzuliefern, die ein Pelzhändler später abholen würde.

Ständig musste er Pausen einlegen, weil sein sturer Klepper sich weigerte weiterzulaufen. Wütend betrachtete Bill den Sack, randvoll gefüllt mit Biber-, Fuchs- und Waschbärfellen.

Maddox rührte sich nicht vom Fleck.

„Damned! Wenn du so weitermachst, werde ich dich in Kürze schlachten lassen und an die Kojoten verfüttern, Mistvieh!“, fluchte Bill. „Hol dich der Teufel!“

Er musste nun eine weitere Nacht in der Wildnis zubringen – was ihn in Panik versetzte. Das Knacken und Knistern, das Schnaufen und Brummen, dazu fernes Geheule zerrten so stark an seinen Nerven, dass er nicht einmal wagte, ein Feuer zu entfachen, um seine Mahlzeiten zu wärmen. Lieber aß er die Dosenbohnen kalt und verzichtete auf Kaffee. Stattdessen hielt er sich an Whisky; aber selbst der munterte ihn nicht auf. Im nahen Gebüsch flackerten Lichter, die er keineswegs für Glühwürmchen hielt, sondern für das, was sie waren: im Schein des Vollmonds glänzende Tieraugen …

Selbst die Aussicht, am Zielort nicht nur Sam Hawkens anzutreffen, sondern Gerüchten zufolge auch Old Shatterhand und dessen Blutsbruder Winnetou, vermochte nicht, seine Stimmung anzuheben. Warum bloß hatte er keinen Kameraden mitgenommen, um sich mit ihm die Nachtwache zu teilen!

Verärgert warf er einen Blick auf Maddox und musste hilflos mitansehen, wie der plötzlich die Augen verdrehte, während ihm Schleim aus Maul und Nüstern tropfte – und dann wie vom Blitz gefällt zu Boden stürzte, alle viere von sich streckend, und sich nicht mehr rührte. Er war tot!

„Was zum Teufel soll das?“, schrie Bill. Wie von Furien gehetzt suchte er einige Meter weiter Schutz im dichten Unterholz, sah jedoch bald ein, dass dies keine Lösung war. Vorsichtig näherte er sich wieder dem Körper seines Braunen, um die Todesursache zu erkunden.

Einen Gewehrschuss hätte er hören müssen, und eine Pfeilwunde wies Maddox auch nicht auf. Hatte das Tier etwa der Schlag getroffen? Jetzt musste er tatsächlich selbst durch die Wildnis tigern und war sein eigener Packesel!

Unmittelbar darauf folgte die noch weitaus schlimmere Entdeckung, dass ihn ein Wolfsrudel umzingelte! Am liebsten hätte er sich jetzt zu Boden geworfen, sich mit seinen Fellen zugedeckt und wäre vor Angst gestorben. Sein unausweichliches Ende schien bevorzustehen – trotz seines Gewehrs. Wie sollte er allein ein Dutzend Präriewölfe in Schach halten? Sie fletschten ihre Raubtiergebisse, und die vordersten schnappten bereits nach ihm …

Doch bevor er vor Angst kollabierte, vernahm er Hufgetrappel, und – wie aus dem Erdboden gestampft – stand ein wunderschöner hochbeiniger Schimmel vor ihm und blickte ihn aufmunternd an. Als er nicht gleich reagierte, begann das Tier ungeduldig mit dem rechten Vorderhuf zu scharren. Ansonsten gab das edle, bereits aufgezäumte und gesattelte Ross nicht den geringsten Laut von sich.

Aus dem Augenwinkel beobachtete Bill das sofortige Zurückweichen seiner Angreifer. Ohne noch zu überlegen, schwang er sich in den Sattel; den Sack mit den Pelzen legte er quer über die Kruppe. Sofort trabte der Schimmel los, und bereits nach wenigen Augenblicken befand er sich mitten im Lager, von Sam Hawkens bereits erwartet.

„Heigh-ho, Bill Butcher, Ihr habt Euch eines ganz besonderen Reittiers bedient“, schmunzelte Sam.

Bill glaubte in diesem Augenblick, aus einem Traum zu erwachen. „Wo ist mein Brauner? Diesen Weißen kenne ich nicht!“

„Er Euch offenbar umso besser!“, hörte er neben sich eine fremde Stimme. „Er ist dafür bekannt, unbedarften *Greenhorns* aus der Patsche zu helfen!“

Bill wollte schon protestieren, aber Sam lachte. „Old Shatterhand sagt die Wahrheit! Der Schimmel taucht immer dann auf, wenn brave, aber heillos überforderte Leute, welche die Hosen voll haben, seiner bedürfen. Wenn Ihr zweifelt, fragt den Häuptling!“

Auch Winnetou hatte sich nun zu ihnen gesellt und zeigte – was für ihn ungewöhnlich war – ein Schmunzeln. „Wir Apatschen nennen das geheimnisvolle stumme Tier *Geisterpferd*. Nachdem es geholfen hat, verschwindet es ebenso schnell wieder, wie es gekommen ist!“

Bill blickte sich um; der Schimmel war tatsächlich nirgends mehr zu sehen! Dafür stand sein Pferd Maddox beleidigt prustend da und wartete darauf, dass ihm jemand den Fellpacken abnahm.

Lediglich aus purer Höflichkeit übersahen daraufhin Sam Hawkens, Old Shatterhand und Winnetou Bill Butchers vor Verblüffung weit offen stehenden Mund.

Ansgar Schwarzkopf

Reservat

Seine Gedanken waren auf einer kahlen Bergkuppe, unter ihm die sich bis zum Horizont erstreckende Prärie. Adlergleich blickte er auf die wunderbare Landschaft, die seine Heimat war. Die Wolken standen bewegungslos am blauen Himmel und warfen ihr Spiel aus Licht und Schatten auf die Erde. Dazwischen wilde Mustangherden, aus deren Mitte sich die Krieger seines Stammes ihre Reitpferde wählten.

Er öffnete die Augen und blickte nach oben: Die Sonne war nicht zu sehen, der Himmel grau und abweisend. Der Geruch war fremd, der Landschaft, ihr fehlte die Weite – aber am meisten vermisste er den Wind.

Die Reise zu diesem Ort war die beschwerlichste, die er jemals auf sich nehmen musste. Der Häuptling schloss die Augen und ließ den Weg, der so gar nichts Abenteuerliches oder gar Heldenhaftes an sich gehabt hatte, noch einmal vor seinem geistigen Auge vorüberziehen: Sie waren bereits viele Monde mit den Weißen geritten, bis sie endlich das große Wasser erreichten, von dem ihm seine Vorväter berichtet hatten. Was die Alten ihm nicht gesagt hatten, war, dass man tagelang spuckte, wenn man sich in die hölzernen Wale begab; schwimmende Fässer, gigantisch groß, mit denen er eine gefühlte Ewigkeit über das große Wasser schaukelte und schwankte. Kein seichter Präriewind streichelte hier das Haar, stattdessen peitschten wilde Stürme die Menschen aus.

Der Häuptling fühlte sich ausgelaugt und müde: Der Schwächere muss dem Stärkeren weichen, so wollte es das unerbittliche Gesetz des weißen Mannes. Ein Auflehnen dagegen schien zwecklos. Die Eindringlinge hatten mit ihrer Sucht nach dem ungenießbaren schwarzen Wasser, das sie *Öl* nannten, sein Volk immer weiter hinein in die Ödnis getrieben, sodass Hungersnöte alltäglich wurden. Ein Kampf wäre aussichtslos gewesen – zu ausgebrannt die Flammen der Kämpfer, zu schwach ihre Körper. Sie trieben die wilden Pferde zusammen, gaben den Alten und Frauen Nahrung und hinterließen den Stammesältesten ein paar ausgemergelte Landstriche. Im Gegenzug durfte er sich einige wenige Getreue aussuchen und musste sich mit den Weißen auf die Reise in dieses weit entfernte Land machen. Europa, so nannten sie es.

Als sie angekommen waren, wurden sie auf Dampfrösser verladen und durch das Gebiet der Fremden gefahren. Unverständliche, blasse Riesen mit einer kläffenden Sprache, die so ganz anders klang als alles, was er bislang gehört hatte. Ein weises Mitglied seines Stammes sprach in der Zunge der Bleichgesichter, aber das Gebelle der Menschen diesseits des großen Wassers konnte er auch nicht erwidern. Dazu kam diese ungeheure Kälte – hatten diese kläffenden, blassen Teufel jemals die wärmenden Strahlen der Sonne auf ihrer Haut gespürt, ihre Füße jemals weiche Grassoden berührt?

Sein Blick wanderte umher: Ein Graben, ein Zaun, eine kleine Mauer – sicher hätte man all das überwinden können. Doch dahinter Bleichgesichter, unzählige. Und dahinter? Ein unwirtliches, erbarmungsloses Land mit polternden Riesen, die in unverständlichen Zungen sprachen. Ein Ort ohne Zuflucht, ohne Hoffnung. Seine Welt war sehr klein geworden – kein Horizont, kein offener Himmel, nur Enge, Trauer und ein Fraß, der einem Büffelherden durch den Magen jagte.

Hunger und Kälte krochen durch seinen Körper wie getretene Hunde, und ein hysterisches Gekreische riss ihn fort von seinen Gedanken. Er kannte diese Geräusche, es waren die Töne von Tieren, die er noch nie zuvor gesehen hatte. Sie waren eingesperrt, genau wie er und sein Volk. Seltsame kleine

Wesen, die dieses furchtbare Geschrei Tag und Nacht von sich gaben und sich gegenseitig anfauchten. *Affen* nannten die Weißen sie, und auch sie wurden von den Bleichgesichtern angestarrt. Die Geräusche, die diese Affen von sich gaben, hatten sich in seine Träume hineingefressen, ihre Gesichter sich in seine Seele gebrannt, ebenso wie die der Bleichgesichter, die ihm und seinem Volk tagtäglich entgegenstarrten. Unzählige Stunden lang wurden sie Tag für Tag beglotzt. Weiber schoben ihre Kinder nach vorne, die ihre Nasen an den Zaun drückten und in seine Richtung zeigten; ab und an warfen sie mit Brot oder anderen Dingen.

Der Häuptling senkte seinen Blick.

*

Die Gesellschaft bewegte sich auf die Wilden zu. Kurz vor dem Stammesgehege blieb der Pulk stehen, und ein untersetzter Mann stieg auf eine Holzkiste, die ihm sein Mitarbeiter vor die Füße stellte: „Lassen wir jetzt aber den Affenfelsen Affenfelsen sein und kommen stattdessen zu einem absoluten Höhepunkt unserer Exhibition. Meine Damen und Herren, bestaunen sie: die Völkerwiese!"

Die Stimme von Emil Peters bebte vor Begeisterung, als er über den Applaus hinweg zu den ihn umringenden Gönnern, Gästen und Schreiberlingen sprach: „Die Ausstellung von Menschen fremder Völker, darunter Kirgisen, Kalmücken und jede Menge Kleinstvölker aus den fernsten Kolonien, ist auch eine Verpflichtung der christlichen Nächstenliebe. Diese Wilden wären ohne uns niemals in Berührung gekommen mit der großartigen teutschen Kultur und würden ihr Dasein ungetauft in unbarmherziger Wildnis fristen."

Nach einer Kunstpause, die abermals von Beifall angereichert wurde, überschlug sich seine Stimme fast vor Pathos: „Natürlich können wir nicht die Seelen aller Wilden retten, aber die tapferen teutschen Missionare und die fähigen teutschen Ingenieure sind bereits tüchtig dabei, den Geist des Fortschritts und die Fackel der Erkenntnis in die entlegensten Winkel unseres Erdenballs zu tragen. Wenn ich mit dieser Ausstellung meinen bescheidenen Teil zu dieser Herkulesaufgabe beitragen kann, so erfüllt mich dies mit innigem Stolz. Vielen Dank für Ihre geschätzte Aufmerksamkeit. Gott schütze Vaterland und Regent! Und nun: Kommen Sie, sehen Sie, staunen Sie! Und vergessen Sie nicht, sich und Ihren Lieben auch ein paar Erfrischungen zu gönnen!“

Der Beifall war mehr als wohlwollend und das Gelächter nach dem letzten Satz auf seiner Seite. Emil Peters war sehr zufrieden mit sich und der Welt. Nachdem er seine kleine Rede in ähnlicher Form bereits dutzende Male in allen möglichen Kleinstädten gehalten hatte, war er mittlerweile selber felsenfest davon überzeugt, nicht nur ein kluger Geschäftsmann, sondern auch ein Menschenfreund und Wohltäter zu sein. Doch nun hatte die Zeit der Wanderausstellungen ein Ende. Er hatte großherzige Investoren und findige Geschäftspartner um sich geschart, die es ihm ermöglicht hatten, nun endlich seinen eigenen Tiergarten eröffnen zu können.

Einige Jahre zuvor hatte Emil Peters von dem Hamburger Tierhändler Carl Hagenbeck – neben einer Reihe exotischer Tiere – auch die Idee erhalten, eine fahrende Völkerschau zu präsentieren. Eine lukrative Idee, wie sich herausstellen sollte. Auch wenn der Transport dieser Wilden aus Übersee nach Europa alles andere als preiswert gewesen war. Dafür, dass er als einfacher sächsischer Wirtshausbesitzer angefangen hatte, hatte er es ganz schön weit gebracht!

Und er dachte bereits weiter: Bald schon würde zwischen dem Raubtiergehege und der Vogelvoliere eine kleine Urwaldkulisse entstehen. Er hatte bereits ein paar preiswerte Bühnenmaler aufgetan, die auch schon den ein oder anderen Zirkuswagen gekonnt verziert hatten. Das passte zwar weder zu der Gruppe Suaheli, die nächste Woche angeliefert wurde, noch zu diesen antriebslosen Wildwest-Indianern, sah aber einfach wunderbar exotisch aus. Doch damit nicht genug: Vielleicht würde er den Rat eines befreundeten Schulmeisters befolgen und auf einer *Völkerbühne* mit den Wilden bekannte Gemälde nachstellen lassen. *Lebende Bilder*, so würde er das Ganze betiteln. Immerhin hatte er ja auch einen Bildungsauftrag ...

Emil Peters rieb sich die Hände: Vor ihm lag eine goldene Zukunft.

*

Der flaumbärtige Jüngling war stehengeblieben und hatte den Pulk um Emil Peters weiterziehen lassen. Nun blickte er versonnen auf das Messingschild mit der Aufschrift „Wiese der Wilden – Anthropologisch-zoologische Ausstellung". Seine Gesichtszüge waren anders als die der übrigen Besucher: Es war kein Mitleid, kein Hochmut, keine Häme in seinen Augen. Er gaffte nicht, er schaute melancholisch und fast schon brüderlich.

Der Wilde schaute zurück und ihre Blicke trafen sich: Hier der große, ausgezehrte, aber immer noch mächtig wirkende Häuptling der Apatschen mit den zerfurchten Gesichtszügen und den immer noch tintenschwarzen Haaren, dort der kleine, kränklich wirkende und schmächtig gebaute Schlacks, der all seinen Mut aufbringen musste, um den Blickkontakt zu erwidern.

Sie fixierten einander: ein Häuptling, fernab seines Stammes, dessen Reich sich nun nur noch von seinen Füßen bis zum Zaun erstreckte und kaum Platz zum Atmen ließ, und ein scheues junges Bleichgesicht. Der eine unfähig, seine Ketten zu sprengen, und seine stolze Erscheinung nach innen gekehrt tragend, der andere nachdenklich und träumerisch und mit sich selbst beschäftigt. Der eine so unfrei und traurig wirkend wie der andere.

Der dürre Bursche nahm seinen Mut zusammen und tippte mit der Hand auf seine Brust: „Ich: Karl!", sagte er.

Ein altes Weib, vielleicht seine Mutter, wiederholte verärgert den Namen und rief ihn aus dem Hintergrund: „Karl? Kommst du?"

Der Angesprochene drehte sich um. Er hatte den Indianer seit einer halben Stunde nicht aus den Augen gelassen. „Jawohl, Frau Mutter", antwortete Karl nach einer kurzen, gleichwohl rebellischen Pause und war gerade im Begriff sich umzudrehen, da erwiderte der Indianer seinen Blick.

Langsam und voller Würde legte er ebenfalls eine Hand auf die Brust und sagte kaum hörbar: „Ich: Winnetou."

Über die Autoren

Maike Braun, geboren 1962 in Reutlingen. Studium der Biologie. Unternehmensberaterin, Mediatorin, Autorin. Veröffentlichung des Wirtschaftskrimis DIE BLUNK KONSTANTE sowie von Erzählungen in Anthologien und Zeitschriften. Website: www.mbautorin.de.

Kirsten Brox, geboren 1974 in Telgte/Westfalen. Studium der Ingenieurwissenschaften und Chemie, heute in der Unternehmenssicherheit für ISO 27001 zuständig. Veröffentlichung von Erzählungen, dem historisch-phantastischen Roman MATAMBA und zahlreichen Hundetrainingsbüchern. Website: www.kirsten-brox.de.

Karl-Ulrich Burgdorf, geboren 1952 in Hagen/Westfalen. Studium der Publizistik, Politikwissenschaften und Soziologie. Freier Autor, Journalist und Übersetzer. Veröffentlichung zahlreicher Romane und Erzählungen in phantastischen Genres, u. a. Autor in den Reihen RAVEN, DIE UFO-AKTEN, DIE TERRANAUTEN, STERNENSCHIFF DER ABENTEUER. Romanübersetzungen von Philip K. Dick, Orson Scott Card u.a. Website: www.karl-ulrich-burgdorf.de.

Paul Felber, geboren 1943 in Luzern. Handelschule mit Diplomabschluss, Kaufmann, zuletzt in der Versicherungsbranche. Zahlreiche Erzählungen in Zeitschriften und Anthologien.

Kai Focke, geboren 1977 in Bassum. Industriekaufmann, Wirtschaftspädagoge (Dipl.-Hdl.) und Doktor der Philosophie. Nach Leitungsfunktionen im Non-Profit-Bereich sowie bei einer größeren berufsständischen Körperschaft seit 2014 Professor an der Dualen Hochschule Baden-Württemberg in Mannheim. Publikationen vornehmlich im Bereich der Betriebswirtschaftslehre, daneben fiktionale Erzählungen und Kurzgeschichten.

Hans-Dieter Furrer, geboren 1942 in Rüti (Kanton Zürich). Kaufmännische Lehre, Ausbildung zum Werbeassistent. Werbemanager eines Versandhauses. Zahlreiche Filmkritiken und Artikel für die Zeitschriften VAMPIR und MOVIESTAR sowie Erzählungen in Zeitschriften und Anthologien.

Tanja Kinkel, geboren 1969 in Bamberg. Studium der Germanistik, Theater- und Kommunikationswissenschaften, Dr. phil. 1997. Autorin von international erfolgreichen Romanen (u. a. DIE PUPPENSPIELER, DAS SPIEL DER NACHTIGALL). Mitglied im PEN-Präsidium, Gründerin der Kinderhilfsorganisation „Brot und Bücher“. Website: www.tanja-kinkel.de.

Thomas Le Blanc, geboren 1951 in Wetzlar. Studium der Mathematik, Physik und Pädagogik, Studienrat, dann freier Autor, Journalist, Übersetzer, Lektor, Herausgeber, Reihenentwickler. Herausgeber der zehnbändigen „Sternenanthologien“ bei Goldmann, langjähriger Kulturkorrespondent zahlreicher Tageszeitungen, u. a. DIE WELT und 35 Jahre feste

Literaturkolumne im DARMSTÄDTER ECHO. Gründer und Leiter der Phantastischen Bibliothek Wetzlar.

Holger Marks, geboren 1964 in Leer/Ostfriesland. Studium der Politikwissenschaft, Soziologie und Geografie. Heute Jugendbildungsreferent. Erzählungen in Anthologien.

Jacqueline Montemurri, geboren 1969 in Lichtenstein/Sachsen, einem Nachbarort von Hohenstein-Ernstthal. Studium der Luft- und Raumfahrttechnik. Verwaltungsangestellte, Dozentin, jetzt Assistentin der Geschäftsführung der Flüchtlingshilfe Velbert und Projekt Deutsch Lernen e.V. sowie freie Autorin. Veröffentlichung von zahlreichen phantastischen Erzählungen in Anthologien und Zeitschriften sowie des Zukunftsthrillers DIE MAGGAN-KOPIE. Website: www.jacquelinemontemurri.blogspot.de.

Monika Niehaus, geboren 1951 in Hinsbeck/Niederrhein. Studium der Biologie, Schwerpunkte Neuro- und Sinnesphysiologie, Biophysik, Dr. rer. nat. 1979. Freiberufliche Übersetzerin im naturwissenschaftlichen Bereich, Autorin von Fachliteratur, Sachbüchern, Krimis, Science Fiction und phantastischen Erzählungen.

Tim Piepenburg, geboren 1983 in Düsseldorf. Studium zum Bachelor of Laws. Personalreferent im Bereich Grundsatzfragen, Arbeitsrecht und Sonderthemen bei einer deutschen Spezialbank. Zahlreiche Erzählungen in Zeitschriften und Anthologien.

Kai Riedemann, geboren 1957 in Elmshorn. Studium der Germanistik und Allgemeinen Sprachwissenschaft, Magisterarbeit über „Winnetou I“, Dr. phil. 1987. Heute Redakteur einer Fernsehzeitschrift, daneben Autor von Erzählungen in Anthologien sowie Texten für Kabarett und Kindertheater.

Alexander Röder, geboren 1969 in Kassel. Studium der Germanistik, Medienwissenschaften und Ethnologie. Freier Autor. Veröffentlichung von zahlreichen phantastischen Erzählungen in Anthologien und des historisch-phantastischen Romans DER MÖNCH IN WEIMAR. Autor der neuen Reihe KARL MAYS MAGISCHER ORIENT.

Friedhelm Schneidewind, geboren 1958 in Baumholder/Pfalz. Studium der Biologie und Informatik. Freier Dozent, Autor, Journalist, Herausgeber, Verleger sowie Musiker. Seminarleiter und Referent in den Bereichen Mediengestaltung, Öffentlichkeitsarbeit, Arbeitsrecht und Arbeitssicherheit. Veröffentlichungen: Speziallexika und Essaybände im Fantasygenre (u. a. DAS GROSSE TOLKIEN-LEXIKON), Erzählungen in Anthologien und Zeitschriften. Inhaber des Verlags der Villa Fledermaus. Website: www.friedhelm-schneidewind.de.

Rainer Schorm, geboren 1965 in Wehr/Baden. Jurastudium, dann Studium der Visuellen Kommunikation. Werbeagentur. Heute freier Grafiker, Buchcovergestalter, Referent und Seminarleiter zum Thema Öffentlichkeitsarbeit, Autor. Zahlreiche Erzählungen in Anthologien und Zeitschriften, historische Essays, Gruselromane, Stammautor der Serie PERRY RHODAN NEO.

Ansgar Schwarzkopf, geboren 1973 in Menden/Sauerland. Studium der Germanistik, Medienwissenschaften, Grafik und Kunstgeschichte. Heute Lehrer, daneben als freier Grafiker, Autor sowie im Theaterbereich tätig. Mehrere Bühnenprojekte, Ausstellungen, zahlreiche skurrile Erzählungen in Anthologien und Zeitschriften.

Anja Stürzer, geboren 1965 in Hamburg. Studium der englischen und italienischen Literaturwissenschaft mit Schwerpunkt Erzählforschung. Heute freie Autorin, Lektorin und Journalistin. Veröffentlichung von Biografien, wissenschaftlichen Artikeln zur Phantastik sowie des Zeitreiseromans für Kinder SOMNIAVERO.

Jörg Weigand, geboren 1940 in Kehlheim/Donau. Studium der Sinologie, Japanologie und Politikwissenschaften, Dr. phil. 1969. Langjähriger Korrespondent im Studio Bonn des ZDF. Heute freier Autor, Journalist, Herausgeber. Zahlreiche Publikationen zur chinesischen Kultur, Romane, Erzählungen, Herausgabe von Anthologien.

Karla Weigand, geboren 1944 in München. Studium der Pädagogik, Kinder- und Jugendpsychologie und Geschichte, Lehrerin. Heute Autorin historischer Romane (u. a. DIE FRIESENHEXE) und phantastischer Erzählungen.

Alexander Röder

Im Banne des Mächtigen

„Karl Mays Magischer Orient“ Band 1

Als Kara Ben Nemsi und Hadschi Halef Omar sich mit ihrem alten Freund, dem schrulligen Sir David Lindsay in Basra treffen, ahnen sie nicht, dass ihnen ein neues Abenteuer bevorsteht. Die schicksalhafte Begegnung mit einem jungen Dieb zwingt die Freunde, die Stadt zu verlassen. Als sie auf einen Trupp Banditen stoßen, taucht ein Name immer wieder auf: Al-Kadir, der Mächtige. Es gilt, diesem geheimnisvollen König der Diebe auf die Spur zu kommen. Dabei geraten sie immer tiefer in die Wüste und das Netz des Mächtigen. Als sie auch noch auf die geheimnisvolle Tempelruine eines Dämonenkults stoßen, muss sogar der sonst so rationale Kara Ben Nemsi einsehen, dass es Dinge gibt, die über das Erklärbare hinausgehen. Ist es Magie, die dem geheimnisvollen Al-Kadir seine Macht verleiht?

ISBN 978-3-7802-2501-6 € 16,99

Alexander Röder

Der Fluch des Skipetaren

„Karl Mays Magischer Orient“ Band 2

In der britischen Botschaft in Istanbul ertappt Kara Ben Nemsi die selbstbewusste albanische Freiheitskämpferin Qendressa bei einem Einbruch in das Geheimarchiv. Hierbei entdeckt er Dokumente, die ihn auf die Spur eines alten Feindes führen: des Schut! Zusammen mit seinem treuen Freund Hadschi Halef Omar und Scheik Haschim reist Kara Ben Nemsi in das Land der Skipetaren, um seinem totgeglaubten Erzfeind entgegenzutreten. Auch die mysteriöse Albanerin, die auf der Suche nach dem Grabmal des legendären Skipetarenfürsten Skanderbeg ist, schließt sich den Gefährten an. Auf ihrer Reise durch den südlichen Balkan bekommen sie es nicht nur mit Wiedergängern und Gestaltwandlern zu tun, sondern auch Qendressa scheint nicht das zu sein, was sie vorgibt ...

ISBN 978-3-7802-2502-3 € 16,99